Marie,
fille des montagnes

De la même auteure

Aux éditions De Borée

La Dernière rose
La Gloire d'Amélia
La Maison d'école
La Nuit des abeilles
La Ronde des saisons
La Vallée des Bruyères
Le Mur de la destinée, prix Gandois 2005
Le Printemps d'Antonia
Le Secret de la Roselière
Les Chemins de toile, prix Lucien-Gachon 2008
Les Craies de couleur
Les Feux de Bois-Colombes
Les Grillons du fournil

TERRE DE POCHE
45, rue du Clos-Four – 63056 Clermont-Ferrand cedex 2

Josette Boudou

Marie,
fille des montagnes

de Borée
TERRE DE POCHE

« Comme un long fleuve, la vie n'est magnifique
qu'en offrant de multiples méandres. »
Chen Ziang (661-702)

En hommage à Claude JUTIER,
le sage au cœur tendre
qui parlait aux bêtes des bois.

I

Le lac sous la lune

Une puissante odeur d'herbes aquatiques, de mousses macérées légèrement pourrissantes, d'eau froide aussi – oui, l'eau avait une odeur particulière, facilement reconnaissable pour un familier des lieux –, toutes ces senteurs mêlées prévinrent Louis que le lac était tout proche.

Malgré l'obscurité totale, dans les épaisses ténèbres d'une nuit d'encre, il n'avait pas osé allumer sa petite lampe torche. Pourtant il comptait bien, au jugé, relever les nasses posées quelques heures plus tôt près de la digue.

« Tu deviens poltron, mon gars ! » se reprocha-t-il, en proie à une appréhension tout à fait inhabituelle. Combien de fois, depuis ses douze ans, avait-il ainsi bravé le garde ? De plus, en cette saison, ce dernier ne quittait guère son lit. En mars, oui, au moment du frai, il faisait preuve d'une vigilance accrue et aussi, bien sûr, après la fermeture officielle de la saison de pêche. Mais à présent…

Louis aurait pu facilement prendre un beau plat de truites au lancer, en toute légalité et toute bonne conscience. Mais, malgré la guerre, la saison d'été battait son plein, et l'aubergiste du lac de Guéry n'était pas le seul à lui acheter les beaux poissons à chair rose évoluant dans l'eau si fraîche de ce plan d'eau de montagne.

À plus de mille deux cents mètres, en plein cœur des monts du Sancy, le lac, d'un ovale presque parfait, était préservé : pas de baigneurs, pas d'embarcations. Sauvage, assombri par les bois de sapins dominant toute la rive gauche, le Guéry accueillait fort peu de visiteurs. En cette année 1944, seuls quelques pêcheurs du cru s'y rencontraient, l'été durant.

Venue du Mont-Dore, la route longeait la rive droite, atteignait presque aussitôt le col, à mille deux cent soixante-huit mètres d'altitude. Autant dire que la neige en défendait l'accès sept à huit mois sur douze. Au printemps seulement, un antique chasse-neige arrivait de Rochefort pour ouvrir la route jusqu'à la maison du cantonnier, bâtie quelques centaines de mètres après le col.

Louis ne s'en plaignait pas. Depuis sa naissance il vivait là, dans la petite ferme de famille sous le puy Corde. Mis à part le service militaire, effectué à Clermont-Ferrand, il n'avait quitté ses montagnes qu'en 1939. Un an plus tard, avec soulagement, il retrouvait son lac de cratère inchangé.

Plus chanceux que des milliers d'autres, le jeune homme n'était pas parti captif en Allemagne. Pendant la débâcle, il avait usé jusqu'à la corde ses grosses chaussures militaires que les soldats nommaient « godillots », pour traverser la France en proie à un indescriptible chaos, une confusion totale, hallucinée, principalement au nord de la Loire.

Au Guéry l'attendaient sa femme Élise et leur petite Marie, qui comptait à peine deux ans. Plus tard, comme bien d'autres, Louis avait dû se cacher dans la montagne pour échapper au travail obligatoire en Allemagne. Ces jeunes hommes trouvaient refuge dans les bois, entre le lac et la Roche Tuilière ou, plus fréquemment, sous le puy Corde, le mont Létaud ou même le Trioulérou.

En été, Louis et ses compagnons dormaient parfois dans l'une des dernières cabanes de berger montées sur roues, abandonnées sur les pentes des montagnes d'estive. L'hiver, chacun rentrait chez lui. Les Allemands n'occupaient pas encore la région perdue dans ses frimas, et la police française ne se risquait pas à poursuivre les réfractaires au-delà du Mont-Dore ou de Rochefort-Montagne. À la mauvaise saison, il fallait un traîneau pour se déplacer à cette altitude, et encore, les jours de tourmente, nul n'aurait osé braver la tempête de neige.

L'année précédente, en 1943, le cours de la vie des montagnards avait quelque peu changé avec l'invasion de la zone sud. Louis et les deux fils d'un fermier voisin s'étaient alors engagés dans le maquis. Bien sûr, Élise avait pleuré, essayé de le retenir, mais il n'avait rien voulu entendre. Les larmes aux yeux, il l'avait serrée contre lui, serrée très fort, à lui faire mal. Puis il avait caressé les cheveux de la petite Marie, embrassé sa joue rose si douce, et il avait claqué la porte.

Dehors, Robert et Sylvain Guittard l'attendaient dans la nuit. Sans un mot, ils avaient pris la route jusqu'à la ferme de la Clef du Lac où patientait leur guide. Une moitié du lac, blanc d'argent, à peine ridée, brillait intensément sous la lune ; l'autre moitié, sous les sapinières touffues, se laquait d'un noir profond, presque inquiétant. Pour atténuer le bruit de leurs pas, les trois jeunes hommes marchaient sur l'herbe, le long du fossé. L'auberge passée, ils respirèrent mieux. Qui pouvait s'y trouver ce soir-là ? Allez savoir ! En cette époque troublée, on n'était jamais trop prudent.

À présent, en cette belle fin d'août, Louis ne redoutait plus rien. La ville de Clermont libérée tout récemment de l'ennemi abhorré, les Allemands avaient abandonné les montagnes ; depuis quelques semaines, ils fuyaient vers l'est, pressés de rentrer chez eux, de s'éloigner des bandes de « terroristes » qui les harcelaient, attaquaient leurs convois dans les zones boisées trop périlleuses.

Avant ce départ, hélas, tout près du Mont-Dore comme en bien d'autres lieux de la région, de malheureux maquisards avaient péri sous les balles ennemies ou même de façon plus atroce encore.

Le 23 avril de ce dernier printemps, une colonne allemande avait capturé un groupe de maquisards. Les nazis les avaient conduits au pied du puy de Sancy et enfermés dans un buron du val de Courre. Le bâtiment arrosé d'essence et aussitôt enflammé servait de tombeau à ces jeunes résistants.

Louis s'était rendu récemment sur les lieux avec d'anciens compagnons d'armes pour rendre hommage à ces martyrs. Il en était revenu la rage au cœur. Ensuite, pendant des jours, il était resté sombre ; seule, la petite Marie parvenait à le dérider un peu. Alors, mesurant sa chance, il remerciait le sort qui l'avait ramené sain et sauf auprès de sa femme et de sa fille.

La guerre durait encore, certes, mais les combats se déroulaient fort loin de la chaîne des monts Dore. Maintenant, la grande crainte de Louis, comme de la plupart des anciens résistants, restait la rancœur tenace, aveugle et alarmante des miliciens. Les règlements de comptes ne faisaient que commencer, pourtant l'on entendait dire qu'ici ou là, quelques excités brandissaient trop facilement fusils et mitraillettes. Déjà, il y avait eu des blessés et même des morts parmi ceux qui s'opposaient à ces forcenés, refusant de leur livrer argent, bétail ou ravitaillement. Sans Élise et la petite, Louis aurait suivi les combattants qui continuaient à déloger les Allemands des places qu'ils tenaient encore. Mais il ne pouvait les laisser seules, c'était trop dangereux dans un endroit aussi isolé. Et puis, il en était certain, Élise ne lui aurait pas pardonné un nouveau départ.

La petite ferme de Louis, à deux pas de la maison du cantonnier, ne représentait pas une cible de choix, mais certains n'avaient pas vu d'un bon œil son passage dans le maquis. Aussi s'éloignait-il le moins possible tant il craignait pour Élise et leur fille. Durant la matinée, il était tranquille. Sa femme travaillait quelques heures à l'auberge et, naturellement, Marie l'accompagnait. Les jours d'affluence, mais depuis le début de la guerre ceux-là étaient rares, Élise déjeunait à l'auberge et ne rentrait chez elle qu'en milieu d'après-midi. Louis, alors, s'occupait seul de son petit cheptel avec, parfois, l'aide du vieux Marien, le beau-père de son voisin le cantonnier.

Dans l'étable, sous le foin d'une crèche, le jeune fermier cachait le fusil de chasse de son père. L'arme n'avait pas servi depuis bien longtemps, mais Louis l'avait soigneusement nettoyée et chargée. Depuis, il dormait plus tranquille. Pourtant, par précaution, chaque soir il barricadait portes et fenêtres. Et, pour rassurer Élise, il affichait une désinvolture qu'il était bien loin d'éprouver.

Un léger clapotis tout proche fit sursauter le jeune fermier qui, d'instinct, s'accroupit. Ce ne pouvait pas être un « gros » frétillant sous la surface, Louis en était sûr. Le bruit était trop régulier, répété, un bruit de rames. Voilà, c'était la barque, sa barque ! Il était le seul à en posséder une, le seul autorisé, certains jours, à ramer jusqu'au milieu du lac.

Dans la mesure du possible, Louis surveillait les fonds. Au nord, les bords semés d'herbes vivaces avaient tendance à s'envaser. Tout le long de la route descendant vers le Mont-Dore coulait, parmi d'impressionnants éboulis de roches grises, le ruisseau de l'Enfer, profondément encaissé. À la sortie du plan d'eau, il créait souvent des remous, écumait, représentant un danger certain pour les truitelles égarées près du barrage.

Sans doute pourrait-il paraître étonnant, et même franchement paradoxal, de voir Louis se livrer à quelques faits de braconnage alors qu'il se voulait le gardien du lac et de ses hôtes. Mais ses sorties nocturnes étaient rares et, dans ses nasses, le jeune homme ne prélevait qu'une quantité très raisonnable de truites. D'instinct, il savait jusqu'où pouvait aller le nombre de ses prises pour réguler sans préjudice le nombre de salmonidés. De plus, lorsque les truitelles n'avaient pas la dimension autorisée, il n'hésitait jamais à les rejeter, heureux de les voir à nouveau onduler vivement entre deux eaux.

— Allez, mes petites, murmurait-il, grandissez encore et frayez, mes belles !

Il lui arrivait de caresser rapidement d'un doigt léger un dos froid et brillant de forme oblongue, de regarder un instant palpiter les ouïes, avant que la truite ne reprenne sa liberté d'un fringant coup de queue dans un remous minuscule.

Le goût si excitant de cette pêche nocturne, occasionnelle mais interdite, donnait bien à Louis quelques remords. Pourtant, il ne parvenait pas à se résigner à renoncer à ce plaisir, l'un des plus aigus qu'il connaisse.

À présent, toujours accroupi au ras de l'eau, Louis retenait son souffle. Qui avait osé ? Qui glissait lentement sur l'eau noire et pourquoi ? Un « plouf » soudain le fit sursauter. Quelque chose, ou quelqu'un, venait de tomber à l'eau ! Il allait se dresser, allumer sa lampe – et tant pis pour le danger – quand les nuages noirs se déchirèrent brusquement. La lune apparut, ronde et brillante comme une énorme pièce d'argent. Au milieu du lac, Louis distinguait nettement la barque et, face à face, deux ombres assises qui, aussitôt, reprirent les rames. L'embarcation se rapprochait, mais, sous les casquettes profondément enfoncées, il ne pouvait reconnaître les visages.

La stupeur le clouait sur place, et l'idée ne lui venait pas que la lueur blanchâtre de la lune donnait en plein sur son visage à lui. Se croyant dissimulé dans l'ombre, il laissa la barque accoster à quelques mètres sans faire un mouvement. Quand il se dressa, c'était trop tard : deux bras le ceinturaient.

Presque aussitôt, deux poings solides saisirent ses chevilles et il tomba en avant, le nez dans l'eau.

— Bon Dieu, le Louis, qu'est-ce que tu foutais là, à nous espionner ?

La voix furieuse et contenue, il la reconnut sans peine. C'était sûrement à Victor Devèze qu'il avait à faire, un jeune coq de tout juste vingt ans qui, depuis trois ans au moins, trempait dans toutes les magouilles : marché noir, collaboration et beaucoup de bagarres dans les bistrots des villages alentour. Que faisait-il là, en pleine nuit ? Qu'avait-il jeté depuis la barque ? Des armes peut-être ? Ou bien… Louis n'osait songer au pire. Et qui était l'autre comparse ? Un de la bande au Victor, évidemment.

Brusquement, Louis sentit qu'on le remettait sur ses jambes. Le deuxième homme, toujours derrière lui, le maintenait solidement bras au dos, tandis que l'autre se plantait devant lui et l'apostrophait. Il ne s'était pas trompé, c'était bien Victor Devèze. Celui-ci l'empoigna aux épaules pour le secouer.

— Tu la fermes, hein, Louis ? Fais gaffe à tenir ta langue, sinon… T'as rien vu, rien entendu, tu nous connais pas, pigé ?

Victor parlait bas, les dents serrées, ivre de colère d'avoir été épié, reconnu. Enfin, il lâcha Louis, ordonna :

— Laisse-le filer, ce mouchard !

Les bras libérés, Louis se retourna pour se trouver nez à nez avec le jeune Lucien Aubert.

— T'avais amené ton lieutenant ? ne put-il se retenir de lancer, méprisant.

Deux gifles magistrales lui ébranlèrent la tête.

— Fais pas le malin ou je te fous dans le lac ! Et rappelle-toi : si tu parles, t'es mort ! Et puis tu as une gamine, et une bien jolie femme, hein ? Alors pense à elles, des fois que la langue te démangerait trop. À mon avis, ce serait dommage qu'il leur arrive quelque chose de mal, pas vrai ?

Victor eut un rire gras avant d'ajouter :

— File et oublie-nous, allez ouste !

Louis dévisagea les deux jeunes gens. Lucien avait l'air mal à l'aise, son regard fuyait.

Victor, lui, serrait les poings et la rage le défigurait. Impuissant, le jeune fermier tourna le dos pour repartir en hâte vers sa maison. Avant de disparaître, il entendit grommeler :

— Putain de clair de lune, on avait pas besoin de ça ! Allez, magne-toi, Lucien, on se taille !

Louis refermait la porte de la ferme lorsqu'il entendit un bruit de moteur, en contrebas de l'auberge. Les deux complices repartaient. Alors, il se coula dans le noir, s'allongea avec précaution auprès d'Élise profondément endormie. Puis commencèrent de longues heures à douter dans l'ombre, à se torturer l'esprit. Quel délit ou quel crime avaient bien pu commettre les deux garçons ?

Accablé, Louis se dit que, de cette nuit maudite, il aurait sans doute à pâtir longtemps. Il ne se trompait pas. Il faudrait du temps, certes, beaucoup de temps, mais, un jour, cette histoire finirait par les rattraper, lui et sa famille.

II

Marie

LE LENDEMAIN MATIN, Élise s'interrogea vainement sur la mine sombre de son mari. D'habitude, Louis se montrait toujours d'humeur égale. Les inévitables contrariétés quotidiennes ne déclenchaient en lui qu'une vague colère aussitôt réprimée. À vingt-neuf ans, il vivait tranquillement dans ses montagnes, près de sa femme et de sa fille. De taille moyenne mais solidement charpenté, Louis prêtait souvent la main ici ou là pour les plus durs travaux. Ses connaissances disaient de lui que c'était « un brave gars porté de bon service ».

— Les truites pour l'auberge sont dans le panier ? demanda Élise, qui s'apprêtait pour aller à son travail.

— J'ai rien pris cette nuit, fit son mari en détournant le regard.

— Mais... les nasses, demanda Élise en ouvrant des yeux étonnés, tu les avais bien posées, non ?

— Les nasses... Quelqu'un a dû les repérer, je sais pas, en tout cas, elles étaient vides.

Il osa enfin regarder Élise. Debout près de la table de cuisine, la jeune femme hésitait : est-ce que Louis lui mentait ? Et, si oui, pourquoi ? Jamais, jamais, il n'était revenu bredouille. D'ailleurs, ce matin-là,

Jérôme Marchadier devait monter du Mont-Dore avec sa vieille camionnette. Les restaurateurs le chargeaient de venir prendre les truites destinées à quelques hôtels de la petite ville thermale, à huit kilomètres de là.

— Qu'est-ce qu'on va faire alors ? questionna la jeune femme.

Dans ses yeux d'un bleu presque mauve, Louis voyait une grande perplexité. Sans le dire, Élise songeait bien sûr au manque à gagner, et surtout au mécontentement des clients de Louis.

— Mais si quelqu'un t'a vu braconner, on peut te dénoncer, alors ?

L'inquiétude assombrit soudain le regard de la jeune femme. Pas très grande, à vingt-sept ans elle était jolie, avec une grâce d'adolescente qui attendrit subitement Louis, au supplice. Pour la première fois, il lui mentait. En réalité, l'histoire des nasses vides ne prêtait pas à conséquence. Mais le reste, qu'Élise ignorait, les deux hommes sur la barque dans la nuit, le secret – car c'en était un – de cette chute inexpliquée au milieu du lac, tout cela torturait le jeune fermier. En se taisant, se ferait-il complice d'un meurtre pour protéger sa femme et sa fille ? Un tremblement le saisit. Il contempla l'épaisse chevelure blonde qu'Élise avait nouée sur sa nuque. Non, il ne pouvait risquer de lui faire courir le moindre danger.

Victor Devèze était une teigne, un malfaisant. Bien qu'il ait neuf ans de plus que ce voyou, Louis ne devait, en aucun cas, lui donner un motif de vengeance. Aidé de Lucien, son bras droit qui lui obéissait aveuglément, il était fort capable de s'attaquer à

Élise ou à la petite, peut-être même aux deux... Sans doute aurait-il fallu prévenir les gendarmes, mais...

— Où est Marie ? demanda soudain Louis, angoissé.

— Calme-toi, voyons ! fit Élise en posant sur son poignet une main apaisante. Elle m'attend devant la porte, elle doit jouer avec les chats... Bon, il faut que je m'en aille. Mais qu'est-ce que je vais dire au patron ?

Embarrassé, Louis haussa les épaules. Enfin, il lança :

— Dis-lui qu'un gros a coupé les mailles, que je regrette, qu'il aura des truites pour ce soir. Pas beaucoup, mais il en aura, sûr !

Là-dessus, il ouvrit nerveusement la porte. Marie était là, en effet, assise sur le banc de pierre. Sur ses genoux, trois chatons pelotonnés. La fillette passait lentement ses petits doigts dans leur fourrure tiède. Ils étaient roux comme des feuilles d'automne, comme les feuilles du hêtre en octobre. Aux pieds de la petite, la chatte Flamme, toute rousse elle aussi, la regardait, confiante. Ses yeux d'or vert pâle, tels deux éclats de pierre de chrysolithe, suivaient tous les gestes de Marie. Sa progéniture, elle le savait, n'avait rien à craindre ; la petite aimait bien trop les bêtes, les domestiques et les sauvages, toutes, et elle leur parlait des heures durant, comme à des humains.

Blonde comme sa mère, Marie avait aussi les yeux bleu mauve d'Élise, sa douceur, sa patience. À sept ans, elle était sage, jouant dans son coin sans faire plus de bruit ni d'embarras qu'une petite souris.

— Je vais traire maintenant, dit Louis en se retournant vers sa femme, qui franchissait le seuil.

Il réussit à lui sourire et se dirigea vers l'étable en ajoutant :

— Appelle l'*Hôtel des Cascades* dès que tu arrives à l'auberge, c'est pas la peine de faire monter Jérôme. Mais dis-leur que demain sans faute, on aura des truites.

— Papa, attends !

Marie courait derrière son père, les chatons dans les bras. Louis se pencha pour l'embrasser.

— À tout à l'heure, papa, au revoir !

La fillette déposa délicatement les trois petits chats dans l'herbe, au soleil. La chatte, qui l'avait suivie, commença aussitôt un énergique débarbouillage des trois frimousses tendues vers elle.

— Allons, Marie, dépêche-toi ! cria Élise depuis le sentier menant à la route.

La fillette la rejoignit en sautillant, et Louis dut faire de sérieux efforts pour ne pas les regarder descendre le long du petit chemin. Très vite, il s'absorba dans son travail. Il lui fallait gagner du temps pour trouver trois heures au moins à consacrer à la pêche. Par chance, il lui restait de quoi appâter. En fin de matinée, l'angoisse desserra un peu son étreinte.

« De toute manière, pensa-t-il, s'il y a eu crime dans la région, ça se saura bientôt. Alors, j'aviserai… »

Il fit sortir son bétail, le suivit jusqu'au pacage, avec l'espoir que le « plouf ! » dans le lac de la nuit précédente provenait seulement d'un paquet d'armes compromettantes.

Élise était née au Cros, village de quelques maisons bâties au pied de la Roche Tuilière. Aînée de quatre enfants, elle avait dû quitter l'école à douze ans. Son père, gazé pendant la guerre de 1914-1918, n'avait pas de quoi payer un domestique pour le seconder. Or, au fil des ans, sa santé devenait de plus en plus précaire ; bien souvent, sa femme assumait seule les travaux de la ferme.

Elle avait donc confié à Élise les soins du ménage. La fillette éleva sa sœur et ses deux frères. Le dernier de la nichée avait cinq ans, Élise quinze, lorsque le père mourut. Armandine, la mère, se souvint alors que la patronne de l'auberge du lac de Guéry était une vague cousine de son propre père. Elle lui écrivit pour lui proposer Élise comme servante. Jeanne, la cadette, venait d'avoir treize ans ; elle remplacerait sa sœur à la maison tandis que son aînée gagnerait trois sous à l'auberge des cousins.

Louis Dorange, alors, avait dix-huit ans. En livrant au patron de l'auberge le produit de sa pêche, il tomba immédiatement amoureux de la jeune fille. Cependant, Élise était bien trop jeune encore pour avoir un amoureux et songer à fréquenter. Louis patienta presque deux années avant de se déclarer. Pourtant, depuis quelques mois, les œillades furtives d'Élise lui avaient amplement laissé entendre qu'il était loin de lui être indifférent. Aussi, peu avant son départ au service militaire, il profita d'un matin où la jeune fille étendait la lessive derrière l'auberge pour s'approcher, la gorge sèche.

Comme tout bon Auvergnat, Louis engagea la conversation en évoquant le beau temps qu'il faisait ce jour-là. Élise le laissait parler, sans être dupe, bien entendu. Ce garçon brun et peu hardi, elle le guettait souvent lorsqu'il pêchait dans le lac. Et elle devait bien s'avouer qu'aucun jeune fermier des environs, aucun client de l'auberge ne lui faisait ainsi battre le cœur. Pourtant, à plusieurs reprises déjà, on lui avait fait des avances. Tout dernièrement, un maquignon de Douharesse était allé la demander en mariage à sa mère sans même lui en parler !

— Vous voulez que je vous aide ? demanda soudain Louis.

Élise empoignait un drap de lourde toile replié dans sa panière à linge.

— Je veux bien, oui.

Le jeune homme s'empressa de saisir un pan mouillé et, à eux deux, ils déployèrent le drap sur la corde. Le travail achevé, Élise dit simplement :

— Merci, Louis.

Ses joues étaient devenues toutes roses de sa propre hardiesse. Lui, remué de l'entendre prononcer son prénom, contemplait avec ravissement les yeux si bleus sous les mèches blondes retombant sur son front. Elle les repoussa de la main en lui souriant.

À quelques pas, le lac scintillait en clapotant doucement sous le soleil. Au-dessus, le vert profond des sapinières égratignait le ciel sans nuages, enluminé d'un bleu pur exaltant. Derrière le toit pointu de l'auberge, par-delà les cimes crénelées des résineux, les montagnes portaient encore de larges pans de neige d'un blanc éblouissant sur le gris de la roche. L'air vif de ce printemps était tout imprégné d'une senteur de verdure toute neuve, de résine, de terreau et de fleurs naissantes. Sur la pente, de l'autre côté de la route longeant le lac, un troupeau de vaches rouges faisait allègrement tinter ses sonnailles. Chaviré par ces effluves que son trouble l'empêchait de définir vraiment, Louis ne bougeait toujours pas, dévorant du regard la jeune fille immobile face à lui.

— Bon, dit-elle soudain, comme à regret avec un petit soupir, je dois m'en aller maintenant…

Alors il saisit ses deux mains humides, rendues un peu rêches par les durs travaux.

— Élise, je vous en prie, venez ce soir près de la digue, juste un petit moment… Je vous dirai…

Il n'acheva pas, car elle s'approchait à le toucher, frôlant de ses boucles rebelles ses joues à lui, en feu soudain. Elle lui mit un baiser léger sur les lèvres, dégagea ses mains qu'il tenait toujours, saisit sa panière d'osier vide et courut vers la maison.

— À ce soir ! dit-elle à voix basse en se retournant vivement.

Puis elle disparut derrière la petite porte donnant sur l'arrière de l'auberge.

Au retour de l'armée, Louis épousa Élise. Elle vint s'installer dans la petite ferme sur la pente, à quelques centaines de mètres de l'auberge. Les parents du jeune homme l'adoptèrent aussitôt et elle conserva d'abord sa place de serveuse. Quand arriva la petite Marie, elle se consacra à sa fille.

Lorsque la fillette eut deux ans, la grand-mère voulut bien s'en charger. Mais, un an plus tard, à cinq mois d'intervalle, Louis enterra ses parents. Alors, Élise prit l'habitude d'emmener chaque matin la petite à l'auberge les jours où elle y travaillait.

La terreur de la jeune femme, c'était de voir sa fille se noyer dans le lac. Mais, si Marie restait de longs moments au bord de l'eau, à contempler le friselis azuré des vaguelettes, le bond vif d'une truite, la fuite sautillante d'une grenouille égarée, elle demeurait toujours prudente et raisonnable.

La fillette était si sage, elle bougeait si peu, que les rares pêcheurs qui la connaissaient bien la toléraient à leurs côtés. Certes, elle n'osait rien dire, mais quand l'un d'eux soulevait une truite frétillante, la jetait sur la rive et décrochait l'hameçon, Marie détournait le regard et son cœur battait follement. Un peu plus tard, elle osait enfin admirer le dos nacré du poisson allongé sur l'herbe, la perle noire ourlée d'or de son œil mort, fixe et insondable. La petite vie de la truite s'achevait là ; bientôt, heureusement, Marie n'y pensait plus, car d'autres bêtes retenaient son attention.

Les grandes libellules aux ailes transparentes, une chenille brune pointillée de bleu fluorescent, une coccinelle, grosse goutte de sang vermeil au bout d'une herbe tremblante captaient l'attention de la fillette attentive, émerveillée. Tout cela aux beaux jours, naturellement.

L'hiver, au coin du feu dans la petite cuisine de la ferme, Marie jouait avec les chats, le chien, sa poupée. À mi-voix, elle lui chantonnait des berceuses, l'habillait, la peignait. Longuement, elle regardait son père réparer un outil. Élise, pendant ce temps, avançait son raccommodage, ourlait des torchons, tricotait pour sa fille ou son mari chaussettes ou cache-nez.

Dehors, la neige dissimulait tout ; bien souvent, elle s'accumulait jusqu'à la cheminée de la ferme basse. Quand la tempête se calmait, Louis creusait dans la poudreuse quelques marches sans lesquelles on n'aurait pu sortir. On émergeait alors au ras du toit. Un regard alentour et c'était un monde inconnu, tout de blancheur, irréel. Dans le silence absolu perçait parfois un son feutré, insolite. Très vite, Marie regagnait la cuisine accueillante, réchauffait ses mains engourdies sous le ventre doux et chaud de la chatte, pelote ronde et rousse blottie contre le poêle noir.

Il y avait eu aussi les longs mois tristes, si tristes, où le père de Marie avait fui la ferme pour se cacher dans la montagne. Dans le souvenir de la fillette, elle et sa mère restaient alors le plus longtemps possible à l'auberge. Pourtant, Élise et le vieux Marien devaient soigner le bétail, faire les fromages, rentrer le foin. Des fermiers voisins les aidaient un peu, ou bien l'aubergiste lui-même.

Ensuite, Louis était revenu et tout était rentré dans l'ordre. Jusqu'au jour où Marie eut six ans. À regret, elle dut quitter la petite ferme sous le puy Corde, les bêtes, le lac, les pâturages et les sapins. Son père l'emmena à l'école et une nouvelle vie, toute différente, commença pour elle.

III

Un incendie inexpliqué

La mi-septembre approchait. Le 30, Marie quitterait le Guéry pour commencer sa seconde année d'école. La séparation serait dure pour la petite et, s'ils se gardaient bien de le laisser paraître, elle le serait aussi pour Élise et Louis.

Élise aurait aimé que sa fille puisse fréquenter l'école de Rochefort-Montagne ; ainsi, elle n'aurait pas été très loin de sa grand-mère du Cros. Si sa fille Jeanne habitait Orcival, où elle s'était mariée, Armandine vivait toujours là, avec ses deux fils. Rémi, le benjamin, avait dix-sept ans et son frère André vingt et un. Déjà fiancé, ce dernier était bien décidé à garder la ferme de ses parents et à l'exploiter.

Louis n'avait pas été d'accord avec sa femme. Si le Guéry se trouvait à mi-chemin entre Rochefort et le Mont-Dore, le père de Marie privilégiait l'école de la petite ville thermale. Là-bas, il avait un oncle et une tante épiciers ; ils ne demanderaient pas mieux que de garder la fillette durant la période scolaire. Pour elle, ce serait bien préférable à une pension chez l'habitant où elle vivrait parmi des inconnus. Malgré la guerre et les contrôles sévères de ravitaillement, Louis s'était toujours arrangé pour faire livrer des produits de la ferme à son oncle. Jérôme Marchadier se chargeait du transport avec sa camionnette à gazogène. Le couple d'épiciers parvenait à vendre quelques denrées sous le manteau. En cette période de vaches maigres, sa clientèle lui en était reconnaissante.

Céline et Justin avaient accueilli Louis, leur neveu, pendant toutes ses années d'école primaire qui lui paraissaient bien lointaines à présent. Au cœur de l'hiver, il n'avait pas toujours fréquenté régulièrement la classe, mais tout de même, de six à quatorze ans, il avait vécu de longues périodes chez l'oncle et la tante qui l'aimaient comme un fils.

Finalement, Élise s'était rendue aux raisons de son mari. Marie avait donc pris possession de la petite chambre où son père avait passé de longs jours à s'ennuyer de la ferme et du lac. Mais, à cette époque surtout, le manque de moyens de communication obligeait le garçon à passer les jours de congé et les petites vacances au Mont-Dore. Aussi attendait-il l'été avec une impatience fébrile ; si la fête de Pâques venait trop tôt sur le calendrier, la route, souvent, n'était pas encore déneigée. Louis devait alors se morfondre jusqu'au début juillet avant de regagner enfin le Guéry.

Pour Marie, timide à l'extrême, la première année d'école avait paru interminable. Pourtant, elle ne s'était jamais plainte. Elle trouvait une consolation dans l'affection bourrue de l'oncle Justin, plus encore dans la tendresse manifeste de Céline. Le grand regret de la tante était de n'avoir jamais eu d'enfant. Et, si elle s'était réjouie autrefois de la présence de Louis à son foyer, elle appréciait davantage encore la compagnie de cette belle fillette, si douce et si obéissante.

Satisfait, Louis rangea rapidement son matériel de pêche. Comme la veille, il avait un beau plat de truites, sans compter les prises des nasses la nuit précédente.

En revanche, l'intrusion de Victor et de Lucien lui causait toujours un souci lancinant. Mais, pas plus à l'auberge que chez le cantonnier, personne n'avait signalé quelque chose d'anormal dans les environs. La veille, Jérôme Marchadier avait donné des nouvelles assez banales du Mont-Dore. Le fils du cantonnier était revenu de Murat-le-Quaire sans rien de spécial à raconter, lui non plus. Peut-être était-il un peu tôt. Enfin, se consolait Louis, pour le moment il n'y avait pas d'inquiétude à avoir. Après, on verrait bien.

Il rejoignit sa ferme pour déposer tout son matériel. Puis il troqua ses bottes et ses vieux vêtements de pêche contre une chemise et un pantalon propres. Son panier lourdement chargé en bandoulière, il appela :

— Marie, tu viens avec moi jusqu'à l'auberge ?

Sans se faire prier, la petite accourut, abandonnant sa poupée sur une chaise de paille.

— On revient de suite, fit Louis à l'adresse d'Élise, qui barattait la crème pour le beurre. Après, j'irai traire et rentrer les veaux.

Élise acquiesça d'un signe de tête, avec un sourire à l'adresse des deux êtres qui étaient toute sa vie.

Rayonnante, Marie avait pris la main de son père ; depuis toujours, elle l'admirait. Le cœur de la petite se serra tout à coup à l'idée que, dans deux semaines, Louis la reconduirait chez l'oncle Justin. Par chance, le travail scolaire lui plaisait. Et puis l'épicerie regorgeait de merveilles et, au Mont-Dore, il y avait du mouvement. En octobre, les curistes auraient déserté la ville, certes, mais les rues et les commerces demeureraient forcément beaucoup plus animés que les bords du lac, avec ses trois maisons seulement.

À l'auberge, trois consommateurs étaient attablés devant un verre de vin rouge. Louis en connaissait vaguement deux, des marchands de bestiaux, pour les avoir rencontrés plusieurs fois aux foires de Rochefort. Le dernier, le jeune fermier ne l'avait jamais vu. Les trois hommes et l'aubergiste hochaient la tête avec des visages de circonstance. L'un d'eux interpella Louis :

— Vous le connaissiez, vous, le Gilbert Moreau de la ferme des Grands Bœufs ?

— Non, je ne vois pas...

— Mais si, intervint l'aubergiste, tu sais bien, le vieux garçon dont le frère tenait un bistrot à la sortie de la Gratade ! Pardi, y a bien cinq ou six ans que l'établissement est fermé. Veuf, son propriétaire finit maintenant ses jours à l'hospice de Rochefort.

— Ah oui, fit Louis, je me souviens, Gustave il s'appelait, non ?

— C'est ça ! Allez, donne ton panier que je le porte à la cuisine. Eux vont te dire pour le pauvre Gilbert.

Louis sentit son sang se glacer. Lentement, il s'assit à la table où l'un des trois hommes l'invitait à trinquer. On allait lui dire, il l'aurait juré, que le vieil homme avait subitement disparu et alors... Nul doute, c'était son cadavre, le jeune fermier n'en doutait pas un instant, que Victor et Lucien avaient jeté au milieu du lac, l'autre nuit. Une sueur, à la fois brûlante et glacée, coulait le long de son dos, imprégnait sa chemise. La tête lui tournait.

L'homme que Louis ne connaissait pas saisit la bouteille d'épais vin rouge, emplit le verre de l'arrivant avant de remettre une tournée à ses compagnons.

— Alors comme ça, vous ne savez pas ? fit-il en dévisageant Louis, qui se sentit blêmir. Eh bien, la ferme du Gilbert a brûlé dans la nuit de dimanche à lundi, et le pauvre diable a grillé dedans !

La gorge nouée, Louis regardait l'homme, un moustachu dont la casquette grise luisait de crasse sur le front.

— Eh oui, reprit-il, on n'a rien retrouvé, que des cendres ! Une chance, le bétail est pas encore redescendu de l'estive. Le Gilbert avait qu'une laitière et deux bourrettes[1] à l'étable, et les pauvres bêtes ont grillé aussi ! Quelle affaire !

— Mais, bredouilla Louis, on en est sûr ? Je veux dire, c'est certain que Gilbert a brûlé avec sa maison ?

— Tu parles, fit l'un des maquignons, un nommé Théodore Battut qui venait des environs de Vernines. En pleine nuit, quand le fermier le plus proche des Grands Bœufs a vu les flammes, il a rameuté les voisins et tous ont couru avec des seaux. Mais ça cramait déjà de partout, les poutres et le toit s'écroulaient. Ils ont bien crié, tu penses, et fait le tour des bâtiments qui brûlaient tous, mais ils ont vu personne. Le Gilbert devait dormir quand le feu a pris et la fumée a dû l'asphyxier avant qu'il trouve la porte. Misère, c'est moche quand même, pauvre vieux !

1. Bourrettes : jeunes vaches.

Partagé entre le soulagement et une angoisse qui refusait de le quitter, Louis se leva, remercia, appela Marie qui l'attendait à la cuisine.

— Il faut que j'aille traire, dit-il, au revoir… Merci encore pour le verre.

— Et tes sous pour les truites ? cria l'aubergiste depuis le seuil de la salle.

— Une autre fois, jeta Louis, ça presse pas, on se reverra bien.

— Comme tu veux !

Le patron referma sa porte, et Louis partit à grands pas, entraînant Marie qui devait presque courir pour le suivre.

— Tu en fais, une tête ! remarqua Élise tout en continuant à éplucher les légumes pour la soupe. Quelque chose ne va pas ?

— Si, si, affirma Louis en gagnant la chambre. Je me change et je vais à l'étable.

— C'est un vieux monsieur qui a brûlé dans sa maison avec sa vache et ses bourrettes ! dit Marie.

— Qu'est-ce que tu racontes ! dit sévèrement Élise. Dieu, cette petite, où va-t-elle donc les chercher !

— C'est pas n'importe quoi, c'est la vérité, dit Louis en achevant de boutonner sa vieille veste de travail.

Rapidement, il raconta l'affaire à sa femme, en s'efforçant de cacher son trouble. Élise s'apitoyait sur le sort du vieux Gilbert.

— Tout de même, fit son mari, peut-être qu'il en a échappé…

— Comment veux-tu ? Et d'abord, les sauveteurs l'auraient vu, tu penses bien ! Il n'avait nulle part où aller, il ne se serait pas éloigné de chez lui, c'est sûr !

Les paroles d'Élise rassérénèrent Louis. Elle avait raison : le pauvre Gilbert Moreau avait bien brûlé dans sa maison ; sinon, depuis trois jours, les voisins l'auraient revu, forcément.

Tout en vaquant à son travail, le jeune fermier continuait cependant à s'interroger... Personne n'avait idée du départ de l'incendie. Les soirées étaient déjà fraîches, Gilbert avait dû se coucher en négligeant d'éteindre le poêle... Ou bien il fumait une cigarette dans son lit, le feu avait couvé d'abord sous les couvertures... Voilà de bonnes explications, il n'y avait pas à se torturer davantage l'esprit. C'était une bien triste histoire, évidemment, mais sans aucun rapport avec le reste.

Au fil des jours, Louis finit par se persuader que tout était rentré dans l'ordre. Personne, à part lui, n'avait aperçu les deux voyous qui naviguaient sur le lac, l'autre nuit. Les deux jeunes gens habitaient encore chez leurs parents, dans des fermes proches aux environs de la Plane. Ils étaient connus au Mont-Dore comme dans tous les villages environnants, pour leur collaboration avec les Allemands à l'époque pas si lointaine où ces derniers occupaient le massif. Cela pour du profit, évidemment. Depuis, avec leurs armes, eux et quelques crapules du même acabit s'imposaient dans la région où ils étaient craints, dans les fermes isolées surtout. Souvent, Louis se plantait au bord du lac, fixant intensément l'eau plus sombre au milieu du plan d'eau. Quel secret se cachait là ? Si les deux garçons avaient jeté quelque chose aussi loin de la rive, au lieu de l'abandonner sous des branches dans les bois, c'est qu'ils voulaient être sûrs que rien, jamais, ne serait retrouvé.

Louis avait beau se torturer l'esprit, il ne pouvait penser à autre chose qu'à des armes, peut-être volées aux Allemands. Un jour, il traversa le lac avec sa barque, examina longuement la rive d'en face bordée par l'épaisse forêt de sapins. Rien d'insolite ne vint l'alerter. À jamais sans doute, l'eau froide impénétrable s'était refermée sur une énigme.

Le jeune fermier finit par se dire qu'il attachait trop d'importance à cette affaire. Pourtant, la colère de Victor se voyant découvert montrait assez que son geste n'avait rien de banal ni d'anodin.

Au printemps suivant, Louis rencontra Lucien Aubert dans une quincaillerie du Mont-Dore. En le reconnaissant, le jeune homme pâlit et sortit en hâte du magasin. Louis fit un mouvement pour le suivre, le rattraper, le questionner, mais il y renonça aussitôt. L'autre s'empresserait de tout raconter à Victor, c'était trop risqué. Mieux valait faire le mort, comme il le lui avait brutalement recommandé. Il aurait été fort capable de venir ennuyer Élise ou Marie. Et cette éventualité, Louis n'en voulait à aucun prix.

IV

Enfance

Au Mont-Dore, l'épicerie de Justin Laroche s'ouvrait dans une petite rue proche du marché couvert. Pour s'y rendre, au retour de l'école, bâtie à la sortie de la ville sur la route de La Bourboule, Marie suivait toujours le même itinéraire.

Au milieu d'une flopée d'écoliers, la fillette quittait le grand bâtiment, dressé à quelques mètres seulement de la Dordogne, et traversait la route aussitôt. Ensuite, au fond d'une impasse, elle passait la rivière sur un pont de bois, à sa gauche. Puis elle suivait le trottoir en montant tout droit vers le Grand Casino. Cette construction impressionnait Marie par ses proportions et surtout en raison des activités étranges auxquelles on se livrait à l'intérieur.

L'oncle Justin lui avait expliqué que, là, les riches curistes venaient danser des nuits entières ou jouer de l'argent à des jeux réservés aux grandes personnes et pratiqués uniquement dans ces établissements prestigieux. Marie n'avait pas très bien compris les explications de l'oncle et les mots : boule, roulette, baccara gardaient tout leur mystère. En réalité, elle ne s'en souciait pas. Tous ces gens-là n'étaient pas de son monde.

Elle passait ensuite entre le Casino et le parc où se dressait l'*Hôtel Thévenin*. En face, au bout de la rue Ramon, l'établissement thermal étalait sa très longue façade de pierres noires, derrière le monument aux morts de la place du Panthéon.

À la fin de sa première année scolaire seulement, en mai et en juin, Marie avait pu voir dans ce quartier les curistes aller et venir. La plupart étaient vêtus de curieuse façon, emmitouflés malgré la saison dans une veste à capuche et un pantalon de flanelle blanche. De plus, ils cachaient soigneusement le bas de leur visage dans une écharpe épaisse, blanche elle aussi.

Comme la saison thermale se terminait fin septembre, le reste du temps on ne rencontrait que les natifs de la ville et de ses environs proches.

En hiver, les fins de semaine surtout, des citadins prenaient d'assaut les pentes du Sancy pour s'adonner aux joies du ski de descente. Malgré la guerre, période difficile où régnaient les rationnements, ils étaient assez nombreux. Les hôteliers voyaient d'un bon œil cette clientèle qui les obligeait pourtant à des prouesses de ravitaillement dans les fermes de la montagne environnante. Les restrictions vidaient quasiment les rayons des boutiques d'alimentation de la ville. Aussi fromages, beurre, viande et légumes provenaient-ils presque exclusivement des produits fermiers des alentours. Les restaurateurs et les paysans prenaient de grands risques pour aller quérir ou livrer ces denrées essentielles : risques de contrôle, d'amende ou même d'emprisonnement pour marché noir, risques d'accidents dans la montagne enneigée, à la merci d'une brusque tourmente, d'une chute dans un creux dissimulé sous la poudreuse traîtresse.

Justin Laroche dissimulait soigneusement dans son arrière-boutique et surtout dans les chambres, à l'étage, les produits apportés de la ferme de Louis. Dans le magasin, Céline ne vendait que les denrées autorisées, livrées et contrôlées par les services du ravitaillement. Avant de repartir vers la ville, Clermont la plupart du temps, certains venaient supplier :

— Vous n'auriez pas quelque chose sans ticket ? J'ai de l'argent, voyez...

Et d'exhiber quelques billets sortis prudemment du portefeuille. Certes, Céline était parfois tentée de vendre au marché noir. Ou bien elle avait pitié lorsqu'un père de famille évoquait ses enfants « tellement affamés, si vous saviez, madame ! En ville, même avec de l'argent, on ne trouve rien, rien, absolument ! »

Mais Justin, son mari, veillait. Les quelques provisions si difficilement acquises, il les gardait jalousement pour ses connaissances. Alors, Céline se cachait pour glisser dans une poche un minuscule morceau de fromage de Saint-Nectaire ou de lard maigre, ou même quatre ou cinq pommes de terre.

En hiver, en raison des routes impraticables, Louis et le fils du cantonnier, un gaillard intrépide, descendaient en ville à skis, de nuit bien souvent, à la merci d'une chute, d'une entorse ou d'une jambe cassée. Sur leur dos, le sac trop lourdement chargé leur arrachait les épaules, les déséquilibrait même parfois dans les virages.

À la ferme, Élise s'insurgeait. Mais, comme le disait Louis, il fallait bien rendre service à l'oncle et à la tante qui s'étaient aimablement chargés de leur fillette. Alors, Élise soupirait et, invariablement, passait une nuit blanche. La plupart du temps, les nuits où son mari s'absentait, elle n'avait pas le courage de rester seule. On l'hébergeait à l'auberge, ou bien la femme du cantonnier lui prêtait un lit dans une soupente.

Les femmes récupéraient de la laine en détricotant pulls et gilets. Puis, en devisant au plus près du poêle, elles confectionnaient d'épaisses chaussettes, des moufles, de longues écharpes, des passe-montagnes qui emboîteraient bien la tête et le cou. La veillée finie, Élise emportait une brique chauffée dans le four, enveloppée dans un vieux lainage. La cantonnière en glissait une dans le lit de son vieux père, et aussi dans celui de son fils afin qu'il le trouve bien tiède au retour de sa course nocturne dans le froid.

Avec un serrement de cœur, Élise songeait à sa petite Marie qui ne verrait même pas son père. Tout doucement, pour ne pas l'éveiller, Louis se pencherait sur elle avant de regagner son repaire dans les montagnes feutrées de blanc sous la lune. Tout attendri, le père poserait à peine ses lèvres sur la joue rose et tiède.

— Allons mon petit – depuis son enfance, la brave tante n'avait jamais cessé de l'appeler ainsi – remonte vite là-haut, va, que la pauvre Élise doit se morfondre !

Louis et son jeune voisin se restauraient un peu, buvaient un verre de vin de Chanturgue ou de

Limagne ; puis, chaussant rapidement leurs skis, ils attaquaient vaillamment la longue montée. Ils arrivaient en nage, épuisés par l'effort, le cœur battant à se rompre.

Lorsque le temps était sec, ces expéditions se répétaient environ tous les quinze jours. Mais, s'il neigeait, les deux hommes partaient de jour. En cas de tempête, il fallait attendre le bon vouloir du vent.

Quand il avait assez soufflé et joué follement avec les tourbillons de neige autour des montagnes, il finissait par se calmer pour aller s'endormir, niché entre deux rangs de sapins.

À plusieurs reprises, il s'était levé si brusquement au retour que Louis et son compagnon avaient dû chercher refuge à la ferme du Barbier, parfois au domaine de la Tache. Ces deux montagnards savaient trop bien ce qu'il en coûte de braver les éléments en furie. Dans le massif, chaque hiver réclamait son tribut de vies humaines ; il convenait de se faire humble, résigné, devant l'écir[1] déchaîné qui punissait impitoyablement les audacieux.

Sur le chemin de l'école, Marie évitait de fréquenter les garçons. En général, ils étaient brutaux, criaient trop fort, se moquaient des filles, ne veillant qu'à leur faire de vilains tours à l'occasion.

Dans le groupe scolaire, l'aile droite et la cour attenante leur étaient réservées, alors que toute la partie gauche abritait les classes des filles, leur préau et leur cour de récréation. Au fond, un bâtiment

---

1. L'écir : vent violent (la tourmente) qui soulève des tourbillons de neige poudreuse.

beaucoup plus petit accueillait les enfants de l'école maternelle. À l'intérieur, Marie se sentait protégée de ces garnements.

Sous les fenêtres des classes du rez-de-chaussée, tout le long de la route, une étroite bande de terre était consacrée au jardin potager du directeur d'école. Sur le devant du bâtiment, de grandes pelouses de gazon dominaient la Dordogne, assez encaissée et bordée d'arbres où nichaient des oiseaux. En bas, à gauche, deux énormes peupliers se dressaient au bord d'un terrain vague où les instituteurs, parfois, emmenaient leurs élèves jouer au ballon.

En octobre, les petites feuilles en forme de cœur, toutes dorées et craquantes, voletaient sous le vent, parsemant les pelouses, flottant jusque sur l'eau noire de la rivière. Marie et ses amies en faisaient de gros bouquets qu'elles jetaient dans la Dordogne depuis le petit pont de bois, pour le plaisir de les voir descendre au fil de l'eau en tournoyant, dans les frissons argentés autour des pierres éclaboussées d'une écume impalpable.

Les jeudis et les dimanches d'hiver, les filles des boutiquiers voisins de l'épicerie poussaient souvent la porte, en début d'après-midi, déclenchant la sonnette de l'entrée.

— Est-ce que Marie peut venir faire de la luge avec nous, madame Laroche ? demandait Paulette, l'aînée.

— Oui, mais pas trop loin alors !

— Oh non, on va juste dans le parc, derrière le Thévenin !

— Surtout, recommandait la tante, longez bien les murs, mes petites, quand vous passez sous le Sarciron ou l'*Hôtel Gallia*. Les toits sont si hauts que si une plaque de neige gelée s'en détache, elle vous tuera sur le coup !

Les trois fillettes partaient donc en tirant leur luge de bois le long des trottoirs. Trop petite pour se lancer seule du haut de la pente enneigée, Alice s'installait tantôt devant sa sœur, tantôt devant Marie.

Plus hardis, beaucoup d'enfants remontaient jusqu'au lieu-dit les Pradets. De là, ils dévalaient sous les bois de la montagne du Capucin jusqu'aux premières maisons de la ville. Céline interdisait à Marie de se risquer aussi loin, mais la fillette se contentait amplement des parties de luge partagées avec ses voisines. D'ailleurs, si Paulette et Alice, pour une raison quelconque, ne venaient pas, elle ne recherchait la compagnie de personne d'autre. Elle jouait avec sa poupée ou avec la vieille chienne Belle. Mais, le plus souvent, elle suivait la tante comme son ombre, la secondait en tout dans la mesure de ses moyens.

Elle aimait l'odeur étrange de l'épicerie, senteur de poivre, de légumes secs, de chou et aussi de vieux bois poussiéreux. De l'ongle, elle grattait un peu le givre des vitres du magasin, contemplait la rue où la neige tassée par des pas innombrables perdait trop vite sa blancheur première. Un peu mélancolique, elle songeait à ses parents, à la petite ferme blottie dans la neige sur la pente du puy Corde, au lac dont l'eau dormait, invisible sous une épaisse couche de glace bleutée.

« Pourvu, se disait la petite, pourvu que le traîneau puisse descendre et me ramener là-haut pour Noël ! »

Pourtant, elle n'avait jamais de grandes crises de tristesse, de chagrins noyés de larmes.

Marie, déjà, était résignée. Pas indifférente, non, mais accommodante, soumise. Quel qu'il soit, elle acceptait son sort, voilà tout.

Pour les parties de luge, la tante Céline interdisait aussi les rues de la ville, et tout particulièrement la côte Boisssy, forte pente à son avis extrêmement dangereuse, située entre la mairie et le square André. Malgré le nombre restreint de voitures, Céline craignait toujours un accident.

Beaucoup d'intrépides, pourtant, la dévalaient avec des cris de joie, viraient sur la place de la Poste pour filer le long de l'avenue Michel-Bertrand jusqu'à la gare. Des jeunes gens, en soirée de préférence, empruntaient même ce parcours en bobsleigh, arrivant du pied du Sancy à une vitesse folle.

— Regarde-moi ces casse-cou ! s'indignait la brave tante. Quand ils seront partis droit dans quelque poteau, ils se calmeront bien, tu verras !

Marie opinait sans rien répondre ; à son avis, cela ne la concernait pas.

L'oncle Justin avait pour sa petite-nièce un petit nom affectueux qu'elle détestait sans oser le lui dire ; il l'appelait ma « ratoune ».

Pas très grand, les jambes courtaudes, l'épicier, un peu ventru, arborait une énorme moustache. Bizarrement, alors que ses cheveux grisonnaient largement, ce magnifique attribut demeurait noir comme le jais et il en était très fier. Il adorait plaisanter à propos de sa chevelure :

— Tu as vu, Marie ? Je suis poivre et sel, pour un épicier, c'est ce qui se fait de mieux !

Et il riait à gorge déployée. La fillette ne saisissait pas vraiment le sens de la boutade, mais, pour faire plaisir à l'oncle, elle riait aussi.

— Arrête donc de taquiner sans cesse cette petite, mon pauvre Justin ! grondait la tante avec un hochement de tête indulgent.

Un jour de juin, un gros orage avait éclaté en début d'après-midi. Le tonnerre ébranlait les montagnes, roulait méchamment, avec un énorme bruit de roches écroulées, dans la vallée glaciaire où s'allonge la petite ville. Son fracas, les éclairs d'un bleu aveuglant effrayaient tellement les écolières que beaucoup s'étaient tapies sous les tables de la classe. Des rideaux de grosse pluie crépitante s'abattaient sur les toits tandis que la maîtresse grondait :

— Allons, allons, un peu de courage, vous êtes à l'abri ! Sortez de là, vous ne risquez rien !

À l'heure de la sortie, l'orage avait cessé et le soleil brillait de nouveau. Au-dessus de la Grande Cascade, un arc-en-ciel lumineux enjambait l'azur lavé de ses nuages noirs. La Dordogne roulait en grondant des eaux boueuses et, à l'entrée du pont de bois, Marie hésita en voyant la rivière aussi grosse et impressionnante.

À l'autre bout du pont, un chat gris foncé, au poil humide tout hérissé, semblait paniqué, lui aussi.

Marie allait appeler : « Minou, minou ! » pour rassurer la pauvre bête et, du même coup, se rassurer elle-même, lorsque soudain elle se figea. L'animal qui s'avançait vers elle, c'était un rat, un énorme rat d'égout que la rivière écumante avait chassé de son terrier !

La fillette hurla de terreur, jeta de toutes ses forces son cartable devant elle sans atteindre la bête, voulut reculer, fuir au plus vite, mais ses jambes refusaient tout mouvement. Aussi affolé qu'elle, le rat plongea brusquement au-dessus de l'eau tumultueuse, se glissant en toute hâte le long d'une pile du pont.

Enfin, Marie fit demi-tour, courut le long des trottoirs et arriva hors d'haleine à l'épicerie. L'oncle Justin grommela un peu, mais, devant l'insistance de sa femme qui consolait de son mieux la fillette tremblante, il accepta d'aller récupérer le cartable. À son retour, Marie l'embrassa pour le remercier et osa dire :

— S'il te plaît, oncle Justin, ne me donne plus jamais le nom de la femme du rat !

L'épicier faillit s'étrangler de rire. Un peu calmé, les yeux larmoyants de cette hilarité incontrôlable, il promit :

— D'accord ! Dorénavant, je t'appellerai uniquement par ton nom de baptême, c'est promis !

V

Le drame

CEPENDANT LES SAISONS, les années passaient. Le pays, enfin, fut définitivement libéré de l'occupation allemande. Peu à peu, on tentait d'oublier la guerre et tous les malheurs qu'elle avait engendrés. Il fallut trois longues années encore avant que les restrictions ne deviennent un mauvais souvenir.

Dès que l'essence fut en vente libre, Louis acheta une voiture 202 Peugeot. Déjà ancienne, la voiture changea pourtant la vie d'Élise. Avec son mari, elle put rendre quelques visites à sa mère, au Cros, à sa fille, au Mont-Dore. Ils allaient s'approvisionner à Rochefort sans être tributaires de l'un ou l'autre de leurs voisins. Même si ses sorties demeuraient assez rares, le printemps venu, elles permettaient de changer d'horizon pour quelques heures, voire pour une journée.

Marie aussi aimait les sorties en automobile. Un jour de juillet, alors que la famille se rendait chez la grand-mère Armandine, Louis arrêta son véhicule à la Roche Sanadoire. Au-delà, la petite route étroite et tortueuse plongeait au milieu des bois, se faufilait entre la Tuilière et la Sanadoire pour atteindre rapidement le village du Cros. Les deux énormes dykes de lave volcanique, plantés face à face comme deux cornes gigantesques, impressionnaient terriblement Marie.

Son père lui avait expliqué qu'autrefois on tirait de la première roche de la pierre dont on couvrait les toits, d'où son nom. L'autre, disait Louis, dans les temps on l'appelait la Sonnatoire. En effet, un écho faisait là le plaisir des touristes qui aimaient s'arrêter presque à son sommet, où passait aussi la route de Clermont.

La main dans la main de son père, ce jour-là Marie avait osé descendre un peu le sentier escarpé surplombant le vide. Louis avait dit :

— Crie un mot très fort, n'importe quoi !

Alors la fillette avait hurlé :

— Marie !

Et l'écho facétieux lui répondait :

— Rie, rie, rie…

Au Cros, Marie aimait s'occuper de ses petites cousines, deux jumelles de trois ans. Leur frère, Jean-Paul, n'était encore qu'un bébé. La grand-mère surveillait tout ce petit monde lorsque Christiane, sa belle-fille, secondait son mari au-dehors pour les gros travaux d'été, particulièrement la fenaison et le ramassage des regains.

Marie aimait beaucoup son oncle André. Plus gai, plus expansif que son père, il plaisantait sans cesse. En raison de son âge, sans doute, la fillette se sentait plus proche de lui que de l'oncle Justin dont les réflexions lui restaient bien souvent obscures.

Au Mont-Dore, d'année en année, elle changeait de classe sans difficulté ; c'était une élève appliquée, un peu au-dessus de la moyenne. À l'école comme en famille, Marie se montrait soumise, obéissante et ne donnait pas sujet aux réprimandes.

Paulette et Alice demeuraient ses seules compagnes de jeux. Les beaux jours venus, les trois fillettes, leurs devoirs achevés, jouaient souvent dans le parc du Casino à nouveau peuplé de curistes. Elles sautaient à la corde ou jouaient à la balle, s'exerçant à jongler. En revanche, le gardien qui louait des chaises de fer ne leur aurait pas permis de tracer une marelle sur le sable des allées. De même, les belles pelouses fraîchement engazonnées leur étaient interdites.

— Surtout, recommandait la tante Céline, n'allez pas gratter la terre dans le parc. Les curistes y crachent continuellement et laissent là tous leurs microbes !

Marie et ses compagnes cherchaient en vain à apercevoir ces bestioles si dangereuses. Elles les imaginaient un peu comme des puces qui sauteraient dans le sable, prêtes à bondir sur leurs chaussures et même sur leurs vêtements.

De grosses pierres sculptées, fragments de colonnes ou de chapiteaux, disséminées çà et là dans le parc avaient beaucoup intrigué Marie. L'oncle Justin avait expliqué, d'un ton plein d'importance :

— Ces pierres, ma petite, c'est très très vieux puisque ça date du temps des Romains. Sais-tu que, déjà, ils avaient un établissement thermal et aussi un temple, là, tout près ? Hélas, ce que tu peux voir dans le parc est tout ce qu'il reste de leurs constructions…

— Justin, coupait alors Céline, arrête donc de farcir la tête de la petite avec tes vieilles histoires. Les Romains ! Et quoi encore ? Parle-lui des hommes préhistoriques, tant que tu y es, comment veux-tu que ça l'intéresse, à son âge !

Cependant, Marie réfléchissait. À l'école, certaines leçons faisaient référence à ces Romains venus s'installer en Gaule, la France d'avant. Mais sa notion du temps était encore très imprécise. Elle se demandait si son père, quand il était écolier, avait côtoyé ces étrangers dans les rues du Mont-Dore. Si c'était le cas, elle l'enviait ; elle aussi aurait bien aimé voir le temple et les magnifiques statues qui ne pouvaient manquer d'orner l'édifice.

Elle en avait parlé à Paulette ; celle-ci comptait un an de plus que Marie et ne perdait pas une occasion de faire valoir sa supériorité d'aînée et son savoir :

— Peuh ! avait-elle fait, dédaigneuse. Le Casino est sûrement beaucoup plus beau que les vieux trucs des Romains, tu penses !

Ensuite, Marie n'y avait plus pensé. Après tout, la tante avait bien raison : qu'avait-elle à faire de ces vieilleries ? Telle qu'elle la connaissait, la ville lui plaisait beaucoup, c'était bien suffisant.

Vint l'année des quatorze ans de Marie. La jeune fille s'en réjouissait : pour elle, l'école c'était fini. Elle venait d'obtenir son certificat d'études et ne quitterait plus la ferme ni ses parents. Élise aurait beaucoup aimé que sa fille puisse fréquenter un cours complémentaire, mais Marie, pour une fois, avait refusé énergiquement :

— Oh ! non, maman, je t'en prie, j'ai tellement envie de rester près de vous. Papa et toi, vous m'avez tellement manqué...

Consulté, Louis déclara qu'il ne fallait pas la brusquer. Vivre chez l'oncle et la tante lui avait coûté, alors une pension ne lui conviendrait sûrement pas. Sans l'avouer, il se disait que lui aussi trouvait le temps bien long lorsque Marie était loin.

— Mais, avait insisté Élise, après le brevet elle pourrait apprendre un métier, rentrer à la poste, dans une banque, quelque chose de ce genre, tu vois ?

Louis se disait que sa femme avait peut-être bien raison, mais il était hors de question d'enfermer Marie contre son gré.

— Laisse-la donc grandir un peu plus, avait-il rétorqué. Plus tard, à La Bourboule ou au Mont-Dore, elle trouvera sans peine du travail dans un hôtel, ou une place de vendeuse si elle préfère.

Marie se réjouissait ; longtemps encore, elle resterait au plus près de ses chères montagnes, de son lac si bleu, saphir démesuré enchâssé dans la somptueuse verdure des résineux, son cher lac qui, à chacun de ses retours, l'accueillait avec des friselis d'allégresse. Car, elle n'en doutait pas, c'était pour la charmer davantage encore qu'il miroitait si fort sous le soleil, tandis qu'un vent léger faisait frissonner sa surface de mille petites rides joyeuses.

L'hiver suivant, la mère d'Élise mourut d'une mauvaise grippe. Il fallut emprunter un traîneau et un cheval pour descendre jusqu'à la ferme du Cros. Tous les enfants d'Armandine s'y trouvèrent réunis.

Seule Marie, l'aînée de ses petits-enfants, accompagna le cortège jusqu'à l'église de Rochefort. Les voitures de ses oncles, André et Rémi, roulaient au pas sur la petite route verglacée, au milieu des prés comblés de neige épaisse.

Pour la première fois, Marie se trouvait confrontée à la mort d'un être cher. Elle parvint pourtant à surmonter son immense peine pour consoler et assister sa mère, effondrée.

Les derniers mois de cet hiver-là, Élise sembla avoir définitivement perdu sa quiétude coutumière.

Peu à peu, cependant, le printemps revenu, pour son mari et pour sa fille elle réussit à oublier un peu son chagrin et redevint enfin elle-même. Avec le soleil réapparu, les travaux de la ferme plus intensifs et les quelques heures de travail à l'auberge, même si, très souvent, elle pensait avec émotion à sa mère, le bonheur tranquille se réinstalla dans la petite ferme sous le puy Corde.

Cet après-midi, le soleil d'août écrasait les montagnes sous une touffeur suffocante qui présageait l'orage. Immobile tel un immense plat d'étain luisant, le lac paraissait dormir. Sur l'eau étale se reflétait un ciel chargé d'épais nuages d'un gris sombre et inquiétant.

— Vite, Marie, dit Élise, cours à l'auberge porter ces deux douzaines d'œufs avant que l'orage éclate ! Et s'il te surprend là-bas, surtout reste à l'abri le temps que ça passe.

Les deux femmes étaient seules à la ferme ; Louis, ce jour-là, prêtait la main à son beau-frère du Cros pour réparer une clôture endommagée récemment par un taureau furieux. André et lui se rendaient mutuellement service pour les travaux les plus durs, et aussi pour couper et rentrer le bois, l'automne venu.

Son panier au bras, Marie descendit rapidement le sentier menant à la route. À son habitude, elle traversa pour longer le lac. Là, tout contre le talus, une automobile noire était arrêtée. Tout près, un homme debout, les mains dans les poches, semblait contempler l'eau plombée. Au bruit des pas de Marie, il se retourna soudain pour la dévisager. Dans ses yeux gris d'acier, la jeune fille eut le temps de lire une contrariété mêlée d'étonnement. Elle lança un « Bonjour ! » auquel l'homme ne répondit pas. Marie avait eu le temps de constater qu'il était jeune, mais son visage aux traits aigus n'avait rien de sympathique.

L'endroit était désert, l'approche de l'orage avait chassé les promeneurs. Sans doute certains s'étaient-ils réfugiés à l'auberge ; sur le terre-plein devant la maison, Marie voyait trois voitures garées l'une près de l'autre. Les œufs livrés à la cuisine, la jeune fille s'attarda quelques minutes pour prendre une commande de fromages que sa mère apporterait le lendemain.

— Seigneur, ma lessive ! s'exclama soudain la patronne. Vite, petite, viens m'aider à la rentrer avant la pluie !

Marie la suivit en hâte derrière l'auberge et elles s'empressèrent de plier les draps déployés, d'ôter les pinces de bois retenant torchons et serviettes sur les fils tendus.

— Merci, dit l'aubergiste, sauve-toi maintenant qu'à mon avis l'orage ne va plus tarder !

Marie repartit en courant sur l'herbe sèche, le long du fossé. De loin, elle reconnut l'automobile noire arrêtée un moment avant au bord du lac ; à présent, le véhicule était garé à l'entrée du sentier menant à la ferme de son père. L'automobiliste achevait de descendre la pente en courant comme un forcené. Il s'engouffra dans sa voiture, claqua la portière et démarra si violemment que, sous les pneus, les gravillons giclèrent en crissant.

Intriguée, la jeune fille gagna la maison en toute hâte, le cœur battant de sa course depuis l'auberge.

Devenus d'un violet sombre, les nuages occupaient maintenant tout le ciel ; leur ventre rebondi semblait écraser le sommet des montagnes, tassées sur leur peur. Les pentes herbeuses paraissaient presque noires, comme si la nuit les envahissait soudain au plein milieu de l'après-midi. Au loin, du côté des monts du Sancy, le tonnerre roula tout à coup, avec un grondement sourd et hargneux de monstre en colère.

Enfin, Marie poussa la porte de la cuisine, appela :

— Maman, tu es là ?

Rien ne lui répondit. Elle frappa à la porte de la chambre, grimpa à l'étage, entra dans sa propre chambre, visita les combles. Élise n'était nulle part. Alors la jeune fille gagna l'étable : elle était vide.

Les quelques bêtes que Louis n'avait pas conduites dans les pâtures d'estive, beaucoup plus haut près du buron au sommet du puy Corde, se trouvaient dans un pacage en bordure du bois. Marie pensa qu'avec la menace d'orage, sa mère était montée s'assurer qu'elles allaient bien. Pourtant, c'était inhabituel ; les bêtes savaient d'instinct s'abriter en lisière. Mais, sinon, où pouvait bien être Élise ?

Un gigantesque éclair bleuâtre suivi d'un craquement assourdissant fit reculer Marie. Elle repoussa la porte de l'étable, revint dans la cuisine en empruntant le passage étroit utilisé seulement l'hiver. Des trombes d'eau s'abattaient sur la ferme ; derrière les vitres noyées de longs traits de pluie, le paysage avait disparu. Le tonnerre éclatait sans discontinuer, les éclairs illuminaient la montagne, sinistre et terrifiante dans sa noirceur zébrée de lignes fulgurantes, d'un jaune éblouissant ou d'un blanc aveuglant, métallique.

L'orage, pourtant, s'apaisa aussi soudainement qu'il avait éclaté. Tremblante, Marie enfila un imperméable, chaussa des bottes de caoutchouc et, sans souci de la pluie qui tombait encore dru, elle monta vers le pacage en courant dans l'herbe détrempée et glissante. Elle n'eut pas à aller bien loin.

À deux cents mètres environ de la ferme, une forme était étendue, la tête dans le petit ruisseau qui dévalait la pente à la sortie du bois.

— Maman ! hurla Marie.

Elle se pencha sur le corps inerte, aux vêtements lourds de pluie, recula aussitôt, horrifiée, une main sur la bouche. Le profil de sa mère qui émergeait de l'eau, près d'une grosse pierre, était bleu et figé. Le courant du ruisseau gonflé par l'orage roulait fort, avec un bruit insupportable ; les remous soulevaient les longs cheveux blonds d'Élise, sa main ouverte s'agitait mollement à la surface de l'eau noire.

Alors, suffoquant de sanglots, affolée, Marie descendit en courant jusqu'à la maison du cantonnier.

On la fit asseoir, on la calma à grand-peine, on lui donna un peu de café chaud qu'elle ne put avaler. En hoquetant, avec de longues crises de larmes inquiétantes, elle finit par dire son affreuse découverte. Puis, brusquement, elle perdit conscience.

Alerté par téléphone depuis l'auberge, le médecin de Rochefort conclut à un malheureux accident. Sans doute Élise avait-elle glissé sur l'herbe mouillée et sa tête avait heurté une pierre émergeant du ruisseau. Le coup à la tempe était très net. D'ailleurs, la jeune femme était seule, il n'y avait aucune autre explication. Il signa le permis d'inhumer.

D'après les aubergistes, Marie ne s'était pas absentée plus de vingt minutes environ. Qu'aurait-il pu se produire d'autre en un temps aussi court ? En hâte, on était allé au Cros avertir Louis. Il arriva presque en même temps que le médecin, avec André, le frère d'Élise. Le choc laissait les deux hommes sans voix. Marie, que l'on avait raccompagnée chez elle après son malaise, se jeta éperdue dans les bras de son père. Hébétés, ils s'accrochaient l'un à l'autre sans parvenir à comprendre qu'Élise venait de les quitter pour toujours.

On inhuma la malheureuse à Rochefort, dans le caveau de famille où reposaient ses parents. Louis menait le deuil avec André et Rémi, ses deux beaux-frères. Ensuite venait Marie, qui avançait comme une somnambule, accrochée aux bras de ses tantes, Janine, la sœur d'Élise et Christiane.

Le soir même, quand Louis et sa fille se retrouvèrent seuls chez eux, Marie donna libre cours à son immense peine. Longtemps, elle pleura dans les bras de son père avant d'aller dormir, d'un mauvais sommeil entrecoupé de cauchemars. Des nuits durant, elle s'éveilla en sursaut, les yeux débordants de larmes, croyant avoir rêvé. Mais, très vite, s'imposait l'horrible réalité et, jusqu'à l'aube, la jeune fille pleurait dans le noir. Elle avait totalement oublié l'homme et sa voiture noire garée en bas de la ferme, le jour du drame. Elle avait cru alors que c'était un visiteur à la recherche de son père.

Ensuite, les circonstances lui avaient fait occulter ce personnage tout juste entrevu.

Louis n'avait pas eu de larmes, hélas, mais sa peine infinie, effrayante, se lisait sur son visage creusé brusquement de rides profondes, comme celui d'un vieillard.

VI

Père et fille

MARIE ET LOUIS, pourtant, durent apprendre à vivre sans Élise. Afin de s'épargner mutuellement, ils évitaient soigneusement d'évoquer leur chère disparue, s'investissant obstinément dans le travail, seul dérivatif à leur douleur toujours aussi vive. En automne, Marie atteignit ses quinze ans. Un peu plus grande que sa mère au même âge, elle était tout son portrait.

Lorsque Louis la voyait aller et venir, occupée aux tâches ménagères, il suspendait parfois un geste ébauché. Cette ressemblance criante lui était à la fois cruelle et douce. Cruelle car elle augmentait le manque ; il croyait revoir sa jeune femme les premières années de leur mariage, et son cœur se serrait à l'étouffer. Mais douce aussi car, incapable de détacher son regard de la chevelure blonde, des yeux bleu-mauve, de la silhouette un peu frêle de Marie, Louis se disait :

« J'ai cette chance d'avoir une fille, aimante et paisible comme l'était sa mère. Si je m'étais retrouvé veuf et sans enfant... »

Il n'osait achever sa pensée, mais sans nul doute se serait-il jeté dans le lac, incapable de supporter un total isolement, ici, dans sa ferme loin de tout, incapable surtout de supporter le vide de son cœur mort en même temps que celle qu'il aimait.

Avant que les premières neiges ne viennent bloquer la route, le père et la fille gagnaient le cimetière chaque dimanche après-midi. Quand les fleurs sauvages, qu'Élise aimait tellement, firent défaut, Marie coupa phlox et dahlias dans le jardin de Christiane.

Cette halte au Cros, à l'aller comme au retour de Rochefort, atténuait un peu la peine de la jeune fille. Ses petits cousins la distrayaient. Et puis, sa tante était si bonne. À défaut de sa mère, Christiane s'efforçait de la gâter un peu, lui offrait une babiole, bavardait avec elle, loin des hommes toujours préoccupés de la ferme, de leur bétail, des travaux. Le plus souvent, le père et la fille dînaient au Cros, en famille, avant de regagner la ferme sous le puy Corde.

Plus taciturne que jamais, Louis faisait des efforts pour s'entretenir avec André des cours de la dernière foire de Rochefort, du temps, de l'hiver qui ne tarderait pas. Le manque si douloureux d'Élise passait alors au second plan et, pour quelques heures, il reprenait pied dans la vie routinière des fermiers de l'endroit.

Le premier hiver sans Élise fut d'une longueur et d'une tristesse désespérantes. Dans la petite maison bien close pour se défendre des intempéries, Marie avait parfois l'impression d'étouffer.

Quand, certains jours, le soleil brillait sur la neige, elle gagnait l'auberge où elle passait une partie de l'après-midi, toujours prête à donner la main s'il le fallait. En cette saison, les clients étaient extrêmement rares, mais la patronne appréciait la compagnie de la jeune fille.

Pourtant, aux vacances de Noël, quelques skieurs faisaient halte au Guéry ; on préparait alors omelettes et casse-croûte de jambon et saucisson d'Auvergne. La patronne avait demandé à Marie de venir la seconder un peu durant cette période. Tout heureuse, Marie rapporta à son père sa première paie, certes bien modeste, mais suffisante pour la combler.

— Non, ma fille, non, dit Louis en secouant la tête avec un sourire. Garde cet argent, tu l'as gagné, il est à toi.

— Mais papa, je n'en ai pas besoin !

— Pour le moment, non. Mais plus tard tu seras peut-être bien contente de le trouver. D'ailleurs, si tu le veux, aux beaux jours tu pourras travailler un peu à l'auberge, comme ta mère le faisait…

Un silence suivit cette réflexion. Louis croyait voir Élise et Marie, toute petite, partir sereinement vers l'auberge. Savait-il alors combien il était heureux ? Ce bonheur, l'appréciait-il vraiment ?

Certainement pas assez… Pourtant les regrets étaient vains. Mais la mort d'Élise, si brutale, à trente-quatre ans seulement, était trop injuste. Jamais il ne l'accepterait, jamais ! Mais que faire, sinon subir cette déchirure qui saignerait longtemps, toujours, au-dedans de lui ?

De son côté, Marie se disait :

« Remplacer ma mère… »

Alors, elle réalisait qu'à la ferme elle assumait maintenant tout le travail d'Élise. Puisque son père le proposait, elle voulait bien, dès le printemps, travailler quelques heures à l'auberge où elle était comme chez elle. Certes, elle aimait la ferme, les bêtes, mais aux beaux jours le travail de Louis, les parties de pêche, l'éloignaient souvent. Marie, alors, se sentirait bien seule malgré l'affection de ses chats et des deux chiens de berger.

En automne, il lui arrivait de courir les bois avec son père, à la recherche des champignons, et elle en éprouvait un plaisir extrême. Et puis, comme elle le faisait avec Élise, elle récoltait framboises sauvages, myrtilles, mûres des ronciers, pour confectionner gelées et confitures sur les conseils de sa tante Christiane.

Parfois aussi, Louis lui apprenait à reconnaître la faune du lac et de ses bords. Marie adorait glisser lentement dans la barque silencieuse, où seul le mouvement régulier des rames arrachait à l'eau si froide un doux clapotis régulier. La jeune fille se rappelait alors sa petite enfance, ses découvertes émerveillées sur les rives du lac.

Un jour, la barque passa non loin de l'endroit où arrivait le ruisseau des Mortes de Guéry. Son eau limpide se jetait joyeusement dans le plan d'eau, après avoir traversé l'ombre des sapinières. Elle chantait au milieu des herbes que le courant rebroussait sans cesse.

— Là, chuchota Louis, regarde !

Marie eut seulement le temps d'entrevoir un corps allongé, gris sombre, se glisser dans un trou de la rive.

— C'est une loutre ! dit Louis à voix basse.

Un peu plus loin, leur passage dérangea une colonie de grenouilles vertes. Dans un bel ensemble, les bestioles plongèrent avec des « plouf ! » minuscules, déclenchant le rire de la jeune fille.

Bientôt, malgré tout l'amour qu'elle éprouvait pour son père, Marie commença à trouver bien pesante la solitude de certaines journées trop calmes, au pied de ses montagnes, si belles soient-elles. Cette mélancolie, ce malaise pourtant furtif, insignifiant qui la faisait soupirer, la jeune fille ne s'en expliquait pas l'origine. Elle avait l'âge, mais elle l'ignorait, où l'on désire une autre compagnie que celle de ses parents. De plus en plus souvent, elle songeait avec regret à l'animation des rues du Mont-Dore envahies de curistes.

Dans la petite ville, hôtels, pensions de famille et meublés faisaient le plein. Des vacanciers, comme on disait alors, s'ajoutaient aux malades. Ils venaient suivre une cure, sinon d'eaux thermales, du moins de bon air pur, en altitude, dans des paysages superbes où les citadins se ressourçaient.

Rarement, Louis et sa fille gagnaient Le Mont-Dore pour quelques courses et une visite à l'oncle et la tante. Justin et Céline avaient pris leur retraite et vendu fonds de commerce et appartement. Depuis quelques mois, ils habitaient la petite maison achetée au Queureuilh, quartier résidentiel en direction de La Bourboule. Justin jardinait, aménageait les abords de la demeure. Souvent aussi, il partait pêcher dans la Dordogne, en aval de la ville sous les pentes du Sancy. Et, depuis peu, il était devenu un fervent adepte du jeu de boules, où il retrouvait beaucoup de connaissances.

Céline, par contre, trouvait le temps bien long ; son commerce, le contact avec la clientèle lui manquaient. Chaque après-midi, elle « montait » en ville pour faire ses courses et surtout visiter ses anciens voisins.

— Alors, petite, demandait-elle lorsque Marie se trouvait là, tu ne t'ennuies pas trop là-haut, loin de tout ?

Sa petite nièce avait une moue évasive.

— Si tu veux, reprenait la tante, et si ton père est d'accord, bien sûr, je te trouverai une place pour l'été prochain. Le commerce, ça te plairait ? Parce que, travailler dans l'hôtellerie, moi, je te le déconseille. En saison, il n'y a pas d'horaire, c'est épuisant. Enfin, à toi de voir…

L'année suivante, le printemps venu, Marie s'enhardit à aborder son père :

— Papa, si tu penses que je ne te manquerai pas trop en juillet et en août, tu crois que je peux demander à la tante de me trouver une place de vendeuse ?

Elle levait sur Louis un regard un peu inquiet ; elle avait si peur de lui déplaire, de le peiner. Il la dévisagea un instant. C'était bien vrai que, malgré quelques heures de travail à l'auberge, la vie sous le puy Corde n'avait rien d'attrayant pour une jeune fille de cet âge.

Jusqu'à maintenant, Marie s'était contentée de son sort, car elle n'était qu'une grande fille, très attachée à son environnement. À présent, elle aspirait à plus de mouvement, de gaieté. Il lui fallait des amies sans doute ; lui, il s'en rendait bien compte, était un compagnon trop taciturne. Et, à l'auberge, un peu de ménage et d'aide à la cuisine n'avaient certainement rien de très exaltant.

— Mais bien sûr que tu peux lui demander, répondit-il enfin. Quand les bêtes seront à l'estive, tu le sais, pour deux mois je serai bien capable de me débrouiller seul, diable !

Il sourit à sa fille en se disant avec amertume :

« Si Élise était là, elle serait la première à encourager Marie à me quitter un peu… »

La jeune fille s'approcha, embrassa tendrement son père sur la joue.

— Merci, papa, dit-elle vivement. Ici, je suis bien, c'est sûr, mais…

— Mais tu es un peu seule, je comprends ! Écoute, après-demain nous descendrons au Mont-Dore et tu pourras discuter avec la tante de ta future place.

Marie l'embrassa à nouveau et, brusquement, Louis eut une pensée qui lui pinça le cœur :

« Quand ma fille se mariera, c'est plus de deux mois par an qu'elle passera loin de moi. Et, vu notre isolement, il y a fort peu de chances pour qu'elle trouve un époux près du Guéry… »

Il eut un léger haussement d'épaules et réussit à sourire. Après tout, pourquoi anticiper ? Nul ne pouvait prévoir son avenir ni celui de Marie. Vivre au jour le jour, prendre les petites joies de la vie, grâce à sa fille toujours, c'était maintenant son lot. D'autres sans doute étaient bien plus à plaindre encore…

Louis devait conduire Marie au Mont-Dore le 21 juin. Il avait été convenu qu'elle logerait chez l'oncle et la tante jusqu'au 1er septembre, date à laquelle elle quitterait ses employeurs.

Céline avait trouvé pour sa petite-nièce une place de vendeuse dans un commerce des plus agréables, une confiserie de la rue Favart. Outre le couple de patrons, il y avait là leur fille de quatorze ans et deux autres vendeuses.

On initia Marie, qui retrouva un peu, avec bonheur, les heures passées à l'épicerie de sa tante. Si le temps le permettait, Marie et Yolande, la fille de la maison, préparaient d'abord l'étalage extérieur. Sur les présentoirs disposés le long des devantures, à même le trottoir, elles installaient les sucres d'orge à l'eau thermale, pastilles multicolores protégées de l'humidité dans des boîtes de métal rondes, bleu ou argent. S'y ajoutaient des corbeilles de différentes tailles, garnies de petits bonbons gris ou beiges : les cailloux de la Dordogne. D'autres étaient remplies de friandises aux couleurs vives en forme de fruits des bois : airelles, fraises, framboises, mûres, noisettes, soigneusement couchées sur de la frisure de papier vert ou jaune.

Ce travail fini, Yolande et Danièle restaient dehors à surveiller le précieux étalage. Un gamin chapardeur aurait vite fait de plonger la main dans ces trésors alléchants ; les confiseries, on le sait, sont le temple de la tentation pour tous les enfants.

À l'intérieur de la boutique, la patronne ne quittait pas la caisse. On voyait rarement son mari, chargé de l'approvisionnement et des éventuelles livraisons, dans les hôtels ou, parfois, chez des particuliers.

Clémence, âgée de vingt et un ans, commençait là sa quatrième saison ; on l'avait chargée d'initier Marie aux emballages et à la vente. Outre les petites panières d'osier, les jeunes filles pesaient les bonbons pris avec un petit couloir métallique dans d'immenses bocaux de verre ; elles en emplissaient des sachets de papier cristal de deux cents, deux cents cinquante ou cinq cents grammes, les fermaient d'un brin d'étroit ruban rouge au nœud soigneusement épanoui, y collaient une étiquette dorée au nom de la maison.

En vrac, dans des bacs alignés sous le comptoir, on trouvait aussi pastilles de menthe ou de Vichy, rouleaux de réglisse, pralines, nougats, petits bâtons de sucre d'orge enveloppés de papier brillant, carrés de guimauve, caramels, pièces de monnaie en chocolat, bonbons au miel... Près de la caisse trônait l'immense présentoir de sucettes du Pierrot Gourmand. Sur plusieurs étages, disposées en éventail, les friandises plantées sur leurs petits bâtons de bois, pliées de papier de couleurs différentes, offraient aux enfants tous les parfums imaginables : cerise, menthe, myrtille, orange, cassis, citron, caramel, framboise, anis...

Marie aimait l'odeur délicieusement sucrée de la boutique, ses couleurs vives si variées. Elle s'empressait auprès des clientes, se réjouissait de voir les yeux brillants de convoitise des enfants, leur mine comblée lorsqu'ils avaient en main la friandise attendue. Très vite, la jeune fille était devenue experte dans l'art de l'emballage. Un joli papier vert à ramages de fleurs et d'oiseaux autour d'une boîte ou d'une corbeille, une coque de ruban pour fermer le paquet et, souriante, elle tendait la marchandise à l'acheteur en même temps que le ticket pour la caisse.

La boutique offrait aussi des pots de confitures diverses et des flacons de la célèbre liqueur du Capucin. Concocté à partir de plantes macérées, ce digestif d'une belle couleur jaune ambré était un cadeau que touristes et curistes achetaient volontiers pour l'offrir à leurs connaissances. Mais, de la clientèle aisée surtout, les friandises les plus prisées restaient sans conteste les fruits confits et pâtes de fruits d'Auvergne, fabriqués dans la région de Clermont-Ferrand.

Les vendeuses rangeaient soigneusement ces dernières, généralement rondes, sur du papier dentelle blanc, dans des boîtes en bois nécessaires à la conservation de leur fraîcheur et de leur moelleux. Les fruits confits, un luxe, disposés dans des paniers à l'anse enrubannée, étaient enveloppés de Cellophane jaune. Trop fragiles, on ne les exposait jamais à l'extérieur de la boutique, mais sur les rayonnages où ils côtoyaient les liqueurs.

Polie, gracieuse, d'humeur toujours égale, Marie était appréciée. Yolande et Danièle, un peu trop jeunes, n'auraient pu devenir ses amies ou confidentes. Quant à Clémence, son travail fini, elle courait à des rendez-vous dans le parc tout proche. Fièrement, elle avait annoncé à Marie qu'elle était « presque officiellement » fiancée à un jeune cuisinier de l'*Hôtel Métropole*.

Aussi, après une rapide promenade dans les rues presque désertées à l'approche du dîner, une course pour sa tante, parfois, Marie descendait vers le Queureuilh sans s'attarder ni tenter une rencontre.

Toujours bavarde, Céline, à qui le commerce manquait décidément trop, lui faisait raconter sa journée. Elle posait, sur tout et sur tous, mille questions auxquelles Marie répondait de son mieux. Bien souvent, la vaisselle rangée, les deux femmes partaient pour une petite promenade à la fraîche, tantôt vers la ville où curistes et touristes avaient envahi les terrasses des cafés, tantôt vers le quartier beaucoup plus calme de la Fougère, la campagne déjà.

De son côté, Louis gagnait le Mont-Dore deux ou trois soirs par semaine, invité à dîner par la brave tante afin qu'il puisse retrouver un peu sa fille. Toujours, il arrivait chargé de quelque produit de sa ferme, ou de quatre belles truites du lac qui faisaient les délices de tous.

L'année suivante, dès le 15 juin, Marie retrouva sa place de vendeuse avec joie. Clémence allait se marier, elle ne revenait pas à la confiserie. Suzanne, qui avait exactement l'âge de Marie, la remplaça, et il revint à cette dernière d'initier la nouvelle. La patronne se reposait sur elle de plus en plus ; Marie était extrêmement fière de cette confiance qui, à ses yeux du moins, lui donnait une importance incontestable.

VII

Les noces de Marie

Le chaud soleil de la mi-avril avait accéléré la fonte des neiges sur les montagnes. Dans les coulées entre les pics seulement persistait une épaisse couche dure de névé brillant. En deux semaines, les pentes avaient reverdi ; malgré l'acidité du vent qui glaçait encore les joues, Marie avait cueilli, déjà, à la lisière du bois, les premières anémones et de minuscules violettes du mauve de ses yeux. Elle guettait la floraison des primevères, ces fameux « coucous » jaune pâle prêts à éclore sous leurs larges feuilles arrondies. Le lac, où flottaient encore quelques minces bancs de glace, prenait sous le ciel de printemps toutes les teintes de bleus imaginables : pervenche, turquoise, améthyste, bleu porcelaine, avec des scintillements moirés d'un argent sombre marbré de violet.

Ce jour-là, Marie revenait de nourrir la volaille et les lapins ; elle s'apprêtait à vider, pour le repas du soir, deux belles truites à la peau humide, irisée de reflets métalliques et pointillée d'or. Le ventre ouvert par le couteau de cuisine pointu, les poissons offraient au regard une chair unique, délicatement rosée. Les truites du lac de Guéry se nourrissaient de minuscules crevettes d'eau douce, hôtes des fonds du plan d'eau. Toute petite, Marie, près de son père, observait les petits crustacés lovés sur le sable fin et doux, blottis parfois entre des herbes dont la racine plongeait dans l'eau. Leur petit corps recroquevillé, d'un centimètre à peine, était presque transparent, d'un rose pâle nacré qui colorait si joliment la chair des truites, leurs prédateurs.

Marie avait laissé grande ouverte la porte de la cuisine et elle sursauta lorsqu'une ombre s'allongea sur le dallage. En même temps quelqu'un, légèrement en retrait, frappait au battant de bois, appelait :

— Monsieur Dorange, vous êtes là ? Je peux entrer ?

Avant que Marie n'ait pu répondre, un homme apparut sur le seuil, à contre-jour. À la vue de la jeune fille, il ôta précipitamment son béret. Elle distinguait mal les traits de l'arrivant, mais elle était certaine de ne pas le connaître.

— Excusez-moi, dit-il, j'aurais voulu voir votre père, il est pas là ?

— Non, dit Marie toujours sous le coup de la surprise, il est descendu aider mon oncle, au Cros, et il m'a dit qu'il rentrerait souper assez tard. Je peux lui faire une commission ?

— C'est-à-dire... non, fit l'homme, l'air embarrassé, il faut que je le voie, lui !

— Vous ne pouvez pas repasser un de ces jours, demain par exemple ?

— Je crois pas, j'essaierai mais... Dites-lui que Lucien de la ferme Aubert, près de la Plane, a des choses à lui dire, des choses urgentes. S'il peut, qu'il vienne donc me trouver, ça vaudrait mieux... il comprendra, je pense...

L'air gêné de l'homme qui lui faisait face intriguait Marie, provoquant en elle un vague malaise. Le visage de l'inconnu affichait environ trente ans, peut-être un peu moins ; il avait des cheveux châtains tout hérissés, ses joues envahies de barbe drue paraissaient creuses, son regard fuyait.

— Je lui dirai, dit-elle enfin, vous pouvez compter sur moi.

Il lui tardait de le voir repartir ; elle restait là, de l'autre côté de la table, indécise, son couteau sanguinolent à la main. Machinalement, elle essuyait les doigts de sa main gauche sur les feuilles fraîches où les truites étaient couchées.

L'homme fit mine de se détourner, hésita :

— Pour votre mère, je suis désolé…

— Ma mère ? répéta Marie, les yeux ronds. Mais il y a plus de trois ans qu'elle est morte !

— Je sais, oui, je sais, n'empêche ! Faut que je vous dise : vous lui ressemblez trop, alors lui, bien sûr…

— Lui ? Qui ? De qui parlez-vous ?

— Non, c'est rien, faites pas attention, mais tout de même, méfiez-vous. Et surtout dites bien à votre père qu'il doit me voir, hein ? Allez, je m'en vais maintenant, au revoir !

Brusquement, il vissa son béret sur sa tête et franchit le seuil à grandes enjambées. Marie écouta ses pas décroître sur le sentier, sonner bientôt sur le goudron de la route. Le fameux Lucien de chez Aubert allait en direction de la maison du cantonnier. Sans doute était-il venu à pied de la Plane, et il repartait de même.

Il était près de neuf heures lorsque le père de Marie rentra enfin. La jeune fille avait refermé la porte à double tour. Louis s'étonna :

— Aurais-tu peur, petite, que tu t'enfermes si tôt ?

Nerveuse, Marie lui raconta l'étrange visite de la soirée. Aussitôt, la mine sombre de son père l'inquiéta.

— Qui est ce Lucien, papa, qu'est-ce qu'il nous veut ?

— Oh ! ne t'inquiète pas, une très vieille connaissance, j'irai le voir un de ces jours...

— Tout de même, insista Marie, je l'ai trouvé bizarre. À qui faisait-il allusion ? Et de quoi devrais-je me méfier ? Je n'y comprends rien, explique-moi !

Pour ne pas peiner son père, elle n'avait pas rapporté à Louis les paroles inattendues de l'homme à propos d'Élise. Mais en elle le malaise persistait.

— Écoute, fit Louis, ce que me veut Lucien Aubert, je n'en ai aucune idée. Alors, oublions-le ! Nous en reparlerons quand je l'aurai rencontré. Allez, fillette, ajouta-t-il d'un ton faussement enjoué, passe-moi ces truites au beurre que j'ai une faim de loup !

Là-dessus, il s'attabla devant son bol de soupe de pain bis trempé de bouillon et commença à manger en silence.

Au cours de la semaine suivante, Louis s'absenta à trois reprises mais sans jamais donner d'explications. Un jour, n'y tenant plus, Marie demanda :

— Papa, au fait, tu es allé le voir ce Lucien ? Qu'est-ce qu'il te voulait ?

— Lui ? Oh ! rien d'important. C'est... enfin il a des problèmes avec un voisin qui devait lui acheter des bêtes et qui se dédit. Alors, il voulait me proposer deux ou trois génisses mais je n'ai pas donné suite. Ne te tracasse donc pas, l'affaire est réglée.

Naturellement, Marie n'osa pas traiter son père de menteur, mais elle soupçonnait qu'il ne lui disait pas la vérité, c'était flagrant. Aussi elle parla d'autre chose.

— Il n'y a rien de changé pour ma saison à la confiserie, au moins ?

— Mais non ! Qu'est-ce que tu vas chercher ? Tu travailleras au Mont-Dore comme prévu, fillette !

Louis avait un sourire forcé. Sa fille le connaissait trop bien pour ne pas deviner qu'il lui cachait une vérité sans doute difficile à dire. Pourtant elle finit par se consoler en se disant que son père n'afficherait sûrement pas une telle désinvolture s'il s'agissait d'un fait réellement grave.

Mais elle fut très heureuse de reprendre son travail dès le premier juin, cet été-là. Elle avait dix-sept ans et demi, ce serait sa troisième saison. À la boutique, elle était devenue si experte, si sérieuse que la patronne, parfois, lui confiait la caisse, le temps d'une course à la banque où d'une séance au salon de coiffure tout proche.

Marie avait amassé un petit pécule ; joint à ses modestes gains de l'auberge, elle l'avait confié à son père. Louis avait placé une partie de l'argent sur un carnet de Caisse d'épargne que sa fille toucherait à sa majorité. Marie avait conservé de quoi participer aux dépenses de nourriture chez la tante qui avait toujours refusé le règlement de la chambre. De temps à autre, elle avait plaisir à offrir de menus cadeaux à son père et à la brave Céline. Par ailleurs, sa patronne lui faisait toujours une ristourne appréciable sur les friandises achetées pour ses cousins du Cros.

Devenue une belle jeune fille, Marie n'était pas naïve au point de ne pas voir qu'elle plaisait. Touristes ou curistes désœuvrés l'abordaient parfois, en faisant mine de détailler les devantures de la confiserie. Souvent, l'un d'eux lui demandait un rendez-vous : « Ce soir, après votre travail... », ou bien l'invitait à aller danser à la brasserie de la Gare ou dans une « boîte de nuit ». Marie refusait toujours avec un sourire à celui, généralement plus très jeune, qui faisait ce genre de proposition.

— Vos parents ne vous laissent pas sortir ? s'étonnait-il alors. Il faut ruser, vous sauver par la fenêtre, demander à une amie de venir vous chercher pour leur donner confiance...

— Non, répétait Marie, non, je vous assure, c'est impossible.

Chaque jour ou presque, la tante Céline lui recommandait de ne pas écouter ces perfides.

— Tu comprends, ma petite, ce sont bien souvent des célibataires occasionnels ! Pendant les trois semaines de cure, loin de femme et enfants, ils veulent s'amuser, passer du bon temps, c'est tout. Une aventure de vacances et adieu, je t'ai vue ! Un brave garçon d'à peu près ton âge, qui est du pays, qui a un travail sérieux, je ne dis pas, bien que tu sois encore trop jeunette. Mais ces godelureaux dont la plupart sont assez vieux pour être ton père, et même ton grand-père, je les connais, crois-moi ! Ils ne valent pas pipette et ceux qui t'offrent des cadeaux, ce sont les pires ! Alors, ma petite Marie, ferme bien tes oreilles à tous leurs beaux discours, hein ?

Sans l'avouer à personne, Marie, que les touristes d'âge mûr n'intéressaient pas, était tombée amoureuse d'un garçon boucher de la rue Favart. Ce beau brun à l'œil de velours passait et repassait devant la confiserie lors de ses livraisons. Son treillis de boucher, son large tablier blanc qu'il repliait soigneusement pour pédaler à l'aise, faisaient ressortir son teint légèrement hâlé. Ses marchandises disposées dans une caisse métallique fixée à l'avant du vélo, le jeune homme adressait en passant des sourires aguicheurs aux jeunes filles de la confiserie.

— Tu as vu, soufflait Suzanne en poussant Marie du coude, il te dévore des yeux le beau brun frisé !

Marie répondait seulement par un petit rire, mais elle se sentait troublée. Pour rien au monde, elle n'aurait avoué son intérêt croissant pour le jeune homme.

— Peuh ! faisait Yolande, la fille des patrons, visez un peu plus haut les filles ! Quel avenir avec un garçon comme ça qui n'aura jamais une boutique à lui ?

Cependant, Pierrot – ainsi se nommait le garçon boucher – n'allait jamais plus avant dans son approche. Marie en ressentait un réel dépit. Le soir, elle passait le plus lentement possible devant la boucherie, espérant elle ne savait quoi. Il lui arrivait d'apercevoir le jeune homme, occupé avec ses collègues au nettoyage du magasin avant la fermeture. S'il se retournait vers la rue, il semblait ne pas la voir, ou faisait semblant.

« Il doit être timide, songeait Marie, c'est bien dommage… »

En attendant, l'été passait.

Dans la petite ferme sous le puy Corde, Louis voyait avec effroi arriver la fin de la saison thermale.

Début septembre, Marie rentrée, que déciderait-il ? Les jours passant, l'angoisse le laissait sans force.

Victor Devèze lui avait posé un ultimatum ; depuis, le sommeil le fuyait. Lorsqu'il rendait visite à sa fille, au Queureuilh, Céline se récriait :

— Que tu es maigre, mon pauvre petit ! Quand Marie n'est pas là, tu ne te fais donc pas à manger ? À ce train-là, tu vas finir par tomber malade ! Allons, avale-moi ces pommes rissolées et cette côtelette, je veux voir ton assiette vide ! Ah, ces hommes, si l'on n'est pas toujours derrière, ils ne savent pas prendre soin d'eux, pas plus que les enfants !

Louis n'en avait rien dit à Marie, mais, en avril, il était allé voir Lucien Aubert chez lui ; il vivait seul avec sa mère et un vieux domestique.

— Qu'est-ce qui se passe ? avait demandé Louis nerveusement. Tu voulais me voir ? Pourquoi ?

L'air embarrassé, Lucien évitait de regarder Louis en face.

— C'est le Victor qui m'a chargé de te dire... Lui ne veut pas se faire voir par chez toi. Voilà : il veut se marier avec ta fille.

— Se marier avec Marie ? Mais il est fou ! jeta Louis avec colère. Jamais, tu entends, jamais ! Tu peux aller le lui dire, je ne reviendrai pas dessus !

Déjà il se détournait pour partir, mais Lucien lui agrippa la manche.

— Attends, fit-il, écoute-moi ! Le Victor, tu le connais de longue date, hein ? Il capitule jamais ! J'en sais quelque chose depuis mes dix-huit ans, rappelle-toi, il m'a toujours entraîné dans ses combines. Et crois-le si tu peux, j'ai jamais réussi à m'en débarrasser !

Louis fixa le visage dépité de Lucien, où il lisait la gêne et même la honte. Bien conscient de sa faiblesse, il avouait l'emprise que Victor avait toujours eue sur lui.

— Louis, reprit-il, fais attention. Si tu refuses de lui donner ta fille en mariage, il est décidé à raconter partout que c'est toi qui as tué ta femme !

— Tué ma femme ? répéta Louis, médusé. Mais qu'est-ce que tu racontes ?

Hors de lui, il criait et Lucien le prit aux épaules, le secoua.

— Victor jure qu'il vous a vus, Élise et toi, vous disputer. Tu l'as poussée, elle est tombée la tête sur une grosse pierre et...

— Mais c'est faux, hurla Louis, qui ne se possédait plus. D'ailleurs, qui pourra le croire ? Il a des témoins ? Non, n'est-ce pas ?

Lucien baissa la tête. Alors Louis le prit à la gorge.

— Toi, tu ferais ça, dis, ordure, tu le ferais ? Réponds !

— J'ai peur de Victor, souffla Lucien, livide. Si je refuse, il me tuera, j'en suis sûr, ou bien il enverra un jeteur de sorts pour tuer mes bêtes. C'est toujours avec ces menaces qu'il m'a manipulé. Il en est capable, je le sais.

Écœuré, Louis le lâcha et rentra chez lui. Trois jours plus tard, il était au rendez-vous donné par Victor « aux environs de Rochefort », dans un endroit isolé.

— J'irai pas par trente-six chemins, fit le scélérat. Ta fille, elle m'a jamais remarqué mais, depuis deux étés, moi, je la guette au Mont-Dore. Elle me plaît ! Elle ressemble à sa mère, pas vrai ? Un beau brin de fille !

— Tais-toi ! ordonna Louis, les poings serrés.

— Non, je veux pas me taire ! Ta femme, tu l'as tuée dans une dispute. Peut-être tu voulais pas, mais c'est arrivé. Avec Lucien, on était là, sur la route. Vos cris étaient si forts qu'on est montés voir. Il jurera qu'il t'a vu la pousser au ruisseau et, crois-moi, ça sera autre chose qu'une accusation de braconnage ! Si tu refuses, j'apprendrai moi-même à Marie qui est l'assassin de sa mère. Tu voudrais pas ça, quand même ?

— Monstre ! jeta Louis, désemparé. Moi, je prouverai que cet après-midi, là, j'étais chez mon beau-frère au Cros, il témoignera et sa femme aussi.

— Pas de veine ! ricana Victor. Les témoignages de la famille, ça compte pas, tu dois bien le savoir. Mais t'en fais pas, ta fille sera pas malheureuse. Je vends ma ferme et, à la mi-octobre, j'achète un bistrot à Clermont. Elle viendra y travailler, le commerce ça la connaît maintenant. Je me suis renseigné, ses patrons sont contents d'elle. Et je suis sûr que cela lui plaira de vivre à la ville. Elle aura une belle situation, et tout…

— Tu as presque treize ans de plus qu'elle ! fit Louis, à bout d'arguments.

— La belle affaire ! On sera pas les seuls !

— Elle te voudra pas ! insista Louis, le cœur broyé.

— À toi de la convaincre, sinon…

L'air menaçant de Victor, fourbe mais décidé, donnait froid dans le dos au malheureux père de Marie. Il dut accepter un ultimatum : le 15 septembre, le fiancé viendrait faire sa demande. La noce aurait lieu un mois plus tard.

Ainsi fut fait. Marie pleura, supplia, comprit enfin que cet homme qui la voulait pour femme terrorisait son père. Alors, la mort dans l'âme, elle accepta.

Le 14 octobre, à Rochefort, elle devint Mme Victor Devèze. Deux jours plus tard, le couple s'installait à Clermont.

VIII

La grande ville

On aménagea donc le petit café acheté par Victor ; il s'ouvrait dans le quartier de la place Saint-Eutrope, à quelques dizaines de mètres de la rue Fontgiève.

Derrière le local commercial, une cuisinette et une arrière-salle seulement. Victor, contrarié, n'avait pas trouvé à louer un logement dans l'immeuble même ou aux alentours. De l'autre côté de l'église seulement, dans la rue Gaultier de Biauzat, l'appartement retenu comprenait trois pièces et un grand corridor. Situé au rez-de-chaussée, il donnait sur un jardin mal entretenu, toujours désert, en forme de triangle presque parfait. Un grand immeuble inhabité fermait le côté gauche du jardin ; cette maison n'offrait au regard que de larges volets peints en gris, marqués de traînées de rouille. Sur la droite, le jardin était clos par un haut mur aveugle ; derrière, un terrain vague descendant en pente douce vers un autre îlot d'immeubles récemment construits.

Marie n'était jamais venue à la ville et elle craignait tant de se perdre dans les ruelles qu'elle ne se risquait pas à changer d'itinéraire. De l'appartement au café, elle longeait l'église, tournait à gauche dans la rue Sainte-Claire, poussait en hâte la porte du bistrot, ébranlant une antique sonnette au ton aigrelet.

Les préparatifs du mariage, auxquels sa tante Christiane avait consacré beaucoup de temps, sans d'ailleurs cacher sa surprise, l'arrivée en ville, l'installation, tout cela paraissait une sorte de rêve dont Marie ne s'éveillait pas. Après avoir longuement insisté pour lui faire accepter des fiançailles aussi soudaines, Louis avait fini par dire, d'un ton las :

— Finalement, je me rends compte que je n'ai pas le droit de t'obliger à ce mariage avec un parfait inconnu. Fais comme tu veux, je ne t'en voudrai pas si tu refuses…

Sa mine fit peur à Marie, qui rétorqua vivement :

— Mais, papa, depuis des jours tu m'expliques que cet homme, si je ne lui cède pas, peut nous faire beaucoup de mal, nous séparer pour toujours, te déshonorer, alors ?

« Alors, se disait Louis, les mâchoires serrées, je suis un lâche et je ne le savais pas. Au temps du maquis, je n'ai jamais tremblé. Mais là, passer aux yeux de ma propre fille pour l'assassin de sa mère, ça, non, je préférerais mourir ! »

Une voix intérieure lui soufflait cependant :

« Même s'ils sont deux à t'accuser, tu pourrais te défendre. À quoi cela rime-t-il de venir te dénoncer plus de trois ans après l'accident d'Élise ? Oui, mais, quelles preuves avancer si le témoignage de mon beau-frère ne vaut rien ? Contre moi, ils seront deux à s'acharner, Victor surtout, si roublard et si beau parleur que, dans sa bouche, le mensonge sonne toujours comme une vérité… »

Un violent mal de tête lui serrait les tempes ; accablé, il mit son crâne douloureux dans ses mains. Au prix d'un effort surhumain, il réussit à ne pas sangloter, à ne pas s'effondrer devant Marie.

« Mais qu'est-ce qu'il nous arrive, seigneur, pensait-il, pourquoi nous ? Je n'ai jamais cherché chicane à personne. Après la nuit du lac, il y a plus de dix ans, Victor a paru m'oublier, et voilà qu'il est amoureux de Marie ! Pourquoi faut-il qu'il détruise ma vie en détruisant celle de ma malheureuse fille ? »

Une main douce se posa sur son épaule, puis deux bras se nouèrent autour de son cou.

— Papa, dit affectueusement Marie en lui mettant un baiser léger sur la tempe, ça ne fait rien, ne te rends pas malade pour ce mariage. Finalement, je serai contente d'habiter une grande ville. Tu verras, je m'y ferai très vite…

Sur ces derniers mots, sa voix avait légèrement fléchi. Son père n'était pas entièrement dupe, mais il fit semblant de la croire. Il prit sa main, la serra avec force, levant sur elle un regard très triste mais reconnaissant. Marie l'ignorait, mais elle le sauvait sans doute de la prison. Comment auraient-ils pu se douter l'un et l'autre que, ce jour terrible, Victor avait voulu forcer Élise et que maintenant il se vengeait ? Marie ressemblait trait pour trait à sa mère et elle, c'est pour toute sa vie qu'il l'aurait, grâce à son odieux chantage.

Très vite, l'oncle André du Cros était venu demander des explications à son beau-frère. Sa femme le poussait à essayer de comprendre ces fiançailles subites, d'autant que Victor Devèze n'avait pas bonne réputation. Christiane et Marie étaient très proches.

Aussi la tante restait-elle persuadée que la jeune fille n'aurait pas manqué de lui faire des confidences ; elle aurait parlé d'une rencontre, ou bien, dans le pire des cas, d'un mariage arrangé par son père. Victor, en effet, possédait une belle propriété et on lui attribuait de conséquentes économies. Cela ne ressemblait pas du tout à Louis, mais peut-on savoir ? La jeune fille, en tout cas, n'avait jamais fait aucune allusion à ce fiancé subitement apparu.

De son côté, la tante Céline se sentait vexée que, de toute la saison, ni Louis ni sa fille ne lui aient confié une nouvelle aussi importante. Interrogé par sa femme indignée, Justin restait perplexe ; lui non plus ne comprenait pas ce qu'il prenait pour un manque de confiance à leur égard.

— Notre nièce est triste, avait affirmé Christiane à son mari, pire, elle semble aux abois. Louis, on le connaît bien, cette exigence subite ne lui ressemble pas, pas du tout ! Je sens là-dessous quelque chose de pas clair et qui ne me plaît pas. Va le trouver, questionne-le hors de la présence de Marie. La pauvre petite me fait l'effet de quelqu'un qui sacrifie sa jeunesse, sa vie… Nous devons savoir pourquoi, je te le répète, monte au Guéry sans tarder !

Contre toute attente et pour la première fois, Louis avait vertement répliqué à André que cette affaire ne concernait que lui ; il était bien libre de donner sa fille à qui il voulait. D'ailleurs, si elle n'avait rien confié à sa famille, Marie connaissait Victor depuis quelque temps déjà. Elle aimait le commerce, l'idée de vivre et travailler à Clermont lui plaisait, voilà tout.

André avait patiemment écouté son beau-frère qui, exceptionnellement, s'emportait dans ses explications. Mais il était bien loin d'être convaincu.

— Écoute, Louis, toi et moi on s'est toujours bien entendus, n'est-ce pas ? Depuis la mort de la pauvre Élise, on est très proches, comme deux frères, tu ne crois pas ? Christiane aime beaucoup Marie, tu le sais, elle la plaint. La réputation de Victor…

— Marie n'est pas à plaindre, coupa Louis, excédé. J'avoue qu'elle et moi aurions dû vous parler plus tôt de ce projet de mariage, mais enfin c'est comme ça, il n'y a pas à y revenir. La réputation de Victor, c'est du passé, il y a beau temps que l'on n'entend plus parler de lui. Et puis, Marie est encore mineure, donc c'est toujours moi qui décide…

Désolé, André avait rapporté cet entretien à sa femme. Christiane, malgré tout, s'efforça encore, en vain, de pousser Marie à s'épancher ; ce fut peine inutile. Alors, de guerre lasse, ils en prirent leur parti.

Le nouveau patron du café avait rapidement organisé sa nouvelle vie et celle de sa femme. Dès six heures et demie, il gagnait son estaminet pour servir les petits déjeuners de quelques habitants du quartier partant à leur travail. Pour le seconder, Victor avait embauché un garçon de seize ans. Le jeune homme arrivait en même temps que son patron, chargé de pain frais et de quelques croissants ou petites brioches pour la première clientèle du matin.

À l'appartement, Marie vaquait en hâte au ménage, à la lessive. Vers dix heures, elle partait faire les courses dans les commerces les plus proches du café. Elle visitait une petite crémerie rue Sous les Augustins, l'épicerie de la rue Abbé-Banier, la boucherie charcuterie de la rue Sainte-Claire.

Inconnue dans le quartier, elle ne s'attardait pas et on ne lui parlait guère. Peu à peu, cependant, à force de la voir chaque matin ou presque, les commerçants se mirent à la questionner. Il faut dire que la plupart des marchands faisaient partie de la clientèle de son mari.

— Alors, c'est vous la nouvelle patronne ? Vous faites drôlement jeune, dites-moi ! Et vous venez d'où, exactement ? De la montagne ? C'est pas trop dur de s'habituer en ville ?

Marie répondait à tous ces curieux, puis elle se sauvait très vite. Victor, toujours, la reprenait devant le jeune commis et la clientèle. Souvent, les larmes montaient, mais, par orgueil, elle les cachait soigneusement.

— Mais d'où tu sors à cette heure ? jetait son mari courroucé. Pour trois courses de rien, tu vas pas me dire qu'il faut tout ce temps… Allez, file mettre le dîner en route avant l'heure de l'apéro, on aura besoin de toi ici pour servir !

Marie gagnait la petite cuisine, épluchait quelques légumes, cuisait rapidement un ragoût qui mijoterait tout seul, ou bien mettait à bouillir un pot-au-feu ou encore un morceau de porc avec des lentilles. Ensuite, vêtue d'un petit tablier propre, elle allait et venait dans la salle, passait entre les tables prendre les commandes, revenait servir Pernod, Suze ou Martini.

Victor se tenait derrière le bar, l'œil à tout. Il ne laissait à personne, et surtout pas à sa femme, le soin de tenir le tiroir-caisse. Le commis secondait Marie pendant le coup de feu, faisait les allers et retours à la cave pour tirer le vin au tonneau, remonter une caisse de bière ou de limonade.

Très vite, la clientèle masculine avait compris qu'il était hors de question de plaisanter avec la jeune et jolie patronne. Si son mari ne lançait jamais aucune réflexion – quand on débute, on ne peut se permettre de perdre le moindre client – son regard suffisait à faire taire les impertinents.

Marie songeait douloureusement à sa confiserie, aux moments si agréables qu'elle y avait passés parmi une clientèle bon enfant, près de patrons et de collègues devenus des amis. Tout comme elle, Gervais, le jeune commis, craignait le patron comme la foudre. Il ne levait jamais les yeux de sur son ouvrage, empochait prestement les maigres pourboires abandonnés au coin d'une table, avec un regard inquiet. Victor, qui voyait tout, le tirait souvent par la manche ; sans un mot, il tendait sa main ouverte et Gervais, rougissant, y déposait les piécettes. Des pourboires, il aurait seulement la moitié, le reste revenant à Marie, qui n'en voyait jamais le moindre sou vaillant.

Au temps de ses brèves fiançailles, Marie s'était un peu promenée avec Victor aux environs de Rochefort-Montagne. Il lui avait montré sa ferme, déserte car les bêtes avaient toutes été vendues avant l'arrivée du nouveau propriétaire.

Victor lui avait dit avoir un frère, son cadet de onze ans. Le jeune homme accomplissait son service militaire à Fontainebleau ; il n'avait pas assisté au mariage et Marie ne le connaissait pas. La mère des deux garçons était morte quand le plus jeune n'avait que trois ans, le père cinq ans plus tard.

Victor avait élevé son petit frère, avec l'aide d'un couple de domestiques. L'été, il embauchait en plus un ouvrier saisonnier.

Marie avait décelé, assez difficilement à vrai dire, que son fiancé éprouvait une grande affection pour son jeune frère, Thomas. Les rares fois où il lui en avait parlé, le ton de sa voix, assez abrupt d'ordinaire, s'était fait presque bienveillant. Le reste du temps, les intonations de Victor étaient froides, impersonnelles. Il dévisageait Marie sans complaisance aucune, avec un air de propriétaire satisfait.

Posément, il lui avait exposé, telle qu'il la concevait, leur vie commune à Clermont.

— Il faudra travailler dur, disait-il, les feignants, je les ai jamais aimés ! Mais si on fait ce que je dis, tout se passe bien.

Feignante, Marie ne l'était pas. Mais cet homme, son aîné de treize ans, lui faisait peur. Jamais il n'avait pour elle un geste tendre, un regard complice, un mot de gentillesse. Elle ne s'était pas souvenue l'avoir rencontré avant qu'il ne vînt à la ferme pour la demande en mariage.

Victor, pourtant, lui avait vaguement rappelé cette silhouette entrevue auprès d'une voiture noire, ce jour maudit où elle courait vers l'auberge sous un ciel chargé d'orage. C'était le jour de la mort de sa mère. À part le drame, Marie avait occulté tout le reste. Elle ignorait que ce jour terrible avait conditionné sa vie future. Mais, l'aurait-elle su, qu'aurait-elle pu changer aux évènements ? Pour son père, elle tiendrait, elle accepterait tout sans se plaindre. Confusément, elle savait que la quiétude de Louis était au prix de son tourment à elle. C'était ainsi, et elle devrait bien subir le bon vouloir de son mari, son maître.

La nuit de noces de Marie avait été une épreuve redoutable, monstrueuse, dont elle n'aimait pas se souvenir. Depuis, chaque nuit, le supplice recommençait. Brutal, sans aucun égard pour sa jeune femme inexpérimentée, Victor prenait son plaisir sans un mot. Marie subissait ses assauts sans une plainte. Elle n'avait qu'une hâte : voir venir au plus vite la fin de son tourment. Aussi avait-elle compris tout de suite que se débattre ne servirait à rien, au contraire. Rester passive semblait faire taire rapidement l'ardeur de son mari. Aussitôt, il se détournait d'elle, sombrait très vite dans un sommeil bruyant.

Tandis qu'il ronflait près d'elle, Marie, révulsée, quittait doucement le lit pour une toilette minutieuse qui, pourtant, ne parvenait jamais à effacer son profond dégoût.

Le retour à l'appartement, vers dix heures en général, l'angoissait toujours autant. L'épreuve attendue, elle savait ne pas pouvoir y échapper. Son avenir, elle n'y songeait pas. Sa vie n'était qu'une suite de jours semblables, ternes, irréels parfois dans leur sordide répétition. Le travail épuisant, elle l'accueillait presque avec une sorte de plaisir ; il la détournait un peu de sa détresse, de son isolement, l'empêchait de penser et de s'apitoyer sur elle-même.

Les jours passaient, et Victor n'avait jamais un compliment ou un signe de reconnaissance pour celle qui n'était que sa domestique. Une domestique qu'il avait mise dans son lit et à qui il ne donnait naturellement aucun salaire, seulement l'argent des courses qu'il vérifiait toujours d'un air soupçonneux, comptant et recomptant les tickets de caisse.

En quittant son beau-père, au lendemain de la noce, Victor s'était montré magnanime :

— Venez donc nous voir à Clermont d'ici une quinzaine, vous jugerez de notre installation. Et vous réaliserez que votre fille aurait pu tomber beaucoup plus mal !

Par deux fois, Louis était venu au café de son gendre, à contrecœur, mais Marie lui manquait trop. Pourtant, la mine de chien battu de sa fille l'avait tellement chaviré, sans parler de l'accueil plus que froid de Victor, qu'il avait renoncé pour un temps à revoir Marie.

En ville, la fin novembre était triste et brumeuse. Sur les montagnes, déjà, la neige imposait sa froidure, les routes commençaient à se couvrir d'une pellicule de gel. Louis, hélas, n'avait pas le téléphone à la ferme. Sinon, en faisant les courses, Marie aurait pu l'appeler de temps à autre de la poste Gaillard. Se parler leur aurait fait tant de bien, à l'un et à l'autre. Alors, parfois, ils s'écrivaient. Elle disait :

— Je vais bien, ne te soucie pas. Nous avons beaucoup de travail et le temps passe vite. À bientôt mon petit papa, prends bien soin de toi surtout...

Bientôt, mais quand ? Pas avant le printemps peut-être ? Louis soupirait en repliant lentement la lettre de Marie.

De crainte de se trahir, Marie n'écrivait pas au Cros, pas plus d'ailleurs qu'à la tante Céline. Elle devait passer pour quelqu'un de bien ingrat, mais comment faire ? Laisser croire qu'elle était heureuse, elle n'en avait pas le courage. Marie, qui n'avait jamais su dissimuler, tentait d'oublier les siens. En ville, elle n'avait aucune amie. Où aurait-elle trouvé le temps de lier connaissance ? Au café, Victor surveillait et houspillait sans cesse. Le matin, à l'appartement, elle était seule. De toute manière, elle n'éprouvait aucune envie de se confier, à personne.

Le soir, au retour, elle préparait le bain de pieds de son mari. À genoux près de la bassine d'eau tiède, elle lavait, essuyait, les yeux toujours baissés. Lui soupirait d'aise, s'impatientait parfois :

— Tu t'endors ou quoi ? Secoue-toi un peu à la fin ?

Alors, elle s'empressait de vider l'eau sale, préparait les vêtements de Victor pour le lendemain, soigneusement disposés sur une chaise. Du lit, il appelait, hargneux :

— Enfin, tu vas te décider à te coucher ? J'ai sommeil !

Mais, malgré la timide lueur d'espoir de Marie, il ne dormait jamais lorsqu'elle s'allongeait près de lui, muette, glacée. Elle fermait les yeux en s'efforçant de penser à son lac, son cher lac, à ses montagnes ; une fois de plus, l'épreuve passait. Ensuite, elle s'endormait, roulée en boule comme un animal apeuré qui cherche sa propre chaleur. Quand le réveil sonnait, elle était toujours debout la première, et c'était une nouvelle journée.

IX

Un Noël d'exception

TOUT AU LONG de ce mois de décembre 1955, le froid ne fit que s'accentuer. Inhabituelles en plaine, des bourrasques de neige s'abattaient brusquement jusque sur les Limagnes, blanchissaient en quelques minutes les rues de la grande ville soudain méconnaissable.

Si Marie avait espéré une visite de son père dans la période des fêtes, elle fut bien déçue. Louis n'avait pas été invité chez son gendre. D'ailleurs, vu l'état des routes, il n'était pas question de gagner Clermont en voiture. Du Mont-Dore, il aurait pu prendre le train, mais il répugnait à s'imposer.

L'antipathie réciproque entre Victor et lui était plus forte que son besoin de revoir sa fille.

Malgré sa tristesse, une semaine avant Noël, Marie avait réalisé quelques efforts pour décorer le café et lui donner un air de fête. Depuis peu, chaque samedi matin, elle gagnait le marché Saint-Pierre, où les denrées étaient plus abordables que dans les petits commerces. En hâte, dans un froid glacial, elle remontait la rue, traversait la place Gaillard et rejoignait le marché en empruntant la rue Dulaure.

Marchands et marchandes emmitouflés battaient la semelle autour de leurs étals protégés par des bâches, se pressaient au plus près des braseros où l'on grillait des châtaignes. Les couples se relayaient pour entrer en coup de vent consommer une boisson chaude dans l'un des cafés de la place ; malgré le froid, la clientèle affluait pourtant nombreuse à l'approche de Noël.

Marie avait rapporté un petit bouquet de houx et quelques guirlandes brillantes pour décorer la devanture. Certes, c'était peu mais, comme toujours, il lui avait fallu économiser. Au bout du comptoir, près du téléphone dont l'usage lui était interdit, elle avait disposé un maigre bouquet des quelques tiges restantes, toutes perlées de rouge ; alors, avec une intense émotion, elle avait revu les épais buissons aux belles feuilles vernies de sa montagne, à l'orée du bois.

Dans le local assez étroit, huit petites tables se faisaient face. Une banquette de moleskine noire occupait le mur du fond, à droite ; devant, trois autres tables rondes en marbre. Enfin, le long du comptoir placé face à la porte, cinq tabourets pour les consommateurs pressés.

Des habitués, retraités du quartier, venaient chaque après-midi disputer quelques parties de belote bruyantes, jusqu'à l'heure de l'apéritif. Depuis l'arrivée des grands froids, on servait quantité de verres de vin bouillant à l'écorce d'orange et, plus encore, des bols de Viandox qui fumaient haut, brouillant les vitres à demi gelées et la grande glace derrière le bar ; là, tout le long du mur, quantité de bouteilles de toutes sortes trônaient sur des étagères.

Par ce froid polaire, les verres à rincer sans relâche dans l'eau tiède javellisée étaient une épreuve de plus qui crevassait les mains de Marie. À la charcuterie, elle avait acheté en cachette un peu de graisse douce. Victor endormi, après sa toilette elle s'en enduisait soigneusement les mains ; puis elle enfilait des gants fins tricotés rapportés de la ferme. Au matin, elle se cachait pour les enlever et les dissimulait soigneusement.

La veille de la Saint Sylvestre, Victor lança soudain :

— Mon frère arrivera demain pour trois jours de permission. Achète une volaille, une pintade, tiens, et des châtaignes. Et puis aussi quelques boudins blancs, Thomas les adore… Et n'oublie pas un bon dessert !

Exceptionnellement, il posa deux grosses coupures sur la table de nuit avant d'enfiler son épais pardessus et de gagner le café sans plus d'explications.

Rapidement, Marie fit les courses sur le marché où s'écrasait la foule en quête de produits engageants pour le réveillon. En redescendant la rue Sainte-Claire, où s'engouffrait un vent glacial et coupant, elle s'interrogea soudain, pour la première fois, sur ce beau-frère inconnu.

Il avait un peu plus de vingt ans, à peine deux ans de plus qu'elle. Mais au fait, Victor avait vendu la ferme où, croyait-elle, Thomas travaillait avec lui. Alors, quel avenir pour le jeune homme ? Marie n'en avait aucune idée. D'ailleurs, pourquoi se soucier de lui ? Il ne s'intéresserait certainement pas à la femme de son frère. Trois jours, cela passe très vite. Il repartirait vers sa vie à lui et Marie continuerait à s'enliser dans son quotidien sans joie.

Le lendemain matin, Victor demanda tout à coup :

— Tu n'as rien commandé pour le dessert, au moins ? J'avais oublié, le gâteau que Thomas préfère c'est le moka. Achètes-en un au praliné, pas trop gros quand même. Et tiens-le bien au frais car la crème au beurre tournerait, même par ce froid…

Entendre parler presque avec douceur des petites choses quotidiennes, toutes simples, par son mari toujours si abrupt avec elle, conforta Marie dans son idée que Victor avait pour son frère une grande affection. Ce constat le lui aurait rendu sympathique s'il n'y avait eu entre eux tant de distance, de froideur, de totale incompréhension.

Sur les onze heures, un jeune homme en costume militaire entra en coup de vent dans le café. Il avait relevé le col de sa capote kaki. Ôtant rapidement son calot, il fit des yeux le tour de la salle.

Aussitôt, Victor quitta précipitamment son bar, s'avança pour l'étreindre.

— Te voilà enfin ! Tu as dû geler dans le train, mon pauvre ! Qu'est-ce que tu bois ? Marie, un vin chaud, vite !

Le patron guidait son frère vers un tabouret, au plus près du petit poêle de fonte gorgé de boulets de charbon portés au rouge. Marie empilait des verres sur un plateau. Surprise, elle leva les yeux sur l'arrivant que l'on attendait seulement en début d'après-midi.

— Euh, c'est vrai, fit Victor, vous ne vous êtes jamais vus, vous deux ! C'est Thomas, elle, c'est Marie.

L'air embarrassé, le jeune homme tendit la main.

— Embrasse ta belle-sœur, voyons ! jeta Victor. Et toi, quitte un peu cet air godiche, il va pas te manger !

Rieur, il prit à témoin la dizaine de consommateurs qui suivaient curieusement cette scène familiale. Il y eut quelques sourires entendus, puis chacun reprit le fil de ses pensées ou la conversation commencée avec le voisin de table. Cramoisie, Marie tendit ses joues. Thomas y déposa deux baisers rapides en bredouillant :

— Bonjour, Marie, je suis content...

— Allez, interrompit son frère avec impatience, installe-toi. Mais tu as peut-être une petite faim ?

— Non, non merci, mais je boirai quelque chose de chaud avec plaisir.

Les yeux baissés, Marie s'empressa de verser le vin bouillant dans le verre épais où nageait un ruban d'écorce d'orange. Thomas l'entoura aussitôt de ses mains, serrant les doigts, l'air satisfait. Puis il but à petites gorgées, en répondant de son mieux aux mille questions de Victor sur sa vie à la caserne.

En allant et venant, Marie passait sans cesse près des deux hommes, saisissant quelques bribes de leur conversation. Elle avait juste eu le temps de remarquer le regard d'un brun chaud de son beau-frère. Il ne ressemblait en rien à Victor, dont le profil était aigu comme le fil d'un rasoir. Taillés très court, les cheveux châtain clair de Thomas ondulaient légèrement. Marie s'attendait si peu à un tel personnage – elle avait imaginé la réplique exacte de son mari, en plus jeune – qu'elle restait perplexe, agréablement surprise.

« Pourtant, songea-t-elle en gagnant la cuisinette au moment de réchauffer un bœuf bourguignon longuement cuit la veille, l'apparence ça ne veut rien dire. Aussi bien celui-là est-il encore pire que l'autre... »

L'autre... Depuis peu, c'est ainsi qu'elle désignait secrètement son mari, lorsqu'elle était hors de sa présence et qu'elle respirait mieux, le matin à l'appartement ou durant le temps si bref des courses dans le quartier.

D'ordinaire, Victor et Marie déjeunaient rapidement, laissant le comptoir à la garde du commis. Mais la porte du bar restait ouverte, car le patron voulait tout voir ; d'ailleurs, il se dérangeait lui-même, quittant la table chaque fois que Gervais avait à ouvrir le tiroir-caisse. Ensuite, le commis mangeait seul tandis que Marie desservait, lavait et essuyait la vaisselle rapidement.

En cette veille de premier janvier, les deux frères s'attablèrent devant la cocotte en fonte et le plat de spaghettis. Marie déjeuna la dernière, sur le pouce, après le commis. Son beau-frère ne lui avait pas encore adressé la parole. Tout à coup, depuis le bar, il demanda :

— Je peux vous aider à quelque chose ?

Marie allait protester mais Victor la devança :

— Non, laisse ! Tu as trois jours de répit, c'est pas pour participer aux corvées. Marie a l'habitude... Viens plutôt par là, on va boire le café tranquillement tous les deux.

Il attirait son frère vers la banquette de moleskine.

— Gervais, appela-t-il, l'armagnac !

Le café bu, Victor versa l'alcool dans les tasses tièdes. De la cuisine, Marie ne voyait plus les deux hommes. Elle s'affaira à éplucher et blanchir les châtaignes que, pour le dîner, elle laisserait un peu mijoter dans le jus de la pintade. Une chance, songeait-elle, qu'elle ait très jeune remplacé sa mère aux fourneaux, que sa tante Céline, un peu aussi Christiane l'aient initiée à une autre cuisine que les simples grillades.

Dans le milieu de l'après-midi, Thomas s'habilla soigneusement en jetant à son frère :

— Je sors faire quelques courses autour de Jaude. Dans une heure, deux au plus, je serai rentré.

Occupée à plier des torchons et des tabliers de service, Marie n'avait pas levé les yeux. Gervais faisait des rangements à la cave. Assis derrière le bar, Victor épluchait des factures. Deux tables étaient occupées par des joueurs de cartes, une troisième par deux hommes pris dans une partie acharnée de 421.

Bientôt, les joueurs commandèrent des grogs et l'odeur forte du rhum envahit le petit café. Dès quatre heures et demie, la nuit commença lentement à tomber dans la rue noyée de brume blanchâtre et glaciale.

Thomas entra en trombe, en même temps que trois hommes hilares qui se donnaient de grandes tapes dans le dos. Ils s'attablèrent bruyamment, réclamèrent du vin chaud et un jeu de dés. Pendant ce temps, le beau-frère de Marie avait gagné la cuisine ; il déposa un grand sac de solide papier marron sur le rebord de l'unique fenêtre.

Un peu plus tard, le café fut envahi par les buveurs d'apéritif, habitués et clients de passage désireux de fêter la Saint-Sylvestre. Le ton montait au fur et à mesure des tournées d'alcool, on ne s'entendait plus et il fallait crier les commandes. Derrière les grandes vitres, des gens s'arrêtaient, repartaient aussitôt en constatant que l'établissement était plein. Il était dix heures passées lorsque Victor annonça la fermeture.

— Pour une fois, tu aurais pu nous garder jusqu'à minuit ! remarqua un vieil habitué. On se serait souhaité la bonne année avant d'aller dormir !

— S'il n'y avait pas eu mon frère, je l'aurais fait, soyez-en sûr, père Justin, mais je le vois pour ainsi dire jamais, il va repartir après-demain alors...

— Je comprends, je comprends, la famille c'est quelque chose, tu as raison... mais t'inquiète pas, je serai là demain à la première heure pour faire la bise à la patronne !

Le père Justin enfonça son épaisse casquette sur ses oreilles et s'en alla avec un rire satisfait.

Victor n'avait pas fait mine de se vexer. Le bonhomme avait largement dépassé la soixantaine et, si le patron était fort jaloux de sa jeune femme, ce sentiment ne s'exerçait tout de même pas au-delà d'un certain âge.

Gervais parti, le café éteint et la porte refermée, Marie servit Victor et son frère déjà attablés. Tandis qu'ils avalaient une soupe à l'oignon bouillante, elle avait rapidement poêlé les boudins blancs.

— C'est comme ça que tu les aimes, bien grillés, pas vrai Thomas ?

— Oui, juste comme ça, fit le jeune homme en souriant à sa belle-sœur. Ils sont vraiment fameux ! Si je pouvais en avoir un autre...

Marie le resservit aussitôt. Victor, lui aussi, tendait son assiette. Ensuite, il découpa dans la pintade rôtie de larges parts qu'il arrosa de jus. Bien dorées, les châtaignes étaient brûlantes.

— Vous ne mangez pas ? demanda Thomas.

— Si, bien sûr, dit Marie en s'asseyant enfin.

Son beau-frère lui tendit le plat de boudins. Seul, entre deux bouchées, Victor parlait, volubile :

— Tu as vu, petit, comme elle marche bien mon affaire ? C'est du travail, sûr, je chôme pas mais l'argent rentre ! Que demander d'autre ? La ferme, je peux te dire que je la regrette pas, ça non !

Marie servit le fromage, puis une compote de pommes meringuée accompagnée de tranches de biscuit de Savoie. Victor buvait un épais vin rouge, emplissait constamment le verre de son frère.

— Bois, mais bois donc ! Tu y as à peine goûté ! Diable, tu as l'âge maintenant. Attends, pour le dessert, je vais chercher une bouteille de mousseux.

Il se dirigea vers la porte de la cave, laissant face à face sa femme et son frère. Marie baissait les yeux sur sa compote. Elle sursauta lorsque Thomas dit doucement :

— C'était délicieux ce repas, je ne sais pas comment vous avez trouvé le temps, à courir partout depuis ce matin... En tout cas, merci, merci beaucoup. Je... enfin, depuis que je suis tout petit, il n'y a pas eu de femme pour s'occuper ainsi de nous dans la famille. Je suis content que Victor vous ait rencontrée, pour lui, c'est bien !

« Pour lui, peut-être, songea Marie amèrement. Et pour moi ? Je n'ai plus que mon père, je ne le vois jamais. Il passe les fêtes seul dans ses montagnes, avec ses bêtes pour seule compagnie. Pour lui comme pour moi, pas un geste, pas un signe d'affection. Le désert... »

Elle se retint de pleurer. Certes, Thomas ne savait rien, il ne pouvait pas deviner quelle était sa vie auprès de son frère, un homme odieux, sans cœur, exigeant et ombrageux à l'extrême.

— Enfin, jeta Victor en s'asseyant, j'ai bien cru que je la trouverais jamais, cette bouteille ! Le Gervais va m'entendre, il range n'importe comment. Marie, trois coupes, dépêche-toi ! Allez, on trinque à la bonne année !

Il était presque minuit. Les hommes choquèrent leur verre. Thomas se tourna vers Marie, cogna doucement le bord de sa coupe :

— Bonne année, bonne santé ! dit-il.

— À vous aussi, répondit timidement la jeune femme, bonne année et bonne santé !

— Et que notre affaire prospère encore plus ! ajouta Victor avant de vider sa coupe d'un trait.

Thomas se leva ; s'il trouvait étrange que son frère n'ait pas embrassé sa jeune femme en lui offrant ses vœux, il n'en dit rien. Il s'empara de son sac de courses sur le rebord de la fenêtre. Plongeant la main à l'intérieur, il en retira un petit paquet plié de papier rose et le posa près de l'assiette de Marie.

— Pour vous, dit-il, des petites étrennes…

— Mais, fit Victor, interdit, elle n'a besoin de rien, voyons !

— Pour toi, continuait Thomas en lui mettant dans la main un paquet légèrement plus grand.

— Mais je vais me fâcher, dis donc ! On n'est pas des gamins, tout de même ! Pourquoi ces cadeaux ?

— Eh bien, je ne suis pas venu à votre noce et je ne vous ai pas fait de présent. Pourtant, pour un mariage c'est l'habitude, non ? Là, vous me recevez si gentiment, on est en période de fêtes, alors voilà…

Muette, Marie caressait du doigt son petit paquet.

— Vous ne l'ouvrez pas ? demanda doucement son beau-frère.

Elle rompit la ficelle dorée, déballa une petite boîte. À l'intérieur, sur du papier de soie chiffonné, brillait un fin bracelet or et argent, une chaînette torsadée. La jeune femme n'en croyait pas ses yeux.

Victor se sentit tenu d'ouvrir lui aussi son paquet. Il découvrit un portefeuille de cuir marron avec, dans un coin, ses initiales agrafées en métal doré. Les yeux de Thomas allaient de l'un à l'autre. Personne n'avait pensé à lui offrir quelque chose, pourtant il se sentait très heureux. Marie passa la chaînette autour de son poignet ; puis elle fixa son beau-frère en disant gravement, d'un ton très ému :

— Merci, Thomas !

X

Attente

À L'APPARTEMENT, Marie avait mis des draps pour son beau-frère au divan de la petite chambre qui servait de lingerie. Transie, épuisée par la longue journée de travail suivie du réveillon tardif, elle se coucha très vite. Inexplicablement, elle éprouvait une gêne subite de savoir Thomas couché tout près d'elle et de son mari. Pourvu que…

Mais la fatigue, l'alcool absorbé en grande quantité ce jour-là avaient terrassé Victor aussitôt. Soulagée, Marie ferma les yeux. Pour une fois, elle échappait au tourment quotidien. Elle avait gardé au poignet le fin bracelet brillant et s'endormit en le caressant sous la manche de sa chemise de nuit.

Le lendemain, il y eut foule au café. Des gens du quartier, des hommes pour la plupart, s'invitaient à trinquer à l'année nouvelle. Marie dut, de bonne grâce, tendre ses joues et recevoir nombre de baisers sonores. Son mari, débordé, heureux d'une si belle clientèle qui, pour une fois, dépensait sans compter, ne paraissait pas en prendre ombrage.

Dans le local surchauffé, l'air était saturé d'émanations de fumée de tabac et de vapeurs d'alcool ; d'instant en instant, le ton montait. Vers dix-sept heures, quelques clients passablement éméchés se mirent à élever la voix à tout propos, on ne s'entendait plus et il fallait crier les commandes. D'autorité, Thomas avait entrepris de rincer les verres, de les essuyer d'un rapide coup de torchon ; devant l'affluence, son frère n'avait pas protesté.

Lorsque Marie et les deux hommes se retrouvèrent seuls pour dîner enfin dans la cuisine, Victor s'assit lourdement et déclara d'un ton à la fois las et réjoui :

— Quelle journée ! Je suis mort ! Mort mais rudement content, il y a de quoi, pas vrai ?

Il se tournait vers son frère pour quêter son approbation. Thomas opina en souriant.

— Et toi, reprit Victor, déjà le départ demain ? Ton train part à quelle heure au juste ?

— Onze heures quarante.

— Bon, Marie aura le temps de te préparer un casse-croûte avant que tu prennes le tram pour la gare. Je suppose que tu n'arriveras pas de bonne heure dans la capitale, encore moins à ta caserne... Et pour la quille, pas de changement, j'espère ? Tu rentreras au plus tard début mai, c'est ça ?

— En principe, mais...

— Quoi, mais ? fit Victor soudain abrupt. Tu voudrais pas rempiler, quand même ?

— Bien sûr que non ! Mais, là-bas, il paraît que ça commence à s'agiter assez sérieusement. Alors, va donc savoir ce que l'on réserve aux appelés...

— Qu'est-ce que tu veux dire ?

— Eh bien, l'Algérie ! Depuis environ un an, les troubles s'intensifient et...

— Si c'est que ça ! coupa Victor d'un ton insouciant. On lave son linge sale en famille, tu sais bien.

Qu'ils se débrouillent donc entre eux, les colons et les Arabes, c'est pas notre problème, non mais !

— Ça peut le devenir. À la caserne, j'ai entendu des officiers plutôt pessimistes. Enfin, on verra. De toute manière, personne ne nous demandera notre avis, comme toujours...

Victor resta un instant silencieux, puis il se mit à secouer la tête comme pour chasser une mouche importune.

— Va pas te faire des idées avec ça. Tu finis le service comme prévu, et après tu vis ta vie. Allez, vide donc ce verre de vin, Marie va aller nous chercher la goutte.

Le lendemain, en début d'après-midi, le père Justin et ses comparses s'installèrent pour leur belote.

— Alors comme ça, ton frère est reparti à sa caserne ? Combien il lui reste à tirer ?

— Quatre mois à peine, en principe, fit Victor.

— Et après ? Il veut faire carrière dans l'armée ?

— Diable non ! jeta Victor d'un ton outré. Il a des choses bien plus importantes à faire ! Thomas étudie, figurez-vous, c'est une sacrée tête mon frère, ça oui !

— Ah ! Il étudie... Et quoi donc, la médecine ?

— Non, l'architecture !

Victor avait lancé le mot avec un orgueil non dissimulé. La réussite finale de Thomas aux examens, dont il ne doutait pas un seul instant, serait pour dans quatre ou cinq ans. Diplômé, il deviendrait quelqu'un d'important. Son frère espérait bien qu'il s'installerait à Clermont. La gloire du jeune architecte rejaillirait alors sur lui, sur son commerce. D'avance, il en jubilait, plein de satisfaction.

De loin, Marie avait suivi toute la conversation. Elle astiquait les étagères derrière le bar, frottait énergiquement les bouteilles sans cesse recouvertes de buée. Une vive surprise sidérait la jeune femme. Étudiant, Thomas ! Et elle qui le croyait sans avenir, la ferme familiale vendue…

— Vous comprenez, expliquait encore son mari à ses clients attentifs, à douze ans, j'ai envoyé mon frère au lycée, ici à Clermont. C'est que ses maîtres le disaient doué comme personne ! Après le bac, je l'ai expédié dans une école à Paris. Là-bas, les écoles, c'est forcément mieux qu'en province, et moi j'ai pas lésiné pour lui donner toutes ses chances, vous pensez bien !

— Mais, fit un petit homme rebondi au cache-nez relevé plus haut que le menton, avant le service militaire, il aurait peut-être mieux fait de finir ses études, non ?

— Peut-être… Mais on le lui a déconseillé. Partir à l'armée à vingt-cinq ans, ça ne doit pas être l'idéal. Maintenant, il va être bientôt débarrassé de cette corvée et, en octobre, il reprendra les études où il les a laissées. Après, ça sera plus qu'une affaire de quelques années.

Marie avait eu maintes fois l'occasion de voir Victor se vanter d'une chose ou d'une autre, mais jamais il ne s'était rengorgé à ce point. Il décrivait toujours avec une grande fierté sa réussite personnelle, dans sa façon de mener sa ferme d'abord, puis, plus récemment, dans la fulgurante prospérité de son commerce clermontois. Aujourd'hui, Marie s'en rendait compte avec un grand étonnement, il était mille fois plus satisfait pour Thomas qu'il ne le serait jamais pour lui-même.

Si son beau-frère devait faire une belle carrière dans un métier valorisant, elle s'en réjouissait très sincèrement. Thomas lui était extrêmement sympathique, et pas seulement en raison de son cadeau. En même temps, elle se laissait submerger par une vague de tristesse hors de propos. Elle avait sottement imaginé que, peut-être, le jeune homme viendrait travailler avec eux au café. Si Victor renvoyait Gervais, Thomas y avait largement sa place. Et sa présence, sa jeunesse amicale auraient un peu changé sa vie à elle. Les deux frères auraient pu acheter une affaire plus importante, dans un quartier de Clermont plus attrayant. Mais de toutes ces perspectives, il n'en serait rien. Les jours continueraient à se succéder sans joie aucune, auprès d'un mari pour lequel elle éprouvait maintenant une invincible animosité. Elle écrasa subrepticement deux larmes et reprit son chiffon.

Les intempéries et les températures négatives ne firent que s'accentuer tout au long du mois de janvier. Puis vint ce tristement célèbre février 1956, resté dans les annales comme l'un des plus terribles, des plus meurtriers aussi.

Le pays tout entier, jusque dans les plaines les plus au sud, tremblait sous les frimas. Bloqués par une épaisseur de neige inhabituelle, des trains stoppaient en pleine campagne ; le gel cassait les branches, fendait les arbres, endommageait les tuyauteries. Alors, on manquait d'eau, de chauffage, des vieilles gens mouraient de froid dans leurs maisons isolées, enserrées dans l'impitoyable étau de l'hiver.

À Clermont, comme partout, d'abord empêché de circuler par une couche de neige trop épaisse, le tramway était maintenant bloqué par la gangue de glace qui étreignait les rails. Dans le quartier Saint-Eutrope, comme en beaucoup d'endroits, l'eau gelée avait fait éclater les tuyaux en plusieurs points. Au café, deux fois par jour, Gervais chargeait des bonbonnes vides sur une remorque ; il partait les remplir chez un collègue privilégié, souvent loin en ville. Le bois de chauffage et le charbon, devenus rarissimes, étaient hors de prix.

Le marché en plein air ne se tenait plus ; les vendeurs se cantonnaient frileusement sous la petite halle couverte. Victor exigeait chaque soir une bonne soupe de légumes, mais ceux-ci étaient presque introuvables. Choux d'hiver, poireaux, navets, carottes gelaient dans les entrepôts des maraîchers de la Limagne. On en achetait des quantités infimes à prix d'or.

Marie revenait transie, les pieds et les doigts gourds, après avoir visité la moindre épicerie jusqu'aux abords de la cathédrale. Par-dessus un bonnet de grosse laine, elle s'emmitouflait la tête et les épaules d'un châle épais, à la manière des femmes du début du siècle. Le froid inexorable rougissait son nez, faisait pleurer ses yeux. Ni au Guéry ni au Mont-Dore, jamais elle n'avait ressenti aussi cruellement l'étreinte du gel, sa morsure douloureuse sur le moindre pouce de sa peau.

— Un chou-rave, trois carottes et une poignée de pommes de terre pour ce prix ! Mais c'est du vol !

criait Victor. Évidemment, tu n'as aucune défense, alors on en profite, forcément ! Demain, j'irai moi, et on verra bien !

Naturellement, il n'en faisait rien. Pour le calmer un peu, Marie réduisait sa ration de soupe à elle, se contentait de bouillon clair brûlant où l'on versait quelques gouttes de Viandox. Mais, avant le dîner, il lui fallait courir garnir le lit de l'appartement d'une bouillotte de caoutchouc. Soigneusement enveloppée de l'un de ses gilets de laine, Marie la serrait contre elle, remuée par sa délicieuse chaleur.

Les lettres de son père étaient pessimistes, chargées d'une aigreur et d'une tristesse qu'il ne parvenait pas à dissimuler. En montagne, les éleveurs manquaient de fourrage. La plupart des foires étaient supprimées. On en arrivait à abattre les bêtes faute de pouvoir les nourrir. Naturellement, le cours de la viande sur pied était au plus bas.

Louis avait dû céder à des fermiers voisins plus d'un tiers de son cheptel, pour une somme dérisoire. Dans la campagne, on butait souvent sur des cadavres pitoyables d'animaux sauvages morts de faim et de froid, souvent tout près des habitations.

Comme il fallait s'y attendre, le printemps fut tardif, les récoltes insignifiantes. Les graines avaient gelé profondément dans une terre aussi dure que du béton. La vie restait chère, il fallait se restreindre.

Enfin, avril frappa timidement aux portes des Limagnes. Les bourgeons apparurent, les squares commencèrent à reverdir. Pourtant, le ciel restait d'un bleu étrange, inhabituel, laqué d'une légère teinte blanchâtre fondue en larges traînées diaphanes au-dessus des monts Dôme.

— Il est pas franc, ce printemps-là ! affirmait le père Justin. Le fond de l'air est pas normal, il y manque quelque chose...

Il y manquait tout simplement la bonne chaleur du soleil qui persistait à se cacher au-delà des montagnes. Plus que tout autre sans doute, Marie guettait chaque matin sa belle lueur dorée, toujours absente.

— Ça finira bien par s'arranger, grommelait Victor. Mais le prix du vin en prendra un coup aux prochaines vendanges !

Comme toujours, il ramenait tout à lui et à son commerce, son unique préoccupation.

Le facteur entra, traversa le café, tendit au patron deux enveloppes blanches et une carte postale. Après un rapide coup d'œil, Victor s'exclama :

— Reste deux minutes, Roland, c'est ma tournée !

Le préposé posa sa boîte au pied d'un haut tabouret avant de s'asseoir. L'invitation était trop inhabituelle pour qu'il songeât un seul instant à refuser.

— Tu as gagné à la loterie ? demanda-t-il, goguenard.

— Mieux que ça ! Mon frère est démobilisé, il arrive vendredi. Allez, trinquons à sa santé !

Dans l'euphorie du moment, il offrit une tournée générale en débouchant l'une de ses fameuses bouteilles de mousseux. Marie tenta en vain de déchiffrer les quelques lignes de la carte postale posée près du téléphone. Pourquoi son cœur battait-il sottement ? Thomas allait revenir, et alors ?

Alors un peu de douceur illuminerait son quotidien. Pour combien de temps ? Bien peu sans doute. L'étudiant en architecture ne passerait sûrement pas l'été en ville. Et puis, bientôt, il reprendrait ses études à Paris. Soudain, la jeune femme se dit qu'elle aurait préféré ne l'avoir jamais connu.

Pour la première fois depuis son arrivée à Clermont, Marie vit le jardin triangulaire avec un regard neuf. En ce 24 avril, trois jours avant l'arrivée de Thomas, elle avait entrepris d'aérer à fond l'appartement et de commencer des nettoyages qu'elle terminerait le lendemain.

La veille, pour avoir un peu de temps devant elle, la jeune femme avait sans rien dire cumulé les courses. Un instant, elle s'attarda sur le seuil du corridor. Toujours fermée, la porte du jardin disparaissait d'ordinaire derrière une épaisse tenture destinée à faire barrage au froid. Dans le bas, le long du battant, on avait ajouté un large bourrelet de feutrine.

À l'automne, quand Victor et sa femme étaient venus occuper les lieux, les feuilles mortes commençaient à pourrir au pied des arbustes aux branches nues. Le mur aveugle, l'immeuble aux volets toujours clos faisaient du jardin sauvage, désert et indompté, un endroit désolé, dépourvu de toute forme de vie.

L'hiver durant, Marie n'y avait jamais jeté le moindre coup d'œil. Mais, certainement, tout était pris sous le gel, une peluche neigeuse recouvrant le gravier des allées irrégulières. Et voilà qu'elle contemplait un décor difficilement reconnaissable.

Au fond, là-bas, au bout du triangle n'offrant aucune issue, un immense frêne pleureur portait, comme autant de longues larmes ovales, des petites feuilles d'un vert étonnamment suave et frais. Plus près, sur la droite, un vieux puits de pierres grises qu'enlaçait un lierre vigoureux. Comment avait-il résisté aux grands froids ? Une petite grille de fer ouvragé, aérienne, dominait l'ouvrage, s'élevait en volutes un peu rouillées où s'accrochaient les feuilles en étoile de la plante grimpante.

Çà et là, débordant d'anciennes pelouses presque effacées, d'immenses rosiers, de grands églantiers plutôt, étaient en feuilles mais pas encore fleuris. Redevenus sauvages, les rosiers du jardin s'élançaient très haut, griffaient de leurs branches grêles aux ongles pointus l'air étrangement calme, sans bruit aucun, sans un souffle de brise nouvelle, comme si l'on se trouvait transporté soudain en pleine campagne.

Sous la façade, à gauche, un énorme massif d'hortensias dépliait ses larges feuilles rondes, puis venaient les quatre marches du perron. Un peu partout reverdissaient des brins d'herbe, de jeunes pissenlits. Le cœur de Marie se gonfla. Émue, elle se dit :

« Si Thomas vivait ici, je planterais des fleurs dans ce jardin... »

Elle s'obligea à repartir, à s'activer dans l'appartement. Demain, il lui faudrait nettoyer les vitres des deux chambres. Elle s'empressa de laver les rideaux, de les étendre sur une ficelle tendue à la hâte le long d'un mur. Enfin, elle referma toutes les ouvertures et partit en courant vers le café où, sans nul doute, Victor allait encore l'accueillir avec des reproches.

— Accompagne donc Thomas à l'appartement pour qu'il pose son bagage ! ordonna Victor en interpellant Marie du seuil de la cuisine. Cette fois, j'espère bien qu'il restera plus de trois jours !

Thomas adressa seulement un sourire à son aîné avant de jeter un gros sac de sport sur son épaule et d'empoigner son énorme valise. Marie décrocha le trousseau de clés pendu près du tiroir-caisse, puis elle le précéda dans la rue. Sans échanger une seule parole, ils arrivèrent rue Gaultier-de-Biauzat où le jeune homme reprit possession de la petite chambre.

— Je viderai tout ça demain, dit-il, rieur, j'ai tout mon temps !

Sur le seuil, Marie le regardait, indécise.

— Vous êtes pressée bien sûr ? reprit Thomas.

Elle fit oui de la tête en lui souriant, puis, brusquement, elle jeta :

— Venez voir !

La porte ouverte sur le jardin, le jeune homme hésita.

— Quelle surprise ! Ce jardin est à vous aussi, je veux dire : il fait partie de la location ?

— Je ne sais pas, répondit Marie en haussant les épaules. Il n'y a jamais personne. Voyez : tout est fermé, partout !

Ils firent quelques pas dehors, dans le soleil. Un rouge-gorge quitta soudain son perchoir, sur l'une des volutes du petit puits, pour se réfugier dans le grand frêne pleureur. Les jeunes gens se sourirent.

— Marie ! dit doucement Thomas en se rapprochant.

La lumière faisait briller les cheveux de la jeune femme, elle levait vers lui son magnifique regard bleu mauve. Lentement, il la prit dans ses bras.

— Marie, répéta-t-il, je n'y peux rien, ne m'en veuillez pas surtout, ces derniers mois j'ai lutté mais… je vous aime, Marie !

Ils s'embrassèrent, et la jeune femme, soudain, se sentit réconciliée avec le monde.

XI

Le bel été

En ce mois de mai où la lumière coulait à flots sur la ville, le soleil n'était pas seulement dans les branches des squares et les fleurs des parterres. Il était dans le cœur de Marie et sa chaleur soudaine l'inondait d'un bonheur absolu.

Après quelques mois de froid intense au-dehors, en elle aussi, sa jeunesse palpitait à nouveau, tel un insecte aux ailes trop longuement repliées. Le regard de Thomas faisait se lever mille douceurs inconnues, mille rayonnements. Elle ne pensait pas :

« Et quand il va repartir ?… »

Ses dix-neuf ans accueillaient sans arrière-pensée aucune cette passion toute neuve, inattendue et merveilleuse qui la transformait.

Chose étrange, Victor, si jaloux, n'eut aucun soupçon. D'abord, à ses yeux, sa femme était si insignifiante, une gamine, voilà tout. Comment son frère, un garçon si intelligent, aurait-il pu s'y intéresser ? Thomas, le tromper ? L'idée ne l'effleurait même pas. Le lui aurait-on dit, prouvé, qu'il aurait refusé de le croire. Le seul qui avait compris, très vite, qu'entre Marie et son beau-frère il était question de tout autre chose que d'une affection fraternelle, c'était Gervais, le jeune serveur.

Mais il se serait fait couper en morceaux plutôt que d'éveiller la méfiance de Victor, qu'il détestait cordialement depuis le jour où il était entré à son service. Venu d'un milieu très modeste, Gervais espérait bien, d'ici quelques années, trouver une place de garçon de café dans une brasserie ou un grand bar digne de ce nom.

Au hasard des rues, lorsqu'il arrivait le matin, le jeune homme lorgnait avec envie les façades colorées, les terrasses avenantes, les chromes brillants des bars du centre-ville. Dans la rue Fontgiève et autour de la place Gaillard, ceux-ci étaient légion. Le bar à la Lune, tout laqué de mauve profond et de dorures l'attirait plus encore que tous les autres. Oui, un jour il travaillerait là, vêtu de la chemise blanche impeccable, du pantalon et du petit gilet noirs, le nœud papillon bien droit, le cheveu lisse et les pieds chaussés de souliers vernis brillants comme des miroirs, le summum de l'élégance à ses yeux.

Victor Devèze en crèverait de dépit, c'était sûr. Et si, par hasard, il se risquait un jour à venir consommer là, lui, Gervais, l'écraserait de son mépris, l'ignorerait superbement. D'avance, il en jubilait. En attendant, le jeune homme économisait sou à sou. S'ils se parlaient rarement, et seulement pour le service, Marie et lui s'entendaient bien. Mais comment ne pas s'entendre avec elle ? Bravement, elle souriait à tous, empressée, serviable, attentive. Gervais la plaignait d'avoir pour mari, elle si jeune, un butor de la pire espèce qui passait son temps à la rabrouer. Et la différence d'âge n'était pas le pire, naturellement. Victor aurait dû faire montre, envers sa jeune femme qui trimait comme personne, non seulement d'indulgence mais aussi de reconnaissance, l'épargner, la gâter un peu. Au lieu de ça...

Gervais donc sentit, car oui il était palpable, aussi éclatant que la lumière du jour, l'amour ébloui des jeunes gens. Dès lors, il trembla en songeant aux terribles conséquences si le patron venait à s'en apercevoir, lui aussi. Il ferait beau voir qu'un client trop perspicace, une de ces femmes d'âge mûr par exemple qui venait chaque jour, et plutôt deux fois qu'une, siroter un Ricard ou un porto en fumant quelques cigarettes, vendît soudain la mèche.

Victor, Gervais n'en doutait pas un instant, aurait été capable de tuer de ses propres mains la pauvre Marie. Cette horrible pensée donnait froid dans le dos au jeune garçon. Déjà, il voyait le gros titre à la une du quotidien *La Montagne*, au beau milieu de la page :

« Meurtre conjugal dans un bar de la rue Sainte-Claire. »

Et dessous, en plus petit :

« En découvrant la liaison de sa femme et de son propre frère, le patron étrangle la malheureuse à l'heure de l'apéritif, heure d'affluence s'il en est. La police a emmené plusieurs témoins pour les interroger, dont le jeune barman attaché à l'établissement... »

Arrivé à ce point de ses considérations journalistiques, Gervais, désolé, jetait un coup d'œil furtif à sa jeune patronne. Celle-ci, bien entendu, était à cent lieues de pensées aussi épouvantables. En réalité, Marie ne vivait plus que pour une seule chose : l'instant délicieux où elle se retrouverait enfin dans les bras de Thomas.

En ville, le jeune homme avait renoué avec d'anciens condisciples du lycée. Les journées, en effet, lui semblaient bien longues. Désœuvré, il évitait pourtant de rester trop longtemps au café où, cependant, il aurait pu aider un peu. Si l'idée de la suspicion de Victor à leur égard n'effleurait pas Marie, Thomas, au contraire, y songeait sans cesse.

Il ne ressentait, pour l'instant, aucun remords de tromper son frère, de lui voler sa femme. Son amour pour Marie primait tout. Mais il connaissait trop bien Victor, son esprit roué et calculateur, pour ne pas se méfier. La plus grande prudence s'imposait, aussi le jeune homme préférait-il se tenir le plus loin possible de sa belle-sœur, malgré l'envie dévorante qu'il éprouvait de la serrer pour toujours dans ses bras. Ils n'avaient tous les deux que trop d'occasions de se trahir en présence de Victor.

Sans le savoir, ce dernier jouait le jeu pour rapprocher involontairement les complices. Au matin, il recommandait :

— Surtout, fais doucement pour le ménage, ne va pas réveiller mon frère. Il a du sommeil en retard, à l'armée, la grasse matinée ça n'existe pas ! Alors laisse-le dormir tout son saoul !

Au moment de quitter l'appartement, il enjoignait encore :

— Si Thomas dort toujours quand tu seras prête à partir, laisse-lui le café dans la Thermos. Et ne regarde pas sur le beurre et les tartines, il m'a semblé qu'il avait besoin de se remplumer un peu.

Par prudence, Marie attendait cinq bonnes minutes avant de refermer la porte à double tour et de rejoindre Thomas dans la petite chambre.

— Et si Victor a oublié quelque chose, s'il fait demi-tour ? s'inquiétait le jeune homme.

— Je dirai que je m'enferme toujours quand je suis seule, répondait Marie avec assurance.

Elle et Thomas s'étreignaient sauvagement. Sans se le dire jamais, l'un et l'autre savaient que le temps leur était compté. Marie ne devait pas s'attarder davantage qu'à l'époque où Thomas était loin.

Avec juin et les premières chaleurs, les jeunes gens prirent l'habitude de se rejoindre dans le jardin. Au fil des semaines, la petite jungle s'était délicieusement fleurie. À droite du perron, quelques lilas tendaient leurs grappes blanches et violet-pourpre. Près du vieux puits, des petits pommiers du Japon, ébouriffés, s'étaient couverts de fleurs écarlates.

— Ici, avait dit Marie en enlaçant tendrement Thomas, on les appelle « pommiers d'amour » !

Sur tout le mur de droite couraient des forsythias ; leur floraison jaune d'or trop vite passée, une glycine torse se mêlait à leurs fines branches émaillées de vert, répandait à profusion ses lourdes grappes mauves où, déjà, chuchotaient les abeilles.

Face au frêne pleureur, un vieux cerisier au tronc noir et tortueux avait laissé sur le gravier une pluie blanche de pétales qui, maintenant, se rouillaient. Les grosses églantines, vestiges des roses disparues, s'ouvraient comme de délicates coupelles de nacre rose pâle avec, en leur centre, un semis d'étamines d'or bruissantes de gros bourdons maladroits.

Ce fouillis végétal, coloré et fleuri, était pour Marie et Thomas un havre bienheureux où il faisait bon s'aimer.

D'abord, du seuil, la jeune femme s'assurait que, sur le jardin triangulaire, nul volet ne s'était ouvert inopinément. Puis, enlacés, elle et Thomas longeaient l'allée principale, écartaient les longues branches feuillues du frêne et, les yeux dans les yeux, se laissaient tomber sur l'herbe et la mousse.

Là, Marie avait découvert des brins de muguet dont l'odeur stagnait encore sous la voûte verte, bien que leurs petits grelots d'un blanc si pur fussent passés depuis longtemps.

— Le muguet, c'est un porte-bonheur ! avait-elle affirmé.

Elle avait mis quelques brins à sécher entre les pages d'un vieil almanach. Lorsque Thomas repartirait pour Paris, elle lui en confierait quelques-uns. Ce serait, elle en était certaine, un gage de son retour vers elle. Quand ? Elle n'en avait aucune idée, mais elle l'attendrait des mois, des années. Même quand elle serait vieille, elle l'attendrait encore, rien ni personne ne pourrait l'en empêcher. Mais le départ du jeune homme, fin septembre, était loin et elle ne voulait pas y penser, pas encore.

N'y tenant plus, après cet hiver interminable sans avoir revu sa fille, Louis s'était annoncé la seconde semaine de mai. Victor, bourru, lui présenta rapidement son frère. Aussitôt, le jeune homme parut sympathique au père de Marie.

« Ou je me trompe fort, se dit-il, ou les deux frères ne se ressemblent pas du tout. Ah ! si ma petite avait eu la chance de tomber sur celui-là... »

Et, comme chaque fois qu'il songeait au sacrifice consenti par la pauvre Marie, à dix-huit ans tout juste, il se sentit bourrelé de remords.

Victor retrouva pourtant sa voix pour faire les éloges de « l'étudiant ». Bientôt architecte, rien que ça ! Il en avait plein la bouche, prononçait le mot en se rengorgeant, lorgnant son beau-père du coin de l'œil comme pour dire :

« Voilà qui t'en bouche un coin, pas vrai ? Un fils et frère de fermiers bien quelconques de par chez toi qui, d'ici quelques années, sera un "monsieur" ! »

À l'heure de midi, Louis annonça qu'il allait déjeuner dans un petit restaurant proche pour ne pas gêner.

— Mais vous ne gênez pas du tout, voyons ! jeta Thomas d'un ton sincère. Vous êtes le père de Marie et donc le bienvenu comme tout membre de la famille !

Il se tournait vers Victor et Marie, mais celle-ci baissait les yeux en astiquant un plateau. Son mari ne put faire à moins que d'inviter Louis.

— Vous pouvez bien rester manger avec nous, c'est pas si souvent..., fit-il à regret. Au moins, il y aura assez Marie ?

— Oui, oui bien sûr, dit-elle précipitamment.

Elle avait acheté quatre biftecks, mais en rognant un peu, elle se ferait une part de trois petits morceaux, ne s'attirant ainsi aucune réflexion de Victor.

— Je vais mettre l'huile des frites à chauffer, dit-elle.

Son père la suivit à la cuisine, ouvrit son sac :

— Tiens, je vous ai apporté un fromage et un saucisson à la cendre.

Marie leva les yeux et ils se sourirent.

— Merci beaucoup, papa ! Victor et Thomas adorent le vrai saint-nectaire fabriqué à la ferme.

Louis se disait que sa fille avait quelque chose de changé depuis sa dernière visite. Son teint était plus rose, elle semblait épanouie, pas du tout morose, au contraire.

— Tu as l'air d'aller bien, cela me fait plaisir !

— Oui, papa, je vais très bien. L'hiver a été dur, comme pour toi sans doute, mais maintenant on revit, n'est-ce pas ?

Louis, qui ne pouvait imaginer la véritable raison de cette renaissance, se sentit serein tout à coup.

« Après tout, pensa-t-il, elle a l'air de s'être bien faite à sa nouvelle existence. Son mari ne doit pas être si difficile à vivre, en tout cas dans le cadre conjugal. Il est vrai que Marie est si accommodante, Victor n'a pas pu manquer de s'en apercevoir. Et moi, je préfère la voir comme ça… »

Le soir, il repartit soulagé. Thomas avait obtenu de son frère de monter au Guéry avec sa belle-sœur un dimanche, début juillet.

— Pour une fois, tu laisseras Gervais de garde, ou bien tu fermeras le café. La plupart des Clermontois auront déserté la ville !

— Tu crois ça ! Ma clientèle à moi ne prend guère de vacances, tu sais ! De toute manière, pas question que je ferme ni que je m'absente. Mais vous deux, vous pourrez prendre ma voiture si tu veux, c'est pas souvent qu'elle prend l'air ! En revanche, vous rentrerez de bonne heure, hein ?

Cette magnanimité de la part de son mari étonna tellement la jeune femme que le verre qu'elle essuyait faillit lui tomber des mains. De même, Louis n'en revenait pas. Allons, il avait été beaucoup trop pessimiste sur l'avenir de ce mariage qui lui déplaisait si fort, à juste raison. Tant mieux s'il s'était trompé. À présent, il penserait différemment à sa fille et sa quiétude à lui en serait d'autant augmentée.

Bien que sa ferme natale fût toute proche du lac, Thomas n'était monté au Guéry qu'à deux reprises, dans son enfance. Depuis 1944, son frère ne tenait guère à être vu dans ce coin-là ; naturellement, Thomas ignorait tout du comportement de Victor à la fin et dans l'immédiate après-guerre. Le petit frère, alors, était en pension à Rochefort, puis à Clermont, à l'écart des activités troubles de son aîné et, plus tard, de son insidieuse approche de Marie.

Partis à huit heures du matin avec les mille et une recommandations de Victor, les jeunes gens arrivèrent chez Louis une heure et demie plus tard. Marie avait absolument tenu à un arrêt à la Roche Sanadoire. Main dans la main, ils avaient défié l'écho des montagnes en riant :

— J'aime Thomas !

— J'aime Marie ! hurla Thomas en ajoutant : Dis-le au monde entier !

L'écho, naturellement, ne renvoyait que les dernières syllabes, mais sa voix, étrangement, semblait rendre plus réel leur amour, unique, indestructible.

Le long de l'étroite route en lacet, Thomas avait conduit prudemment la 203 Peugeot de son frère.

Il s'agissait de la lui rendre en bon état, d'autant que de nombreux véhicules l'empruntaient aussi pour aller visiter le massif du Sancy, les villes thermales ou quelques-uns des lacs auvergnats.

En premier lieu, Marie voulut revoir son cher Guéry, tout miroitant en contrebas de la ferme, et le montrer à Thomas

— On peut prendre la barque, papa ?

En cette saison, Louis n'y tenait pas tellement. Le temps était splendide et plusieurs familles commençaient à déballer leur pique-nique au bord de l'eau. Il accepta cependant, pour ne pas décevoir Marie.

— Juste un petit tour, alors et je viens avec vous.

La promenade finie, le repas rapidement expédié, Marie, exubérante, jeta :

— On monte au buron, je veux que Thomas voie comme tout est magnifique de là-haut !

Elle n'avait pas proposé à son père de les accompagner et Louis ne s'imposa pas. Aucune arrière-pensée, pourtant, n'était venue l'effleurer. D'ailleurs, depuis quelques années, il lui fallait « économiser ses jambes », comme il avait coutume de dire. La montée était rude, il ne le savait que trop. Mais, à l'âge des jeunes gens, la grimpette au sommet du puy Corde serait un plaisir par cette belle journée.

Vers dix-sept heures, ils redescendirent en riant.

— On a fait la course, papa, et c'est Thomas qui a gagné. Mais ce n'est pas juste, ses jambes sont tellement plus longues que les miennes !

Tous les deux éclatèrent de rire à nouveau.

« C'est beau d'être jeunes ! » se dit Louis en leur souriant. Marie ne sortait pour ainsi dire jamais, trop tenue par le commerce ; elle avait bien eu raison de profiter si pleinement de la promenade, l'occasion de la renouveler ne se présenterait sûrement pas de sitôt. Mais il fallait maintenant regagner Clermont sans tarder.

— Tu viendras bientôt en ville, j'espère ? demanda Marie en embrassant affectueusement son père.

Louis répondit évasivement.

Aux portes de la grande ville, les amoureux firent une courte halte dans un bosquet, assez loin de la route. Cette journée aurait dû s'éterniser longtemps, toujours. Mais Victor, certainement, jetait déjà d'incessants coups d'œil à la pendule accrochée à droite du bar.

Après un dernier baiser, il fallut rejoindre l'automobile. Le soleil d'été gardait encore toute son ardeur et l'on roulait les vitres grandes ouvertes. Comblée, Marie se sentait encore tout imprégnée des odeurs sublimes de ses chères montagnes. Elle jeta un coup d'œil au profil de Thomas et se sentit fondre d'une infinie tendresse.

XII

Derniers bonheurs

Août avait en partie vidé la capitale auvergnate et Victor en profita pour donner à son serveur ses congés annuels. Certes, la plupart des habitués du café ne partaient pas en vacances, mais la majorité des entreprises et des commerces étaient fermés. On servait petits déjeuners, cafés et apéritifs en nombre beaucoup plus restreint.

— Je pourrais peut-être en profiter pour aller l'après-midi à l'appartement faire du ménage, avait suggéré Marie avec innocence, le matin, je fais toujours tout à la va-vite…

Victor accepta sans difficulté, à condition de pouvoir faire lui-même une sieste après le déjeuner ; ainsi, mari et femme se relaieraient pour garder le café ouvert. En ville, la chaleur devenait insupportable, le goudron fondait, murs et trottoirs jetaient au visage l'haleine brûlante de l'été et les nuits demeuraient étouffantes malgré les fenêtres grandes ouvertes sur une moiteur exécrable.

En dépit de la fatigue de sa longue journée de travail, comme tout un chacun Victor dormait mal, se réveillait en sueur, cherchait en vain à se rendormir. La sieste, dans sa chambre aux volets clos, était donc la bienvenue en dépit de la chaleur estivale qui stagnait malgré tout dans la petite pièce.

Dès qu'il revenait au café, Marie gagnait l'appartement et Thomas la rejoignait. Il était censé visiter quelque ancien camarade de lycée ; en réalité, il attendait au frais dans le square Blaise-Pascal le plus souvent, parfois sur un banc ombragé de la place de la Victoire. Depuis peu, il se replongeait aussi quotidiennement dans les cours de sa dernière année d'études, afin de se remémorer le programme avant la rentrée d'octobre.

Les jeunes gens retrouvaient avec délice leur cachette de verdure, sous les longs rameaux souples du frêne dont les extrémités feuillues traînaient jusqu'au sol, tels les longs doigts verts de quelque magicien sylvestre. Chaque matin, Marie arrosait copieusement herbe et arbustes flétris par l'intense chaleur du jour. Ainsi, le jardin triangulaire, à l'abri des hauts murs, gardait quelque fraîcheur.

Alors que Thomas somnolait, la tête sur ses genoux, Marie, appuyée au tronc de leur arbre protecteur, s'émerveillait de cet impénétrable rideau végétal qui les isolait si bien du monde extérieur, de sa laideur, de ses dangers.

Puis, engourdie par une tiédeur délicieuse, elle s'allongeait doucement pour ne pas déranger Thomas. Bercée par l'imperceptible frémissement des minces rameaux, elle finissait par s'assoupir. Parfois, un léger cri d'oiseau, un pépiement furtif la ramenaient au bord de l'éveil, juste le temps de penser :

« Comme je suis bien... »

Le sommeil la reprenait ; mais toujours, même endormie, elle avait conscience de la présence de Thomas, du poids si précieux de sa tête à lui tout contre elle, de leurs jeunes corps comblés au-delà des mots.

Un jour, tandis que Victor et son frère buvaient leur café alors que Marie arrosait le seuil pour apporter quelque fraîcheur, Thomas dit tout à coup :

— J'ai une très bonne idée ! Ce soir, on ferme un peu plus tôt et je vous emmène au cinéma !

— Au cinéma ! Et quoi encore ? Mon pauvre, tu as de ces idées... Au cinéma avec cette chaleur ! D'abord, moi, j'y mets jamais les pieds, fit Victor d'un ton catégorique. Pas le temps, pas l'envie non plus. Toutes ces niaiseries... Le soir, moi, je dors !

— Mais tu dis toi-même que la chaleur t'empêche de dormir, justement ! Je suis certain qu'en te couchant un peu plus tard, tu dormirais mieux. Enfin, c'est toi qui décides, finalement. Mais il se peut que Marie, elle, ait envie d'y aller, au cinéma. Ce n'est pas pour te faire des reproches, mais tu ne la sors jamais, elle doit s'ennuyer parfois... Alors, qu'est-ce que tu en penses ?

Marie, naturellement, grillait d'envie d'accepter. Avant son mariage, elle adorait le cinéma. Au Mont-Dore, durant la saison d'été, elle et ses compagnes de la confiserie s'offraient une séance, de temps à autre. Elles assistaient à une projection dans la grande salle du casino ou, le plus souvent, au cinéma Olympic, dans la petite rue Lavialle.

Dès leur sortie parisienne, les films nouveaux étaient projetés dans la ville thermale. Les gens s'y pressaient en matinée les jours de pluie, en soirée surtout. Pour les « grands » films annoncés depuis longtemps, il fallait réserver les places, tout comme dans les villes d'importance.

Marie leva les yeux vers son mari. De lui, bien entendu, viendrait le verdict.

— Si elle y tient..., jeta Victor, emmène-la. Mais qu'elle ne vienne pas se plaindre d'être fatiguée demain matin, le réveil sonnera comme d'habitude !

Thomas se fit violence pour ne pas rétorquer :

« Elle n'a plus huit ans, tout de même ! Tu n'es qu'un despote, tu mériterais qu'elle te quitte ! »

Voir son frère traiter Marie comme une gamine, la rabrouer à chaque instant, lui faisait craindre de provoquer un jour un éclat entre Victor et lui. Mais, il le savait fort bien, c'était la dernière chose à faire... Marie, tout au contraire, n'en revenait pas de cette bienveillance tellement inhabituelle ; décidément, Thomas avait le don de transformer l'ours mal léché en agneau de laine douce. Un brusque pincement au cœur rappela à la jeune femme qu'elle était en sursis : Thomas parti, plus aucune faveur à attendre, mais là n'était pas le pire ; le départ du jeune homme se rapprochait de jour en jour... Elle chassa ses tristes pensées. Profiter de la présence de celui qu'elle aimait valait mieux que de gémir et s'angoisser par avance, il serait toujours assez tôt pour ressasser sa peine et ses regrets...

— Eh bien, c'est d'accord ! lança Thomas en s'efforçant de prendre un ton joyeux. Nous irons au Globe, en face du théâtre. On y passe un film de guerre extraordinaire, paraît-il, j'ai vu les affiches.

— Un film de guerre ! fit Victor avec un hochement de tête plein de réprobation. Tu crois vraiment que c'est ça qui va vous distraire ? Allez donc voir un comique, un western à la rigueur. La guerre, si tu l'avais vue de près comme moi, ça te suffirait, je te l'assure !

Cette fois encore, Thomas se mordit la langue pour ne pas répliquer :

« Tu n'as jamais combattu, que je sache, pas plus dans l'armée que dans le maquis ! Planqué, tu es resté planqué, c'est tout ! »

Mais il savait bien qu'il était parfaitement inutile d'engager une polémique sur le sujet ; il lui fallait se garder d'indisposer son frère, aujourd'hui moins que jamais.

Au guichet, Marie voulut absolument payer sa place et Thomas eut bien du mal à l'en dissuader.

— Tu n'es pas raisonnable, dit-elle pendant l'entracte. Tu auras besoin d'argent pour tes études… Moi, il m'en reste un peu de mes gains au Mont-Dore.

— Ce que mon frère te donne ne doit pas peser bien lourd dans ton porte-monnaie ! Je me trompe ?

Marie éluda cette question qui mettait en avant l'avarice de Victor pour répéter :

— N'oublie pas que j'ai travaillé trois saisons, plus pas mal d'heures à l'auberge du Guéry. Évidemment, ma paie n'était pas très grosse, mais ici je n'ai aucune dépense, tu le vois bien.

« Aucune, à part tes vêtements, tes chaussures, les petits riens qu'une femme, jeune surtout, aime tellement s'offrir », pensa Thomas. Il avait très vite compris que Marie n'osait rien demander et que

Victor se gardait bien de ne jamais lui proposer le moindre sou. Elle travaillait seize à dix-sept heures par jour pour le vivre et le couvert. Chez son mari ! Car, naturellement, le café était au nom de Victor, Marie n'avait aucun droit, ni aux bénéfices ni sur le local.

Chaque jour, Thomas voyait son frère détailler les notes que sa femme rapportait avec les courses ; il avait alors l'air suspicieux de quelqu'un qui n'a qu'une crainte : se faire gruger. Pauvre Marie ! Mais aussi, comment avait-elle pu épouser Victor ? L'avait-elle aimé quelque jour ? Non, c'était impossible !

Par discrétion, de crainte de la peiner aussi, il n'avait jamais abordé ce sujet. D'ailleurs, penser aux relations conjugales de la jeune femme et de son frère non seulement le mettait mal à l'aise, mais, quand il y pensait un peu trop, le rendait fou de jalousie impuissante. Si seulement il avait connu Marie avant sa rencontre avec Victor... Mais les regrets ne changeraient rien. Les choses étaient ce qu'elles étaient, et, la rage au cœur, il devait bien en prendre son parti.

— Toi, demanda Marie, Victor te les paie tes études, au moins ?

— Non, moi, c'est différent. Après mon bac, quand je me suis inscrit à l'école d'architecture à Paris, Victor avait déjà l'idée de prendre un bar ici, à Clermont. Alors, même si la ferme de nos parents n'était pas encore vendue, il a voulu que nous allions chez le notaire pour le partage. On me verse une somme tous les trimestres, cela jusqu'à la fin de mes études ; le reste de l'argent est placé. Dans trois mois, j'aurais vingt et un ans. Alors, devenu majeur, je pourrai choisir : ou bien je toucherai la somme entière qui me revient encore, ou bien je laisserai l'argent placé pour qu'il me rapporte encore un peu.

— Et tu feras quoi, tu as décidé ?

— À ton avis ? Je continuerai à recevoir le nécessaire pour finir mes études, le reste je n'y toucherai pas jusqu'à mon installation. Là, j'en aurai bien besoin.

— Et tu t'installeras où ?

Thomas perçut très bien, dans la voix de Marie, un désarroi qu'elle dissimulait mal.

— Franchement, je n'y ai pas encore songé. La fin de mes études est trop loin encore…

Il lui prit la taille et l'embrassa dans le cou pour tenter de dissiper le malaise douloureux qui l'avait envahie. Marie abandonna le sujet. Les gens reprenaient leur place, la seconde partie du film commençait. Thomas saisit la main de sa compagne et la tint serrée jusqu'à ce que les lumières se rallument.

Avant le départ du jeune homme, ils purent se rendre au cinéma à trois ou quatre reprises encore.

Au retour, ils auraient aimé faire halte sur un banc public, dans la nuit complice qui enserrait la ville de ses ailes tièdes. Mais ils se doutaient que Victor vérifiait certainement l'horaire des séances. En y rajoutant le délai du trajet jusqu'à l'appartement, à cinq ou six minutes près, il connaissait l'heure de leur retour. Il aurait même été capable de les épier de loin, bien qu'il n'ait jamais fait montre d'aucun soupçon. Aussi, malgré leur envie, n'osaient-ils s'accorder aucun moment d'intimité supplémentaire et ils rentraient aussitôt. Pour ne pas être surpris, ils ne s'accordaient pas même un dernier baiser avant de regagner leur chambre respective.

Passionné de dessin, Thomas avait toujours en poche un petit carnet de croquis. Jamais il n'avait osé crayonner au café de son frère. Comment Victor aurait-il pris la chose ? Peut-être aurait-il craint que cela ne plaise guère à sa clientèle. Avec lui, on ne pouvait jamais prévoir une réaction de colère, voire de contrariété tout à fait imprévisible, aux conséquences inattendues et désagréables. Dans le doute, le jeune homme s'était donc abstenu.

Mais, durant les longues heures où il attendait de pouvoir retrouver Marie dans le jardin, il croquait un coin de rue, l'angle d'une place, une fontaine, une scène typique du marché, la terrasse d'une brasserie, un personnage installé sur un banc à l'ombre accueillante d'un arbre, la façade noire ou les flèches élancées de la cathédrale… Surtout, il dessinait sous tous ses aspects le jardin triangulaire.

Il avait montré à Marie ses esquisses rehaussées de quelques touches d'aquarelle. Admirative, la jeune femme y retrouvait le perron et les lilas, les arbustes fleuris, la glycine sur le haut mur gris, les énormes pompons rose vif des hortensias, le petit puits où s'enroulait le lierre, le frêne pleureur si vert, si beau contre un coin de ciel bleu.

— Oh ! s'exclama-t-elle un jour où elle feuilletait le dernier carnet de Thomas, tu n'aurais pas dû…

Dans le jardin, parmi les fleurs et les feuillages, elle venait de découvrir sa propre silhouette. Plus loin, son visage seulement, penché vers les hortensias. Elle encore, assise sur l'une des marches du perron, souriante, ou debout dans l'allée, son petit arrosoir à la main. Là, près du frêne, elle soulevait à deux mains les longues boucles blondes de ses cheveux et ses yeux reflétaient l'éclat du plus parfait bonheur.

— Pourquoi ? Tu n'aimes pas mes dessins, tu ne te trouves pas assez ressemblante ?

— Ce n'est pas ça, dit-elle en secouant la tête, tes dessins sont magnifiques. Mais si par malheur ton frère les trouve, je suis certaine qu'il devinera !

— Aucun risque ! affirma le jeune homme. Pour le moment, j'ai une cachette sûre, après je les emporterai avec moi. Mais, si cela te fait plaisir, je te laisserai un carnet, tu trouveras bien un endroit où le dissimuler.

Un carnet de dessins, voilà tout ce qui lui resterait de Thomas, dans peu de temps. Une impulsion la saisit tout à coup :

— S'il te plaît, fais-toi photographier en ville ! Avec tes dessins, tu me laisseras une photo de toi, je t'en prie !

Sa voix suppliait, son regard bleu aussi. Il eut très mal, comprit soudain ce qu'il voulait à tout prix se cacher : bientôt, il allait perdre Marie. Car, il en était certain à présent, jamais il n'aurait le courage de l'inciter à quitter son frère. Affronter Victor, il ne pourrait pas. Et puis, malgré tout, il lui devait trop, il ne pouvait lui asséner un coup aussi bas, aussi lâche.

— D'accord, dit-il d'une voix altérée, mais toi aussi alors tu me donneras une photo en souvenir, jusqu'au jour où…

Il ne put achever et baissa la tête. Marie se jeta dans ses bras et ils pleurèrent tous les deux sur le sort impitoyable qui, après les avoir réunis, allait les séparer à jamais peut-être.

Le départ de Thomas était fixé au 21 septembre. Pour se réinstaller à Paris, il lui faudrait bien une semaine avant la reprise des cours. Il devrait acheter du matériel, aménager la nouvelle chambre retenue pas très loin de son école…

Quelques jours avant cette date que Marie appréhendait tellement, Victor rejeta soudain le journal étalé sur le bar, devant lui ; l'heure du déjeuner approchait, Thomas venait d'entrer et saluait quelques clients parmi les habitués.

— Finalement, dit le patron, tu n'avais pas tort, tu as rudement bien fait de te débarrasser du service militaire. Il y a fort à parier qu'il va être prolongé provisoirement à cause des troubles en Algérie. Qui sait combien de mois les gars nouvellement enrôlés devront passer là-bas ?

Thomas approuva d'un hochement de tête. Oui, il avait eu raison de faire son temps avant que tout ne se dégrade, de l'autre côté de la Méditerranée. La Tunisie, puis le Maroc venaient d'obtenir leur indépendance. Nul doute que, pour l'Algérie, cela arriverait tôt ou tard. Mais, avant, qui pouvait dire l'ampleur que prendraient les combats ?

Le jeune homme pensa qu'il avait été bien inspiré de ne pas intégrer l'école des officiers de réserve. Ceux-là, certainement, allaient être rappelés si l'on avait un besoin accru d'hommes sur le terrain. L'armée, la guerre, il ne voulait plus en entendre parler. Deux choses essentielles l'occuperaient désormais : terminer ses études et réussir à oublier

Marie. La première ne lui laissait aucun doute ; pour la seconde, par contre, ce serait difficile, impossible même… Son cœur se serra en apercevant la jeune femme dans la cuisine. Comment pourrait-il s'arracher à elle ? Malgré ses résolutions, tout son être se révolta. Personne, il n'aimerait jamais personne d'autre, se jura-t-il en détournant le regard.

Chaque soir en s'allongeant près de Victor, Marie se sentait de plus en plus misérable. Tant que Thomas était encore ici, qu'elle savait se retrouver dans ses bras le lendemain matin, son dégoût de Victor, paradoxalement, était devenu un peu plus tolérable. Ou, plutôt, il avait fait place à une indifférence résignée. Inévitables, les assiduités de son mari, heureusement beaucoup plus rares depuis le début de l'été, la laissaient étrangère, comme si ce qui se passait dans le lit conjugal ne la concernait pas. Elle pensait très fort à Thomas, aux instants de bonheur partagés, intenses, qui leur seraient dévolus le lendemain, dans la petite chambre ou dans le jardin complice ; tout, alors, lui devenait supportable.

La veille du départ de son frère, Victor déclara :

— Au vu de la quantité de bagages que j'ai aperçus dans ta chambre, il va te falloir un taxi demain matin ! Non, t'inquiète pas, je prendrai une demi-heure et c'est moi qui t'emmènerai à la gare.

Marie tentait vainement de ne penser à rien lorsque son beau-frère l'embrassa sur les deux joues, dès huit heures le lendemain. Debout dans le couloir, Victor commençait à s'impatienter.

La veille, en début d'après-midi, durant leur ultime tête-à-tête, la jeune femme avait lancé en se serrant contre Thomas :

— Et si je divorçais, si je te suivais à Paris ?

Le regard rempli d'incompréhension qu'il lui jeta arrêta cet élan irréfléchi. Les yeux pleins de larmes, elle baissa la tête. Victor, elle le savait bien, refuserait le divorce même si le nom de son frère n'était pas évoqué. Et puis, pour son père, elle ne pouvait pas agir ainsi ; quitter son mari, c'était se retrouver au point de départ, acculer Louis à la vengeance de son gendre, vengeance dont elle n'avait jamais su la raison... Mais naturellement, Thomas ignorait tout de l'odieux chantage de son frère. Elle n'insista pas ; alors, ils avaient passé en silence leurs derniers moments d'intimité, étroitement enlacés dans leur cachette sous les branches amies.

— Tu le reverras pour Noël, ton beau-frère ! fit Victor. Car tu viendras bien passer les fêtes avec nous, pas vrai ?

— Oui, bien sûr ! répondit Thomas, conciliant.

Marie savait déjà qu'il n'en ferait rien. Peu de temps auparavant, le jeune homme un peu gêné lui avait dit :

— Écoute, cela me fait très mal mais ne rêvons plus. Tu es la femme de mon frère, il m'a élevé, le métier que j'aurai ce sera grâce à lui... Il vaut mieux que je ne revienne plus, ainsi nous ne serons pas tentés. Mes études finies, je repenserai à tout ça, je te promets. Je t'aime assez pour attendre, toi aussi, n'est-ce pas ? Pardon, mais nous n'aurions jamais dû...

Pour le faire taire, Marie embrassa doucement ses lèvres. Puis elle jura qu'elle aussi l'aimait assez pour attendre... quoi au juste ? Il ne savait rien du piège qui s'était refermé sur elle le jour de ses noces.

La seule délivrance possible, se dit-elle, c'était qu'elle devienne veuve. Aussitôt, elle chassa cette pensée et ils en restèrent là.

Début octobre, la jeune femme découvrit que ses soupçons devenaient certitude : elle était enceinte, d'environ un mois et demi sans doute. Cet enfant allait-il la sauver ?

XIII

Entre crainte et espoir

CHAQUE MATIN, au saut du lit, une nausée insurmontable tordait l'estomac de Marie. Les vomissements quotidiens, accompagnés d'un manque d'appétit et d'un dégoût soudain de toute nourriture la laissaient sans force. Un mois plus tard, elle avait perdu trois kilos et ses yeux cernés de mauve lui mangeaient la moitié du visage.

Au début, Victor fit mine de ne s'apercevoir de rien. Pourtant, il était obligatoirement le témoin des malaises matinaux de sa femme. Celle-ci n'avait qu'une hâte : le voir partir enfin vers le café. Alors, elle se baignait le visage d'eau fraîche et s'allongeait quelques minutes, le temps de voir ses malaises se dissiper un peu. Après, il fallait courageusement reprendre les tâches routinières, faire les courses, commencer au café une journée interminable.

Le parfum du café chaud la révulsait, la préparation des repas était une épreuve qu'elle appréhendait plus que tout. L'odeur de la viande grillée surtout lui brouillait l'estomac, la ramenait au bord de la nausée. À table, quelques légumes ou fruits mis à part, elle ne parvenait pas à avaler le moindre morceau. Après deux semaines environ, un matin que Victor finissait son petit déjeuner, il demanda soudain d'un air renfrogné :

— Mais qu'est-ce que tu as, à la fin ? Tu joues la comédie ou quoi ?

— Je suis enceinte, répondit Marie sans autre commentaire.

Elle était devenue blême de vertige douloureux et de colère.

La cuiller que Victor portait à sa bouche resta en suspens. Il la dévisagea, parut sur le point de dire quelque chose, y renonça et n'en reparla plus, ni ce jour-là ni un autre.

Après deux longs mois de cet état nauséeux, la jeune femme, enfin, se sentit mieux. Elle conserva le dégoût du café mais elle réussit à s'alimenter normalement. Bizarrement, les grillades dont l'odeur lui soulevait toujours le cœur la régalaient. Elle ne pouvait se rassasier de pain et dévorait de larges tranches de fromage.

— Ma parole, remarqua un jour son mari en la regardant dévorer un bifteck, j'ai toujours entendu dire qu'une femme enceinte mangeait pour deux, et je vois que c'est rudement vrai ! Au moins, que la dépense serve à me faire un solide garçon !

Comme toujours, il avait pour s'adresser à sa femme le ton abrupt, presque méprisant qu'il avait adopté une fois pour toutes à son égard.

« La dépense..., songea Marie amèrement. Voilà donc son unique préoccupation. Est-il heureux à l'idée d'avoir un enfant, bientôt ? Certainement pas. Il n'aime que lui et, à sa façon, son frère... »

Penser à Thomas faillit lui arracher des larmes. Depuis son départ, elle se concentrait volontairement sur ses malaises, sur cette vie balbutiante qui s'éveillait en elle et lui causait de tels tourments. Thomas, il fallait l'oublier, penser à l'enfant, seulement à l'enfant. Pour ne pas trop souffrir, pour se dire – et c'était très doux – que bientôt elle aurait quelqu'un à aimer. Quand l'enfant serait là, elle ne se sentirait plus jamais seule. L'enfant, ce bonheur à venir, cette joie inégalable, cette plénitude, ce prodige…

Fin novembre, l'espoir revenu avec la fin des malaises, Marie décida d'écrire à son père pour lui annoncer la bonne nouvelle. Après quelques hésitations, elle écrivit aussi à la tante Céline, ainsi qu'à Christiane et André, au Cros. Elle espérait qu'ainsi on lui pardonnerait son silence depuis son mariage, un an déjà. Son père, elle le savait, donnait des nouvelles à sa famille, mais c'était insuffisant. Ses lettres étaient pleines d'affection pour les siens. Elle expliquait – et ce n'était pas un mensonge – qu'elle était débordée de travail, elle s'en excusait. Elle disait aussi qu'après la naissance, prévue à la mi-mai, elle ferait son possible pour les revoir tous.

Chaque jour, Marie attendait impatiemment une réponse à ses trois lettres et elle ne fut pas déçue. Très vite, Louis posta du Mont-Dore une carte où il exprimait sa joie d'être bientôt grand-père. Il promettait de venir à Clermont dans le courant de la semaine suivante, par le train si la route n'était pas sûre car, déjà, on annonçait des chutes de neige en montagne.

Céline, très émue, recommandait à sa petite-nièce de se ménager le plus possible, dans son état. Elle affirmait ne lui en vouloir en aucune façon de son long silence. L'oncle Justin la chargeait de bien l'embrasser. Ils partageaient tous les deux sa joie d'être maman bientôt et il leur tardait de faire la connaissance du bébé.

Cependant, la plus touchante des trois lettres reçues était certainement celle de Christiane ; elle s'adressait à Marie comme l'aurait fait une mère :

Tu ne dis pas ce que pense le médecin que, bien sûr, tu as dû consulter. Surtout, ne néglige rien, rends-toi régulièrement chez lui et suis bien ses conseils. Si tu veux bien l'accepter, je te céderai la layette de mes petits que j'ai soigneusement conservée. De plus, tout au long de l'hiver, je tricoterai quelques petites choses neuves : brassières, bonnets, chaussons… Pas de bleu ni de rose puisque personne ne pourra deviner si tu attends un garçon ou une fille, mais du blanc et du jaune paille, ainsi le bébé n'y trouvera rien à redire !

Écris-nous à nouveau très vite, ma petite Marie. J'allais oublier : surtout, mange bien, des choses saines et très digestes. Si tu le peux, mais je me doute que cela ne sera pas très facile avec ton commerce, repose-toi les jambes allongées dès que tu as quelques minutes de répit devant toi.

Ton oncle André et tes cousins t'embrassent bien des fois. Nous allons dire à ton père de venir manger avec nous après-demain dimanche ; nous fêterons l'évènement, en regrettant très fort que tu ne puisses être des nôtres…

L'affection chaleureuse des siens rasséréna Marie qui, malgré elle, retrouvait trop souvent dans ses pensées l'image de Thomas : au bar, à l'appartement et surtout, surtout dans le jardin triangulaire, témoin privilégié de leur bonheur passé. En automne, les couleurs vives des feuillages lui donnaient, malgré l'absence de fleurs, un aspect très gai encore, rassurant, comme une promesse d'avenir.

À présent, quelques coups de vent brusques venus de la chaîne des Dômes habillée de nuages gris-bleu, coiffée de vapeurs violet sombre, avaient dépouillé arbres et arbustes. Les rameaux nus du frêne pleureur serraient le cœur de Marie. Leur cher arbre, l'arbre du bonheur, paraissait mort à jamais.

« Il revivra, soufflait une petite voix tenace tout au fond du cœur de la jeune femme, il revivra, patiente seulement... »

La vue du jardin désolé lui devint bientôt insupportable. Alors, comme l'hiver précédent, elle renonça à ouvrir la porte qu'elle calfeutra de ses épais rideaux. Puis elle poussa du pied le gros bourrelet de feutre pour faire obstacle à l'air glacial.

Vint le temps de Noël, moins froid que l'année précédente, mais, bien souvent, un brouillard sec et pénétrant noyait la ville et ses façades noires ; le froid transperçait Marie lorsqu'elle arpentait les petites rues autour du marché. Personne encore ne pouvait déceler sa grossesse ; sa vie laborieuse continuait, jour après jour, monotone et sans joie, mais l'idée de la venue prochaine de l'enfant lui était d'un grand réconfort.

Le 18 décembre, Victor déclara tout à coup :

— Il va falloir penser au menu de Noël, mon frère ne va pas tarder à débarquer. Le bougre n'écrit pas, mais il doit avoir du travail, tu penses bien ! Et puis, à son âge, il trouve certainement à occuper son temps libre autrement qu'en écrivant à la famille !

Un rire significatif accompagnait ces paroles qui blessèrent profondément Marie. Mais, hélas, il y avait bien des chances pour que Victor ait raison. Si loin d'elle, pourquoi Thomas renoncerait-il aux plaisirs parisiens ? Marie savait qu'il ne viendrait pas et pourtant, malgré elle, un tout petit espoir naissait cependant. En même temps, elle pensait :

« Qu'il reste où il est, si nous nous revoyons, tout recommencera... À quoi bon ? »

Elle souffrait d'un manque cruel mais, lucide, elle savait trop bien qu'entre elle et Thomas rien n'était possible. Si seulement elle avait aimé un étranger au lieu de son propre beau-frère... Hélas ! cette pensée-là n'était qu'un rêve. La réalité était tout autre, les regrets ne servaient qu'à la torturer. Les scrupules de Thomas, elle les comprenait. Comment trahir un frère qui avait remplacé ses parents, qui avait toujours été bon avec lui, qui lui avait permis de faire des études ?

— Tu commanderas, reprit Victor de son ton autoritaire, tu commanderas une canette de Barbarie, rappelle-toi bien, ce sont les plus charnues. Avec ça, tu mettras du chou-fleur, mais surtout pas de navets, Thomas les déteste. Et pense à une bûche au chocolat, tu la prendras à la *Marquise*, vas-y dès demain.

— À la *Marquise* ? s'étonna Marie. Mais ce sera très, très cher...

— Ah ! Boh, pour une fois, on peut bien se l'offrir en l'honneur de notre étudiant, mais prends-en une petite tout de même. Pour trois personnes, elle n'a pas besoin de peser un kilo, diable !

La Marquise de Sévigné, pâtisserie-confiserie de la rue du 11 Novembre, était dans sa spécialité la boutique la plus chère du centre-ville. Mais, pour son frère, Victor faisait le généreux. Comme toujours, Marie s'inclina et passa les commandes.

Trois jours plus tard, au reçu d'une lettre dont la jeune femme ignorait la provenance, Victor laissa éclater une colère qui fit courber l'échine au pauvre Gervais. Une feuille à la main, le patron vint rejoindre Marie à la cuisine. Le rouge aux joues, l'air furieux, il lança méchamment :

— Tu peux tout décommander ! Thomas écrit qu'il pourra pas venir ! Figure-toi que les dimanches, il travaille dans une brasserie pour se faire des sous et on lui demande d'assurer aussi pendant toutes les vacances de Noël. Des sous ! Quel imbécile ! S'il en manque, il n'avait qu'à m'en demander, ou bien faire un peu augmenter sa rente. Maintenant, si près des fêtes, s'il a promis c'est trop tard pour se dédire. Je vais lui écrire pour lui dire ce que je pense de son idée d'être serveur en extra. Ça sera sûrement inutile, mais ça me soulagera. Quel idiot, non, mais quel idiot ! Une vraie tête de mule !

— Et, risqua timidement Marie, qu'est-ce que je vais dire, moi, pour décommander ?

— N'importe quoi, je m'en fiche !

Là-dessus, Victor regagna son bar et commença à houspiller son serveur à propos de tout et de rien.

Après le déjeuner, Marie partit décommander la bûche et la canette. À la pâtisserie surtout, elle était très mal à l'aise ; honteuse, elle expliqua que ses invités venaient seulement de la prévenir : des raisons impérieuses les empêcheraient de prendre part au repas de Noël. Ensuite, courant presque, elle gagna l'hôtel-Dieu où, en cachette, elle avait pris un rendez-vous à la consultation prénatale.

Les recommandations réitérées de sa tante Christiane l'avaient incitée à voir un médecin. Et si le bébé n'allait pas bien ? Pour son enfant, Marie ne voulait prendre aucun risque ; alors, elle bravait la colère de son mari, s'il apprenait...

La gynécologue qui la reçut lui donna beaucoup de conseils qu'elle ne suivrait pas tous, le repos, par exemple, était pour elle quasi impossible. On lui confirma qu'elle était enceinte de près de quatre mois et qu'elle devrait revenir consulter en mars. Tout était normal et elle fut rassurée.

— Et, ajouta le médecin, il vous faut sans tarder retenir une place à la maternité pour votre accouchement. Tenez, vous leur remettrez ce papier avec la date prévue.

Marie remercia, hésita à partir s'inscrire aussitôt. Mais l'après-midi s'avançait, elle irait un autre jour. Le surlendemain, elle prétexta une lessive urgente et Victor bougonna :

— Ça peut pas attendre ? Il faut me laver ce carrelage à fond avant les fêtes !

— Je le ferai demain, avec ce temps le linge met longtemps à sécher et...

— Bon, vas-y mais traîne pas. Après, tu feras l'inventaire de la cave, l'autre bon à rien se trompe toujours !

La jeune femme redescendait en toute hâte la rue Sainte-Claire et elle ne vit pas son mari posté derrière les vitres du café, près de la porte.

— Viens par ici, fit-il d'un air mauvais, en désignant la porte de la cuisine.

Tremblante, Marie le suivit sous le regard compatissant de Gervais. La mine de Victor ne présageait rien de bon ; il l'avait épiée et savait fort bien qu'elle ne revenait pas de l'appartement.

— Tu choisis pas le chemin le plus court pour rentrer ! D'où tu sors ?

Campé en face de sa femme, les poings aux hanches, Victor montrait un air si agressif qu'il semblait prêt à la frapper.

— Je sors de la maternité de l'hôtel-Dieu, répondit Marie en le défiant, la tête haute.

— De la maternité ? Tu vas pas me faire croire que ça presse tellement, non mais !

Il regardait le ventre à peine renflé de sa femme.

— Si, ça presse, il faut s'inscrire pour l'accouchement.

— Qui t'a dit ça ?

— Le docteur.

— Parce que tu as vu un docteur ?

— Dans mon cas, c'est ce que tout le monde fait, figure-toi !

Le ton décidé de Marie, tout à fait inhabituel, surprit tellement Victor que, sur le moment, il ne trouva rien à répondre. Elle en profita pour dire :

— Je descends faire l'inventaire.

Posément, elle enleva son écharpe, quitta ses gants de laine et mit son manteau sur le dossier d'une chaise. Puis elle enfila sa blouse de travail et se dirigea vers la porte de la cave. Elle était soudain très fière d'elle. Pour son petit, elle avait tenu tête à Victor et le referait aussi souvent que nécessaire. Pour son petit.

Victor ne reparla jamais de visite médicale. Mais, au fur et à mesure que son ventre s'arrondissait, Marie se rendait compte qu'il la regardait souvent, mine de rien.

Noël et le jour de l'an seraient passés inaperçus sans la présence des clients qui trinquaient à qui mieux mieux. Marie ne songeait pas à le regretter. Résolument, elle avait décidé de repousser l'image de Thomas et de penser uniquement au bébé à naître. L'échange de lettres, beaucoup plus fréquent, avec sa famille lui donnait quelque courage, la stimulait dans les moments d'abattement inévitables.

Elle avait écrit récemment, en lui adressant ses vœux de bonne année, à sa tante Jeanne, à Orcival.

Elle et Marie n'étaient pas très proches, car elles ne s'étaient rencontrées que rarement. La réponse de Jeanne était très affectueuse, en souvenir, disait-elle, de sa pauvre sœur Élise. Louis, qui n'aimait pourtant guère écrire, envoyait souvent de courtes missives à sa fille en l'assurant de toute sa tendresse.

Fin janvier, un coup brusque, impérieux, au milieu du ventre fit craindre à la jeune femme quelque chose de terrible pour le petit. Les coups, beaucoup plus discrets, se répétèrent dès qu'elle s'allongea, angoissée. Alors, les yeux pleins de larmes de joie, elle comprit : l'enfant lui faisait signe, c'était lui qui bougeait ses petites jambes, ses petits bras. Il était là, réellement là, impatient de donner à sa mère la preuve tangible de son existence, au plus secret d'elle-même.

Soir après soir, une main légèrement posée sur son ventre, Marie guettait les messages que lui adressait son enfant. Alors, elle se sentait merveilleusement heureuse.

Depuis quelques semaines, Victor ne l'importunait plus. Il se couchait et tournait ostensiblement le dos, avant de s'endormir très vite avec des ronflements certes désagréables mais tellement bienvenus pour Marie.

Un soir, lorsqu'elle voulut s'accroupir pour le bain de pieds rituel de son mari, elle dut renoncer.

Courbée, une main plaquée au niveau des reins, elle hésitait à se redresser.

— Sors-toi de là, je me débrouillerai tout seul !

Depuis, elle remplissait la bassine d'eau tiède, déposait sur une chaise serviette, savon et gant de toilette. Les ablutions de Victor terminées, elle rangeait tout et vidait la cuvette d'eau sale. Puis, avec soulagement, elle se couchait, guettant chaque soir un signe de son bébé, déçue lorsqu'il ne se manifestait pas, mais c'était assez rare.

Bientôt, elle s'aperçut qu'elle songeait de moins en moins souvent à Thomas. Et, si elle y pensait, c'était sans amertume, presque sans regret. De plus en plus, l'enfant seul occupait son esprit, l'emplissant d'une joie un peu craintive.

Elle avait une telle hâte de le tenir enfin contre elle, si doux et tiède au creux de son bras…

XIV

Laura

En mai 1958, la petite venait d'avoir un an et elle faisait ses premiers pas dans le café de ses parents, naviguant maladroitement encore entre les tables. Souvent, elle s'accrochait au dossier d'une chaise et, dans ses incessants allers-retours, charmait de son adorable sourire candide tous les consommateurs.

Parfois, l'un d'eux la prenait sur son genou et l'on riait de la voir tendre ses petites mains vers les boissons, objets de sa convoitise. Puis, très vite, elle se laissait glisser à terre et reprenait inlassablement son manège. Mme Augustine, une septuagénaire du quartier qui, à longueur de soirée faisait dans son coin des réussites avec un antique jeu de cartes usagé, avait été conquise par ce petit bout de femme si pleine de vitalité. Les boucles dorées – « Ah ! monsieur Devèze, cette petite a la magnifique chevelure de sa mère ! » – volaient sur les épaules de Laura dont le regard de velours châtain fixait gravement, tour à tour, les clients du café.

Gervais, le serveur, était en extase devant la fille de ses patrons. Si seulement Victor avait bien voulu le lâcher de l'œil un instant, il aurait pris volontiers quelques minutes pour jouer avec la petite. Mais, pour cela, il fallait attendre que le patron se rende à la banque, place de Jaude. Il y allait rituellement trois fois par semaine, sur le coup de quinze heures.

Laura se réveillait tout juste de sa sieste, dans le petit lit que sa mère avait installé dans un coin de la cuisine. Alors, pour une petite demi-heure, Marie et Gervais respiraient mieux. Le jeune homme se plaisait à faire sauter le bébé dans ses bras, lui arrachant des éclats de rire, dessinant sur les lèvres de sa mère un sourire plein d'amour et de fierté.

Pourtant, depuis la naissance de sa fille, Marie ressentait une fatigue continuelle, insurmontable. Les premiers mois, bien à contrecœur, Victor avait embauché un second serveur aux heures de pointe : onze à quatorze heures et dix-huit à vingt et une heures. L'inconvénient de cet horaire, c'est qu'il fallait nourrir le jeune Francis. Contrairement à Gervais, malgré ses dix-sept ans il tenait tête au patron quand il le fallait. Victor rongeait son frein en se disant que, d'ici à quelques mois, il congédierait ce morveux qui ne craignait pas de discuter ses ordres ; mais, pour le moment, il avait besoin de lui.

La présence du jeune serveur laissait à Marie un peu de temps libre pour s'occuper de sa fille, des lessives quotidiennes, de la préparation des repas. Le matin, une fois la petite rendormie et laissée à la garde de Gervais, qui la surveillait par la porte laissée entrouverte, Marie, comme avant, faisait les courses au plus près.

Dans la petite cuisine, elle baignait le bébé tandis que cuisait le repas du soir. Pour ramener la petite à l'appartement, elle l'enveloppait dans une couverture ; le plus souvent, Laura ne se réveillait même pas, ne se rendait pas compte que l'on avait rejoint la chambre pour la nuit.

Au retour de la maternité, Laura pleurait beaucoup la nuit. Alors, Marie avait jugé bon de s'installer dans la petite chambre avec le bébé. Ainsi, la petite ne troublait pas les nuits de son père ; celui-ci, d'ailleurs, n'avait fait aucune réflexion et, pour Marie, faire chambre à part était un réel soulagement.

Au début, dormir dans le lit qu'avait occupé Thomas avait profondément troublé la jeune femme. Puis, de doux souvenirs revenant en foule, elle s'y trouvait bien. La petite la réveillait pourtant à plusieurs reprises pour un biberon de lait ou seulement quelques câlins. Au matin, épuisée, Marie se levait comme une somnambule pour commencer une nouvelle journée.

Jusqu'au dernier jour de sa grossesse, mis à part le nettoyage du café qui incombait provisoirement à Gervais, Victor n'avait rien épargné à sa femme. Le dernier mois, les jambes lourdes et enflées, elle allait parfois s'asseoir un instant à la cuisine. À maintes reprises, son mari avait poussé la porte :

— On t'attend pour servir, la journée est loin d'être finie !

Marie soupirait, se levait, reprenait sa tâche. Un soir, Mme Augustine eut pitié d'elle :

— Monsieur Devèze, vous direz que cela ne me regarde pas, mais à votre place je craindrais de voir cette petite accoucher prématurément. Dans son état, il faudrait sans doute…

— Accoucher prématurément, vous dites ? Eh bien, si cela arrive, tant mieux ! Ça sera une bonne chose de débarrassée !

Marie avait rougi de honte pour Victor qui, lui, continuait avec désinvolture ses propos blessants :

— Vous en faites donc pas, madame Augustine, ma femme a été élevée dans une ferme, à la montagne. Le travail dur, ça la connaît. C'est vrai qu'à la voir on dirait pas, mais elle est costaud, croyez-moi. Et puis elle est jeune, chez les jeunes y a de la ressource, pas vrai ?

La vieille femme avait repris ses réussites sans oser insister. Des rustres comme le patron, elle en avait connu bien d'autres, n'empêche, cette pauvre Marie lui fendait le cœur. Enfin, son terme approchait, heureusement… Et puis, comme tous les habitués du café, Mme Augustine connaissait assez Victor pour savoir que ce n'était pas un tendre, loin de là. Qu'y pouvait-elle ? Rien, strictement rien.

Comme elle, tous, plus ou moins, plaignaient Marie, mais nul ne pouvait dire avoir vu Victor la maltraiter. Certes, en paroles, il la rudoyait constamment mais elle n'était pas la seule dans ce cas. Et puis chacun voit midi à sa porte et, en ville surtout, on ne s'occupe pas du ménage des autres.

Sa fille née, malgré l'épreuve de cette naissance longue et plutôt difficile, Marie s'était sentie comblée d'un immense bonheur. La semaine passée à la maternité, bien trop courte hélas, lui avait permis de prendre quelque repos. La nuit, on lui enlevait la petite et la jeune femme dormait huit heures d'affilée comme une bienheureuse.

Le lendemain de l'arrivée de Laura, Victor était venu visiter Marie ; en réalité, son but était uniquement de rencontrer le médecin pour lui demander de laisser rentrer sa femme au plus tôt.

— Vous comprenez, on a un commerce et ma femme fait besoin...

Apparemment, le médecin n'avait pas voulu comprendre et il avait refusé la sortie prématurée de Marie. Si la jeune mère lui en était reconnaissante, elle s'était bien gardée de faire aucune réflexion.

— Il faut aller déclarer la petite à la mairie, avait-elle seulement demandé à Victor.

— Comme si j'avais le temps, moi ! Enfin... Comment tu l'appelles ?

Marie n'osa pas avancer le prénom d'Élise.

— Tu as une préférence ? dit-elle.

— Moi ? Pas du tout ! Si c'était un garçon, oui, je l'aurais appelé Georges, comme mon père, mais une fille...

Il ne s'était même pas penché sur le berceau où la petite dormait comme un ange. Et, maintenant, il affichait la mine de celui qui ne se sent aucunement concerné.

— Ta mère s'appelait Delphine, je crois ?

Thomas avait parlé à Marie de cette mère dont il n'avait aucun souvenir. Il avait même ajouté tristement :

— Toi, tu avais quatorze ans quand ta mère est morte, tu te souviens d'elle, des bons moments passés à ses côtés. Moi, de ma mère je n'ai rien, rien !

Marie s'arma de courage pour déclarer :

— J'aimerais l'appeler Laura-Delphine-Élise. Ainsi, elle portera le prénom de ses deux grands-mères.

Victor haussa les épaules avec indifférence avant de dire :

— Bon, j'y vais, j'ai à faire, tu dois t'en douter. Je passe tout de suite à la mairie, ça sera fait.

Il était parti sans un au revoir. « Pire qu'un étranger... », songea Marie. Mais elle n'éprouvait aucune peine ; des étrangers, c'est bien ce qu'ils étaient, en effet. Depuis son mariage, l'indifférence possessive de Victor, ses continuelles rebuffades lui importaient peu, finalement. D'abord, il y avait eu Thomas qui resterait à jamais l'amour de sa vie et maintenant ce bébé tout rose, au crâne couvert de fin duvet blond frisotté, cette merveille : sa fille. Elle seule avait de l'importance. Marie n'était plus Marie mais une jeune mère de vingt ans à peine, sereine, transformée.

La petite Laura portait les vêtements de ses cousines du Cros. De temps à autre, Louis arrivait avec un carton plein ; c'était pour lui un prétexte pour voir Marie et la petite une demi-journée au moins. Il remportait un autre carton rempli de vêtements déjà trop justes pour sa petite-fille. Un jour prochain, il irait les rendre à Christiane et il passerait un bon moment au Cros, où il était toujours bien accueilli.

Une poussette et un lit d'enfant, des biberons, une petite baignoire et de menues choses indispensables à un bébé, tout cela avait englouti presque toutes les économies de Marie. Par chance, son père lui avait porté le landau de ses cousins et un second lit que l'on avait installé dans la cuisine du café, ainsi que des petits draps et la literie nécessaires.

Deux mois avant la naissance, Marie s'était risquée à dire :

— J'ai beaucoup de choses à acheter pour le bébé...

— Eh bien, achète-les, avait coupé Victor aussitôt, c'est pas mon problème, ça regarde les femmes, tout ça !

— Bien sûr, mais ça coûte cher et...

— Il doit bien te rester de l'argent tout de même ! Ici, je te fournis tout ! Sinon, demande à ton père, je parie qu'il sera tout content d'aider sa fille unique !

Le sourire narquois de Victor en évoquant son beau-père avait rempli Marie d'une bouffée de haine subite envers cet homme avare et odieux.

Elle n'avait rien eu à demander à son père. Louis était le parrain de Laura et, à cette occasion, il fut très généreux. Certes, ses moyens étaient très limités, mais il dépensait si peu, vivant presque en autarcie dans ses montagnes. Christiane, la marraine, avait elle aussi beaucoup gâté sa filleule. Sur les instances de son père, Marie avait accepté une petite fête à l'auberge du lac de Guéry. L'oncle André était là avec toute sa famille. Marie regrettait l'absence de la tante Céline et de son mari, mais quelques infirmités dues à leur âge leur interdisaient de se déplacer. Malgré tout, si elle faisait abstraction de l'attitude hostile de son mari envers sa famille, la jeune femme se sentait heureuse ce jour-là.

Au dessert, André se tourna vers Victor :

— Et maintenant, on va faire sauter quelques bouchons de champagne à la santé de la petite !

Victor ne répondit pas, bien décidé sans doute à ne pas offrir sa tournée. Quelques semaines auparavant, Marie était encore à la maternité, quelques clients avaient cru bien faire de le féliciter de la naissance et le père Justin avait dit :

— Ça serait bien d'offrir le champagne à tes habitués, en général, ça se fait pour une occasion pareille !

— Du champagne ? Comme vous y allez ! Pour un garçon je l'aurais fait, sûr, mais pour une pisseuse je sacrifierai même pas un verre de mousseux !

Il était sincère, mais cette réflexion avait jeté un froid parmi la clientèle. Victor, soudain, avait craint de perdre quelques clients. Alors, à contrecœur, il appela :

— Gervais, va chercher deux bouteilles de blanc ! Tournée générale !

En plus de sa déception d'avoir une fille, Victor, depuis Noël, ruminait sa colère contre son jeune frère. Thomas, en effet, avait toujours trouvé de bons prétextes pour ne plus se rendre à Clermont, pas plus pour les vacances de Pâques que pour le baptême de la petite Laura. Furieux, Victor lui avait écrit récemment pour lui demander de ne plus se manifester. La coupe était pleine, et il refusait de revoir un ingrat qui ne lui rendait plus visite, Dieu seul savait pourquoi.

Victor s'était imaginé qu'au reçu de cette lettre, Thomas, repentant, allait accourir ou, au moins, lui téléphoner. Mais c'était le silence le plus total. Furieux de cette brouille qu'il avait lui-même provoquée, Victor s'était juré de ne plus jamais faire signe à « l'étudiant », mais il était ulcéré. Dès lors, son humeur devint plus exécrable encore et, un beau matin, il mit Gervais à la porte pour une broutille. Il lui fallut donc embaucher le jeune Francis à temps plein. Dès lors, Marie reprit son travail comme avant la naissance de sa fille et, de l'aube à une heure avancée de la nuit, ses journées lui semblèrent ne devoir jamais finir.

La montée de la rue Gaultier-de-Biauzat avec une poussette d'enfant était rude. Mais, malgré ses deux ans, Laura avait de trop petites jambes encore et elle aurait bien trop retardé sa mère pour les courses au marché Saint-Pierre.

Au passage, on disait un rapide bonjour à Gervais. Le jeune homme n'avait pas trouvé de place dans une grande brasserie, comme il le désirait tellement. En quittant Victor Devèze, qu'il ne regrettait pas, au contraire, il s'était embauché dans un bar minuscule, à l'angle de la rue de la Boucherie. Ses nouveaux patrons n'avaient rien de commun avec l'ancien et Gervais avait pris de l'assurance. En apercevant Marie et la poussette, il se précipitait pour embrasser la petite Laura.

— Tout va bien, madame Devèze ?

— Oui, merci, vous aussi ? Comme toujours, je suis pressée, vous savez bien !

Marie serrait la main amicale du jeune homme.

— À samedi prochain, passez une bonne semaine !

La petite Laura agitait sa menotte pour dire au revoir et Marie se hâtait de faire ses achats. Elle n'avait guère le temps de flâner devant les étals, se bornant à s'arrêter devant les commerçants connus.

— Comme elle est belle votre petite ! Ça lui fait quel âge maintenant ? Deux ans tout juste ? Le temps passe vite, dites donc !

Marie souriait à la marchande de fruits qui s'extasiait devant Laura en lui tendant deux belles cerises mûres. Elle était si fière de sa fille… Les compliments touchaient son cœur de mère et, si la petite ne portait jamais de vêtements neufs, Marie s'arrangeait toujours pour qu'elle soit propre et avenante.

Depuis le début du printemps, chaque matin, elle s'octroyait cinq minutes pour visiter le jardin triangulaire avec Laura. Elle lui montrait les feuilles nouvelles, les premières fleurs dont les couleurs vives attiraient l'enfant. Parfois, de loin, un oiseau se laissait entrevoir un instant, posé sur une branche ou sautillant dans l'herbe naissante. La petite tentait d'imiter les pépiements d'un oisillon ou les trilles du merle, et Marie riait de plaisir avec, tout de même, un furtif pincement au cœur.

« Si Thomas était ici, ce serait le bonheur parfait… »

Mais Thomas n'était plus qu'un souvenir doux amer. Le rideau de rameaux feuillus, tout autour du frêne pleureur, c'était maintenant la petite Laura qui l'écartait, ravie.

— Coucou, maman !

— Coucou, ma chérie ! Allons, viens vite, il faut s'en aller ! Allez, viens Laura !

Au café, la petite, d'instinct, s'écartait de Victor. En entrant, Marie disait :

— Dis bonjour !

Laura faisait gentiment le tour des tables, tendait sa joue ou sa petite main, embrassait Francis mais restait toujours loin du bar. Victor, apparemment, ne s'en offusquait pas, peu désireux sans doute de témoigner à l'enfant la moindre marque d'affection.

Laura avait compris qu'il fallait s'en méfier. Elle ne renversait plus de verre, ce qui lui était arrivé par deux fois, déclenchant de la part de Victor une colère hors de propos. Elle allait jouer à la cuisine ou s'asseyait sagement à une place vide. De là, elle observait les va-et-vient, écoutait sans les comprendre les propos des consommateurs. La plupart s'intéressaient à elle, lui parlaient gentiment. Alors, elle montrait la poupée offerte par Louis, la dînette achetée par sa marraine. Mais elle ne gênait pas le service, n'importunait ni sa mère ni le jeune serveur. Et lorsque un client affirmait :

— Dieu, que cette petite est sage et mignonne !

Victor aussitôt répondait avec une moue pleine de réserve méfiante :

— Peut-être, pour l'instant, plus tard on verra... Les filles, c'est une drôle d'engeance, quand ça prend de l'âge ça devient vicieux, en général. Mais je saurai bien la dresser, le moment venu !

Pleine de rage impuissante, Marie ne relevait pas ces propos. Mais, de tout son cœur, elle espérait que Laura, devenue jeune fille, ne subirait jamais ce qu'elle subissait, elle.

XV

Vacances en montagne

— ATTENDEZ UN PEU, zut, j'en peux plus, moi !

Laura et son amie Marie-Jo qui couraient le long du trottoir firent volte-face, agacées.

— Si tu avançais un peu plus vite, aussi ! jeta Laura au gamin essoufflé qui tentait de les rejoindre.

— Bon, j'arrive ! fit Marie-Jo, conciliante.

Elle redescendit la rue abrupte à la rencontre de son petit frère et lui prit la main tandis que Laura se disait :

« Heureusement que je n'ai pas un frère de ce genre, moi ! Je me demande comment Marie-Jo peut le supporter... »

Le petit Michel, que sa sœur appelait affectueusement Micou, n'avait que six ans. Toujours pendu aux basques de Marie-Jo, il suivait les deux fillettes dans leurs déambulations, de la rue Sainte Claire au square Blaise-Pascal, de la rue Fontgiève au marché Saint-Pierre. Souvent aussi, avec d'autres gamins du quartier, ils jouaient tous les trois sur la petite place Saint-Eutrope, devant l'église. Les filles sautaient à la corde ou à l'élastique, traçaient une marelle, s'essayaient à jongler avec des petites balles de caoutchouc. Seul dans son coin, Michel s'entraînait au jeu de billes ; il aurait tellement voulu égaler les grands, son frère Didier surtout qu'il admirait profondément et qui ne voulait jamais de lui dans sa bande de copains.

Depuis la maternelle, Marie-Jo et Laura fréquentaient l'école de la rue Fontgiève. Elles avaient maintenant dix ans et, après la classe de septième, entreraient ensemble au lycée. Volontaire et hardie, Laura menait sa compagne à sa guise. Dommage d'avoir sans cesse dans les jambes ce gamin pleurnichard...

Au square, les enfants retrouvèrent quelques garçons d'environ dix à douze ans. La partie de billes engagée devait être de la plus grande importance, car ils s'interpellaient bruyamment et aucun d'eux ne fit attention aux nouveaux venus.

— Didi, fit Marie-Jo en tirant l'un des joueurs par la manche, ça va être l'heure de rentrer, sinon on va encore se faire fâcher, tu sais bien !

Depuis le début des grandes vacances, chaque jour la fillette devait ainsi rappeler son aîné à l'ordre.

— Fiche-moi la paix, tu vas me faire perdre ! Et puis je t'ai défendu de m'appeler Didi, j'ai plus trois ans, allez, dégage !

Didier allait sur ses douze ans. Brun comme sa sœur et son petit frère, il avait un affreux caractère alors que Marie-Jo était la douceur même. Boulangers, leurs parents excrçaient leur commerce dans la rue Fontgiève. Bien souvent, pour avoir la permission de sortir un moment, Laura se disait invitée à la boulangerie. De même, sa copine affirmait qu'elle passerait l'après-midi au café des parents de Laura avec Michel. Ensuite, à eux la liberté. D'ailleurs, il faisait bien trop beau pour rester enfermés tout l'après-midi ; leurs petits mensonges leur permettaient ainsi de traîner à leur guise dans le quartier.

Didier, lui, se trouvait beaucoup trop grand pour suivre les trois autres. Il passait son temps avec des copains de son âge. Il fallait en profiter, car, au mois d'août, ce serait pour eux tous la colonie de vacances qu'ils n'appréciaient guère. Ils enviaient Laura qui allait bientôt partir à la montagne, chez son grand-père.

— Ce que tu joues mal, Didi ! jeta Laura, moqueuse, pour le seul plaisir de faire enrager le garçon.

— Toi, répliqua Didier en bondissant sur elle, l'air menaçant, occupe-toi de tes affaires, morveuse ! Si tu m'appelles encore Didi, je t'écrase, t'entends !

Laura se sauvait hors de portée en éclatant de rire. Didier ne lui faisait pas peur, pas du tout.

— Tu devrais pas le chercher comme ça, il est méchant, tu sais ! conseillait vainement Marie-Jo.

— Oh ! il me mangera pas toute crue ! Et puis d'abord, je cours aussi vite que lui, peut-être même plus !

De temps à autre, à l'heure du goûter, elle entraînait sa compagne et Micou rue Sainte-Claire.

— Maman, s'il te plaît, tu peux nous donner à boire, il fait chaud !

Marie lançait un regard furtif à son mari avant de verser quelques gouttes de grenadine ou de citronnade dans trois grands verres qu'elle remplissait d'eau fraîche.

Les deux gamins repartis, Victor reprochait toujours :

— Comment il faut vous le dire que je vais pas rincer chaque jour tous les gosses du quartier ? Les amène plus ici, tu m'entends ?

— Mais, répliquait hardiment Laura en faisant semblant d'ignorer les mimiques de sa mère pour l'obliger à se taire, les parents de Marie-Jo, c'est souvent qu'ils me donnent une brioche ou un pain aux raisins. Alors, moi, je peux bien faire boire leurs enfants, quand même !

— Tais-toi ! ordonnait sévèrement Victor. Arrête de me répondre, petite mal élevée ! Si ta mère te passait pas tout, il faut dire, on n'en serait pas là !

Dès que Victor incriminait Marie, la petite ne discutait plus. Sa mère, déjà, ne se faisait que trop rabrouer. Il valait mieux céder, sinon les torts retomberaient encore sur elle. De son mieux, Laura prenait sa défense, mais ce n'était pas toujours facile, loin de là. La fillette ruminait donc sa rancœur en se promettant :

« Quand je serai grande, il verra ! Je vengerai maman et je me vengerai ! »

En attendant, malgré son caractère bouillant, la fillette s'efforçait de faire taire ses ressentiments. Hors de la vue de Victor, repentante, elle câlinait sa mère.

— Je t'en prie, Laura, ne le fais pas mettre en colère ! Tu m'avais promis !

Sa fille lui jetait les bras autour du cou, l'embrassait.

— Je sais, maman, je sais... Mais il... Enfin, tu vois bien que c'est impossible de toujours se taire !

— Oui, ma chérie, je vois bien, soupirait Marie, mais pour que nous soyons tranquilles, tu dois obéir, tu le sais bien, n'est-ce pas ?

Serrées l'une contre l'autre, la mère et la fille puisaient dans leur commun amour la force de vivre au quotidien avec un despote tel que Victor.

— Maman, quand je serai grande, que j'aurai un métier, on se sauvera toutes les deux, je te promets !

— Chut, ma chérie, ne dis pas des choses pareilles ! Viens, nous allons écrire à ton grand-père.

Depuis les quatre ans de sa petite-fille, Louis venait la chercher pour de longues périodes chez lui, au Guéry. La première fois, il avait proposé de garder Laura sans grande conviction. À son avis, Victor lui refuserait ce plaisir. Aussi avait-il été très surpris de la réponse de son gendre :

— Si ça vous chante, moi, je suis d'accord ! La gamine partie, sa mère aura davantage de temps pour m'aider, ici.

En se chargeant de sa petite-fille à la belle saison, le but de Louis n'était pas de libérer Marie, qu'il soupçonnait d'ailleurs d'avoir bien du mal à laisser s'éloigner Laura. Mais, dans ce café donnant sur une petite rue sombre, la fillette ne pouvait pas s'épanouir. Alors qu'à la ferme, elle pourrait profiter du soleil, jouer dehors tout le jour et respirer le bon air de la montagne qui lui donnerait couleurs et appétit.

Laura partie, Marie s'ennuyait, la petite lui manquait terriblement ; mais elle se faisait violence, car c'était pour son bien, pour sa santé. Les séjours à la ferme étaient mille fois préférables aux jeux sur le trottoir sombre, devant le café.

Chaque matin, après leur trop courte visite au jardin triangulaire, Laura suppliait :

— Maman, je veux rester là, jouer sous l'arbre qui pleure, on est si bien !

Naturellement, c'était impossible, elle ne pouvait rester seule. Marie, alors, devait l'entraîner de force, malheureuse elle aussi de lui refuser ce plaisir.

Au fil des ans, comme sa mère avant elle, Laura s'était prise de passion pour le lac, la forêt, les pacages ruisselants de soleil sous les doigts vifs et caressants du vent frais de la montagne. Émerveillée par les fleurs sauvages, les bêtes de la ferme, les insectes et les bestioles du bord de l'eau, Laura s'épanouissait pour le plus grand bonheur de Louis.

Le grand-père, en effet, goûtait pleinement la joie de voir vivre sa petite-fille près de lui. Lorsqu'elle gambadait autour de la ferme avec les deux chiens, ses cheveux dorés virevoltant sur ses épaules, il croyait revoir Marie au même âge, au temps du bonheur partagé avec Élise, dont le souvenir ne s'estompait pas.

Quand la petite levait vers lui son regard brun brillant de plaisir, Louis regrettait qu'elle n'eût pas les yeux si bleus de sa mère, de sa grand-mère aussi. Pourtant, ce brun chaud n'évoquait pas le regard fourbe, vaguement jaune, de Victor.

Troublé, Louis ne pouvait empêcher le passé de refluer, intact.

« C'est à cause de moi qu'elle a un tel père... Pourra-t-elle être heureuse, cette petite ? Et sa mère, quelle vie je lui ai faite, seigneur ! »

Des remords beaucoup trop tardifs envahissaient Louis à la vue de cette enfant innocente. Vivrait-il encore cent ans, il ne se pardonnerait jamais d'avoir abandonné Marie à ce rustre, ce lâche, ce sans-cœur. La petite accourait vers lui, grimpait sur ses genoux, le prenait par le cou en disant :

— Je t'aime très fort, grand-père !

Sur la joue un peu ridée, elle faisait claquer un baiser sonore, et Louis, alors, se sentait presque absous de tout le passé.

Laura grandit, elle eut sept ans, puis huit. Dès le mois de mai, Louis prit l'habitude de venir la chercher le samedi après la classe. Quand il la raccompagnait le dimanche en fin d'après-midi, la petite soupirait :

— Si mes parents tenaient l'auberge du Guéry au lieu d'un café à Clermont, comme je serais contente, pépé !

Au Mont-Dore, depuis plusieurs années, on avait constitué une société de pêche. Comme les ruisseaux, le lac était régulièrement aleviné. Tout naturellement on avait demandé à Louis, qui n'omettait jamais d'acheter sa carte de pêche, d'utiliser sa barque pour déverser les truitelles au milieu du lac et, ainsi, le repeupler.

Au fil des ans avaient été introduites de nouvelles espèces : saumons de fontaine, tanches, ombles chevaliers... Les pêcheurs, en été surtout, se pressaient de plus en plus nombreux sur les rives du plan d'eau. Laura attendait toujours avec impatience le jour où son grand-père, aidé de l'un de ses amis mont-doriens, chargerait sur la barque les immenses bassines où frétillait le poisson, pressé de se retrouver dans un espace plus vaste, plus calme aussi.

En ce mois de juillet 1967, on venait d'embarquer sous un soleil de plomb. Sur l'eau, cependant, régnait une relative fraîcheur. Laura fixait les vaguelettes si bleues où se brisait la lumière, en mille éclats aveuglants. Dans le sillage de la barque se formaient de longues traînées d'argent, et la fillette exultait, aussi heureuse que si l'on se trouvait en pleine mer, loin de tout horizon.

Lorsque Louis arrêta le bateau et que le déversement commença, la fillette désigna tout à coup sur l'eau azurée une large tache d'un bleu très sombre, presque noir.

— Regarde, pépé, fit-elle en tendant le bras, pourquoi l'eau est si foncée, là-bas ?

— Oh ! ça, répondit Jean, l'ami de Louis, sans cesser de surveiller les plongeons hâtifs du poisson dans le lac, c'est à cause des fonds, ma petite ! À certains endroits, le lac est plus profond, ou bien il y a des herbes en quantité, ce qui explique ces taches sombres.

— Et personne ne plonge jamais dans le lac, pour voir ?

— Ah non ! C'est strictement interdit ! Ici, pas de baigneurs, pas de bateau, rien ! Notre lac et ses habitants, il faut les protéger, tu comprends ?

Laura hocha la tête. Elle était bien d'accord ; il ne fallait surtout pas abîmer le site, le salir, déranger le poisson. Le Guéry était si beau, sauvage, intact, unique… Et c'est ainsi qu'elle l'aimait.

Pendant ce court échange de paroles entre Jean et la fillette, Louis était resté muet, absorbé par son travail certes, mais troublé, aussi. La grande tache foncée, sur sa droite, le ramenait plus de vingt ans en arrière, vingt-trois exactement. La fameuse nuit où le sort avait commencé à s'acharner sur lui, à attirer le malheur sur Élise, ensuite sur Marie, il n'était pas près de l'oublier. Le lac gardait toujours jalousement son secret, sans doute en serait-il ainsi jusqu'à la fin des temps…

« La plongée sera-t-elle autorisée, un jour ? » se demanda-t-il pour la millième fois au moins. « Et, si oui, retrouvera-t-on quelque chose au fond de l'eau ? Rien, certainement. » La vase se déposait jour après jour. Des plantes aquatiques, peut-être, poussaient là-dessous, dissimulant à jamais ce que Victor et Lucien avaient jeté par-dessus bord depuis sa barque à lui…

De Lucien, Louis n'avait pas de nouvelles depuis des années. Son gendre était-il encore en relation avec lui ? Bien entendu, Victor n'en parlait pas. Aucune allusion au passé, jamais. « Mais, songea Louis, il valait mieux, pour la paix de tous, pour Marie et Laura surtout. »

Depuis que Laura était capable de grimper la pente abrupte du puy Corde, le grand-père et la fillette gagnaient chaque semaine le buron du sommet. Louis ravitaillait le vacher et son aide et c'était aussi l'occasion d'inspecter son bétail. Sac au dos, bâton en main, il montait sans effort de son pas régulier.

« J'ai cinquante-deux ans, il ne faut pas l'oublier », se disait-il de temps à autre.

Pour ne pas être en reste, Laura portait, elle aussi, un petit sac à dos peu chargé ; mais elle était très fière de pouvoir aider au transport des victuailles. Imitant son grand-père en tout, elle s'appuyait sur un solide bâton ; Louis l'avait coupé tout exprès pour elle, mis à sa taille et gravé de son prénom à la pointe de son couteau.

À mi-pente, on s'asseyait pour se rafraîchir d'eau coupée d'un peu de vin. Tout en buvant à sa gourde, Laura jetait un regard circulaire sur les pacages, les montagnes, le lac, flaque bleue miroitante, tout en bas. Elle se persuadait que le paysage lui appartenait. Ici, elle était chez elle, vraiment. Marie-Jo et ses frères n'avaient aucune idée de cet environnement-là. Leur colonie, près de La Rochelle, était peut-être un endroit très bien, mais il était impossible qu'il puisse égaler ce coin du massif du Sancy.

Reposés, on reprenait la montée, de plus en plus rude. Au sommet, enfin, où soufflait sans cesse un vent frisquet qui piquait un peu le nez et les joues, on posait les sacs dans le buron. Ensuite, il fallait chercher le parc et les bêtes, à droite ou à gauche, parfois sur l'autre versant. De loin, les hommes hélaient les arrivants. Laura courait voir et caresser les veaux nouveau-nés, tandis que Louis s'informait de la santé de ses bêtes, mêlées à l'immense troupeau monté aux estives. Il reconnaissait sans peine son bétail parmi toutes ces croupes rouges, satisfait de le voir engraisser grâce à la bonne herbe parfumée des montagnes.

Louis et Laura partageaient bien souvent le casse-croûte des vachers : larges tranches de pain de couronne, fromage, saucisson… La fillette dévorait de bel appétit, et l'un des hommes disait invariablement :

— C'est meilleur qu'à la ville, hein, petite ?

Laura en profitait pour réclamer une autre tartine, sous l'œil attendri de son grand-père. Puis, sur le soir, quand le soleil baissait en commençant à rosir le fond du ciel, Louis et la fillette redescendaient sereinement vers la ferme. L'un et l'autre ne pouvaient imaginer de plus grand plaisir que ces virées dans la montagne.

Chaque semaine, Laura téléphonait à sa mère depuis l'auberge. En constatant le bonheur de sa fille, Marie se consolait d'être aussi seule. La joie si manifeste de la petite, du grand-père aussi, atténuait l'amertume de la jeune femme. Et puis l'été passerait, le temps passe toujours ; elle retrouverait Laura grandie, les joues roses, prête à affronter la rentrée des classes et un nouvel hiver clermontois. Alors Marie se raisonnait, s'épuisait de travail pour ne pas penser.

Au matin, les quelques minutes passées seule dans le jardin triangulaire la ramenaient invariablement vers Thomas. Dix ans et demi sans nouvelles… Était-ce possible qu'un temps aussi long se soit écoulé depuis son départ ? Il est vrai que l'existence de Laura avait tout changé dans la vie de Marie. Laura, sa raison d'être… Thomas, lui, l'avait oubliée depuis longtemps sans doute, et c'était mieux ainsi. Le jeune homme avait maintenant une famille, des enfants, c'était certain. Leur amour, ils en avaient eu conscience depuis le début de leur histoire, ne pouvait qu'aboutir à une impasse. Tant qu'il vivrait, Marie était liée à Victor. Pourquoi ne parvenait-elle pas à oublier ce bel été où, dans ce jardin bien caché de la grande ville, Thomas et elle avaient été si heureux.

XVI

Au fil des ans…

AU MOMENT DES INSCRIPTIONS en classe de sixième – c'était en mars 1968 – Victor avait clamé haut et fort sa désapprobation :

— Le lycée ! Et pour quoi faire ? Mets donc ta fille au collège, ça sera bien suffisant. À quatorze ans, elle apprendra un métier, à seize, elle commencera à gagner sa vie. On n'est pas des bourgeois nous, il s'en faut ! La gamine n'entreprendra pas de longues études, voilà, c'est dit !

La scène se passait dans la cuisine du café. Victor venait de quitter la table et Laura portait la vaisselle sale dans l'évier.

Marie avait attendu la dernière limite pour affronter son mari mais, le lendemain, la petite devait rapporter le dossier signé à la directrice de l'école. Pour défendre l'avenir de sa fille, Marie, à son propre étonnement, s'entendit répliquer :

— Et pourquoi donc notre fille ne ferait-elle pas des études ? Ton frère en a bien fait, lui, et grâce à toi, même !

Victor devint livide et, aussitôt, Marie regretta sa témérité. Le visage figé, les yeux étincelants de son mari lui faisaient peur, soudain. Interdite, une pile de verres dans les mains, Laura les regardait tour à tour.

« *Ton frère* ? Quel frère ? se demandait la fillette. De qui donc sa mère pouvait-elle bien parler ? »

Victor la fixa un instant avant de dire avec un rictus à la fois railleur et désabusé :

— Parlons-en, tiens, de mon frère ! Dix ans sans nouvelles ! Je l'aurais mis au travail ici, avec moi, j'aurais sûrement mieux fait. Les études, ça leur monte à la tête, aux jeunes. Après, ils se mettent à mépriser leur famille, à lui tourner le dos ! Saignez-vous pour les gosses, pour les tenir dans les écoles le plus longtemps possible et voilà comment vous êtes récompensés !

Laura posa doucement les verres dans l'évier, s'essuya les mains à un torchon et se saisit de son cartable. Elle sortit le dossier, sa trousse et posa le tout sur la table que sa mère venait d'essuyer. Sans un mot, elle regarda Victor droit dans les yeux et lui tendit son petit stylo à encre.

— Toi, fit celui-ci, décontenancé, tu es une vraie tête de bourrique ! Peut-être que tu me ressembles, après tout. Tu as toujours le dernier mot, hein ? Alors, c'est où que je signe ?

Laura mit son doigt au bas d'une page.

— Là..., s'il te plaît !

Victor fit mine de ne pas entendre le : « Merci » un peu forcé de la fillette et gagna le café en refermant la porte derrière lui. Comment s'y prenait-elle pour le faire céder ? Il n'en savait strictement rien, mais il devait se rendre à l'évidence : contrairement à sa mère, Laura était tenace comme une teigne ;

impuissant, il enrageait, étonné et furieux de lui avoir cédé aussi vite.

Laura jeta un regard de triomphe à sa mère. Puis, comme Marie s'y attendait, elle demanda :

— Mon père a donc un frère ? Où ça ?

— À Paris, je pense, enfin quand il est parti d'ici, il y retournait pour finir ses études.

— Ah ! Et qu'est-ce qu'il étudiait ?

— L'architecture.

Laura posa encore à sa mère quantité de questions ; elle voulut savoir l'âge de Thomas, les raisons de son silence et de sa brouille avec son frère aîné.

— Et toi, maman, tu l'aimais bien, il était gentil, lui ?

— Oui, répondit lentement Marie, très gentil, mais, tu sais, je ne l'ai pas beaucoup connu. Quand il est parti définitivement, j'étais mariée depuis un an à peine.

— Tu as une photo de lui, tu peux me la montrer ?

Marie secoua la tête : le carnet de dessins, la photo… Non, c'était impossible ! Elle mentit :

— Non, je n'en ai pas. Écoute, ma chérie, n'en parle plus. Thomas a toujours laissé son frère sans nouvelles, alors, il lui en veut, c'est normal… Victor aimait beaucoup son petit frère Thomas, il l'avait élevé, tu comprends ?

— Oui, je comprends. Ne t'inquiète pas, maman, je n'en parlerai pas. Après tout, s'il ne vient jamais nous voir, c'est tant pis !

Disons que j'ai un oncle fantôme, mais à moi il me manque pas du tout !

« À moi, songea Marie, il me manquera toujours… Et dire que Victor l'accuse de l'avoir trahi, alors que s'il a choisi de disparaître, c'est pour ne pas continuer à le trahir, justement ! »

Elle ne dirait rien à Laura, jamais. Parfois, d'ailleurs, elle en arrivait à se demander si ce fol amour avait été bien réel ou s'il était seulement le fruit de son imagination. Thomas, c'était si loin, à présent, si loin mais si vivace, encore...

Un mois et demi plus tard, Laura rentra de l'école en annonçant, le sourire aux lèvres :

— À partir de demain, les maîtresses font la grève et la directrice a dit qu'elle savait pas du tout combien de temps ça durerait !

La fillette tentait de cacher sa satisfaction de ces vacances inespérées, mais sa mère n'était pas dupe. Sur le seuil du café, Marie-Jo se dandinait d'un pied sur l'autre. Enfin, elle déclara :

— Au lycée de mon frère Didier, c'est pareil ! Il a même dit : toutes les écoles de Clermont et aussi toutes les écoles de France vont fermer !

Laura rejoignit sa copine sur le trottoir et elles commencèrent une partie d'élastique. Un peu plus loin, assis sur une marche d'escalier, Michel faisait la tête.

— Qu'est-ce qu'il a encore ? demanda Laura.

— Il dit qu'il en a marre d'être toujours obligé de me suivre et qu'il préférerait aller retrouver ses copains. Mais c'est ma mère qui veut pas, tu sais bien.

— Vous êtes bien bêtes, tous les deux ! Laisse-le partir, pourvu qu'il te rejoigne assez tôt pour rentrer ta mère n'en saura rien.

— Tu dis ça parce que c'est pas ton frère, mais s'il lui arrive quelque chose de mal, ça me retombera dessus !

Au café, Victor se laissait aller à une violente colère, mais les deux fillettes, habituées depuis toujours à ses éclats intempestifs, n'en firent aucun cas. Du moment qu'il ne s'en prenait pas à elles…

— Si c'est pas une honte, vociférait le patron en prenant quelques consommateurs à témoins, la grève dans toutes les écoles ! Ces planqués de fonctionnaires, avec les journées qu'ils font, les voilà qui s'y mettent tous ! Et les pédagos encore pires que les autres, avec toutes les vacances qu'ils ont. Si j'étais quelque chose là-haut, moi, j'y mettrai bon ordre, sûr, et ça traînerait pas, je vous le dis !

— Les fonctionnaires, vous avez peut-être bien raison, fit un homme d'une soixantaine d'années qui avait là ses habitudes. Mais, le mois dernier déjà, faut pas oublier que c'est les étudiants qui ont commencé, à Paris !

Marie jeta un coup d'œil à Victor, certaine que ce propos ne ferait que décupler sa rage.

— Les étudiants ! Parlons-en, monsieur Morel, des étudiants ! Ce sont les pires de tous et, croyez-moi, je suis bien placé pour le savoir. Mais qu'est-ce qu'ils veulent à la fin tous ces feignants ?

— Réformer la société, patron, voilà ce qu'ils veulent ! Plus de libertés, moins de travail, des loisirs à gogo, que sais-je encore…

Le moustachu, petit et râblé, qui venait de prendre la parole vida le reste de son verre de vin rouge et appela Marie :

— S'il vous plaît madame Devèze, remettez-moi ça, avec cette chaleur j'ai la pépie !

Marie obtempéra aussitôt, en profita pour jeter un coup d'œil au-dehors. Les gamines jouaient tranquillement et le petit Michel sautait à cloche-pied un peu plus loin.

— Remarquez bien, reprit le dénommé Morel, que l'épidémie de la grève a gagné aussi le milieu ouvrier.

— Parce que vous croyez qu'ils valent beaucoup plus que les autres ? lança Victor. Mais, à cause d'une partie de sa clientèle, il se hâta d'ajouter : là, tout de même, il faut distinguer plusieurs catégories. Si certains ouvriers ont beaucoup d'avantages, dans les grandes usines par exemple, d'autres triment un peu trop pour gagner pas grand-chose, c'est vrai.

Beaucoup, alors, approuvèrent, puis Victor reprit la parole :

— Bref, moi je n'en démords pas. Que les ouvriers fassent grève, c'est leur problème, mais les étudiants ? Ils ne gagnent pas leur vie, au contraire ils dépensent les sous de leurs parents, alors ? Si le gouvernement fermait leurs écoles, ils seraient les premiers embêtés. Après, une seule solution : au boulot ! Tenez, je vais vous dire : ceux qui seront toujours de la revue, c'est les petits patrons comme moi. Je trime de l'aube jusqu'à des dix ou onze heures du soir pour un bénéfice juste passable. Si, si, je vous assure ! Et s'il me prenait l'idée de faire grève, je pourrais toujours courir pour que quelqu'un me les paie, les indemnités. J'ai pas raison, peut-être ?

— Dit comme vous le dites, fit M. Morel, on ne peut qu'être d'accord avec vous !

Les autres consommateurs approuvèrent peu ou prou, tandis que Victor se tournait vers Jean-Luc, le serveur engagé depuis peu.

— Et toi, tu as aussi dans l'idée de faire grève ? Parce que moi...

— Non, non, patron, fit le jeune homme en rougissant, pas du tout.

À l'exemple de Gervais autrefois, il craignait Victor comme la foudre. Encore mineur, il avait un père qui ne badinait pas et tenait avant tout à garder sa place et son salaire.

Tout au long du mois de mai, ouvriers, enseignants, étudiants, lycéens multiplièrent les manifestations dans toutes les villes importantes, à l'exemple de Paris. Bien entendu, à Clermont aussi les défilés succédaient aux rassemblements émaillés de harangues et de multiples réunions de gens de tous bords.

La vie du pays, paralysée par les grèves dans la plupart des secteurs, devenait difficile. Les entreprises qui n'avaient pas fermé leurs portes, le commerce, les particuliers eux-mêmes subissaient le contrecoup d'une situation qui s'éternisait. Laura aurait bien aimé prendre des vacances anticipées chez son grand-père, mais, à tour de rôle, quelques institutrices assumaient une garderie. Il faisait beau et les enfants jouaient des journées entières dans la cour de l'école. Aucun cours n'était assuré.

— Pas de devoirs aujourd'hui encore ? demandait Victor chaque soir.

— Non, rien du tout ! triomphait Laura.

— Eh bien, ma foi, tu vas être savante pour rentrer en sixième, toi !

— Oh mais, pour les autres ce sera pareil ! Quand on arrivera au lycée, les professeurs seront bien forcés d'en tenir compte.

— Évidemment, tu as raison, comme toujours ! Mais il n'est pas dit que ce sera comme ça, mademoiselle « Je sais tout ! » Allez, file de là, je me demande pourquoi je discute avec une effrontée de ton espèce !

Marie n'intervenait pas, mais elle s'inquiétait un peu, elle aussi. Si seulement elle avait réussi à trouver une ou deux heures chaque jour pour faire travailler sa fille à des révisions, au moins. Mais, après sa journée, à dix ou onze heures du soir, ce n'était pas envisageable, hélas…

À la mi-juin seulement, les choses commencèrent à rentrer dans l'ordre. Enfin, les élections, organisées par le général de Gaulle, ramenèrent peu à peu la stabilité dans le pays.

Les grandes vacances approchaient et, avec l'inconscience des enfants, Laura et Marie-Jo se dirent que ce dernier trimestre à l'école primaire était sans nul doute le plus beau de toute leur scolarité. Après, pour la sixième, on verrait bien…

En ce premier samedi de mars 1970, les treize ans de Laura approchaient. Exceptionnellement, Louis était venu la chercher à Clermont après ses cours et ils avaient gagné le lac de Guéry. L'accès à la route du Cros était encore bloqué par d'épaisses congères de neige durcie et il avait fallu faire le détour par Le Mont-Dore.

Depuis quelques années, lorsque les conditions météorologiques étaient favorables, Laura gagnait la ferme sous le puy Corde pour les vacances de Noël. Elle adorait la neige, le paysage splendide de blancheur intacte magnifiant les montagnes. Son grand-père lui avait appris à skier. Ivre de plaisir autant que d'air glacé, elle le suivait sur des pentes désertes, d'une lumineuse pureté, où les skis laissaient des traces parallèles tel un sillage de navire dans une mer laiteuse.

Dès 1965, le président de la société de pêche avait introduit en Auvergne la « pêche à l'esquimau ». L'évènement n'attirait encore que quelques passionnés de la région, mais le lac de Guéry était le seul en France à offrir cette pratique insolite sous de telles latitudes.

Pour que l'ouverture soit possible, l'épaisseur de la glace devait atteindre vingt centimètres au moins. La veille, chaque pêcheur, armé d'une barre à mine, venait creuser son trou. Les moins hardis regardaient depuis la rive, hésitant à s'aventurer sur le lac gelé. Et si la glace, tout à coup, cédait sous leur poids ?

Quand les téméraires avaient ménagé une ouverture d'environ trente centimètres de diamètre, ils marquaient leur emplacement avec une petite pancarte à leur nom, fixée à un bâton enfoncé dans la glace. Le lendemain, on glissait dans le trou une ligne plombée munie d'appâts. Après, dans le froid vif, il ne restait plus qu'à attendre le poisson.

Dès la première année, Louis avait fait partie de ces audacieux. Bien emmitouflée, chaussée d'après-ski fourrés où, par-dessus un épais collant sous son pantalon fuseau, elle avait enfilé deux paires de chaussettes de laine, Laura surveillait les opérations. Et, quand une truite mordait à l'hameçon, que la ligne se courbait avec de brusques secousses, la joie de la fillette égalait celle du grand-père.

Habilement arraché à sa prison de glace, le poisson se tordait bientôt aux pieds de Laura. Louis enlevait son gant pour décrocher sa prise, l'assommait rapidement et sa petite-fille s'empressait de l'enfermer dans le panier de pêche. Puis elle tendait à son grand-père la boîte où il prélevait un nouvel appât et l'attente patiente recommençait.

De temps à autre, Laura sortait Thermos et timbale de son sac à dos pour offrir à Louis quelques gorgées de café bien chaud.

À midi, car il ne fallait pas perdre de temps, elle déballait les sandwiches de saucisson et de fromage préparés le matin même. Malgré le froid qui engourdissait les membres, c'était délicieux. On buvait une autre rasade de café, on bougeait un peu quand la gelure aux pieds devenait trop cruelle et l'on espérait une autre prise encore.

Dès quatre heures, il fallait plier bagages, se changer en toute hâte dans la cuisine chaude de la ferme et, après avoir avalé un bol de chocolat bouillant, repartir vers Clermont. Cette année-là, Louis et Laura croisèrent l'énorme chasse-neige qui montait enfin ouvrir le col de Guéry. L'immense hélice de l'engin projetait alentour un gigantesque nuage de poudreuse qui, un instant, masquait la lumière du jour. Louis roulait lentement sur la route enneigée, entre deux parois toutes blanches de plus de trois mètres de haut, par endroits.

— Pépé, j'aurais tellement aimé traverser le lac en traîneau, comme autrefois !

Louis souriait à ce souvenir. Le temps ne lui paraissait pas si lointain, en effet, où le fermier de la Clef du Lac lançait son cheval sur le lac gelé pour rejoindre plus rapidement la grand-route. Par-dessus l'épaisse couche de glace, le traîneau glissait sur la neige récemment tombée ; le Guéry, alors, n'était plus qu'un pré hivernal parmi d'autres. Nul, à part les autochtones, n'aurait pu deviner que, dessous, dormait un lac de vingt-cinq hectares.

Laura se sentait à jamais l'enfant de ce coin de montagnes, rude et sauvage certes, mais si beau, l'hiver comme l'été.

Clermont, se disait-elle, n'était pas un endroit où l'on pouvait être heureux. Elle décida soudain, ce jour-là, d'acheter du matériel de dessin et de la gouache afin de peindre ce décor hivernal tant aimé, dès son prochain séjour chez Louis.

XVII

Naissance d'une vocation

DEPUIS QUE LAURA savait tenir un crayon, elle dessinait. Ses premières œuvres, à cinq ou six ans, reproduisaient ce que chaque bambin crayonne avec plus ou moins de bonheur : maison, fleur, bonhomme, soleil... Un peu plus tard, elle commença à copier des modèles sur ses livres de classe. Puis, peu à peu, dès huit ans, elle créa des petits tableaux : paysages, portraits d'animaux. Ses institutrices la complimentaient, l'encourageaient ; on donnait en exemple les illustrations de son cahier de poésies.

Ses croquis d'après nature, encore un peu raides et sans relief, révélaient un don certain. Avec le temps, les conseils d'un professeur de dessin, son talent inné ne pourrait que croître. Il allait devenir bientôt une passion absolue qu'elle défendrait avec sa ténacité coutumière.

En famille, tout au contraire, ni Marie ni Victor ne félicitaient la gamine. Si ce dernier la surprenait en train de dessiner, dans la petite cuisine généralement, il s'exclamait, mécontent et réprobateur :

— C'est tout ce que tu as à faire, des gribouillages ? Si tu as fini tes devoirs, viens donc rincer les verres. Rends-toi utile, que diable ! L'habitude de travailler, on ne la prend jamais trop tôt !

Pour Marie, c'était tout différent. Constater l'attrait si fort de Laura pour le dessin – et il fallait bien reconnaître qu'elle montrait pour cet art de réelles dispositions – lui faisait peur. Chez sa fille elle retrouvait la passion de Thomas et craignait que, plus tard, elle ne décidât d'en faire son métier, elle aussi. Victor, furieux, ne le permettrait jamais.

La petite quémandait des louanges qu'elle n'obtenait pas. Très proche de sa mère qui la soutenait en toute occasion, Laura était fort déçue.

— Cela ne te plaît pas, maman ? Allons, dis-moi que c'est beau !

Réticente, Marie jetait simplement :

« Oui, oui, c'est très bien » avant de parler d'autre chose et de se détourner pour reprendre ses occupations.

Le seul qui encourageait la fillette, en dehors de son milieu scolaire, c'était Louis.

— Regarde, pépé ! J'ai dessiné le lac et l'auberge. Elles te plaisent, les couleurs ?

Avec ses crayons, Laura déplorait de ne pouvoir reproduire toutes les nuances de bleu, de vert ; alors elle superposait les couleurs pour rendre au mieux le ciel, l'eau, les pacages, les sapins. Pour ses dix ans, Louis lui offrit une boîte de peinture en tubes. Après avoir laissé éclater sa joie, elle se renfrogna aussitôt :

— Hélas ! pépé, je ne vais pas pouvoir m'en servir. Déjà ma mère ne sera pas trop d'accord et mon père sera capable de tout me confisquer.

— Eh bien, laisse donc tout cela ici. Je sais, tu ne viens pas très souvent, l'été mis à part, mais ce sera mieux que rien, non ?

Ainsi fut fait. À Clermont, Laura continuait à crayonner en cachette, à la ferme, elle retrouvait avec joie ses tubes et ses pinceaux. Tout fier, Louis affichait les plus belles œuvres de sa petite-fille dans sa chambre, dans la cuisine.

— Plus tard, affirmait-il, tu seras célèbre avec tes peintures, ma petiote, crois-moi !

Laura riait de plaisir sans trop y croire et se suspendait au cou du brave homme pour l'embrasser avec reconnaissance.

Au Mont-Dore et dans la région proche, le début des années soixante avait vu des événements exceptionnels, tragiques même parfois. Ainsi, en août 1962, le Casino prit feu soudainement et fut presque entièrement détruit. Il fallut le raser puis le reconstruire.

Près de deux ans plus tard, sur les pentes du puy de Sancy, une avalanche emporta un chalet d'où un secouriste s'échappa miraculeusement. L'hiver suivant, le jour de Noël, un dramatique accident de téléphérique fit huit morts parmi les skieurs.

Attentive, Laura écoutait gravement son grand-père lui apporter ces faits et quelques autres.

— C'est une série noire pour les Mont-Doriens, affirmait Louis. Reste à espérer que la providence va nous épargner un peu, à présent.

— Qu'est-ce que c'est, la providence ?

— C'est... comment te dire... le destin qui, en quelque sorte, décide de tout ce qui nous arrive, tu comprends ?

Laura fit la moue. Non, elle ne comprenait pas vraiment. La notion de destin était pour elle bien trop abstraite.

Mais, quelques jours plus tard, elle montra à son grand-père ses dernières œuvres.

— Regarde, c'est l'avalanche qui emporte le chalet. Le monsieur qui court dans la neige, là, c'est le pauvre secouriste qui se sauve...

Sur une autre feuille, Laura avait peint la cabine jaune du téléphérique, avec sa paroi béante au-dessus du vide. Dans la neige, au-dessous, quelques corps épars, des skis, des sauveteurs affairés portant une civière.

— Tu vois comme la tempête de neige est dangereuse, ma petite. Quand le téléphérique s'est brusquement arrêté, les gens ont tous été projetés du même côté et la paroi de la cabine a cédé sous la poussée. Dix-huit personnes précipitées de là-haut dans le val d'Enfer ! C'est miracle qu'il y ait eu autant de survivants. La neige très épaisse avait amorti le choc, pour certains...

Laura, qui avait gagné le sommet du Sancy en téléphérique au mois de juillet, avait eu un peu de mal à imaginer cette scène catastrophique. Mais elle connaissait bien les paysages de montagnes enneigées et son dessin était d'un réalisme troublant.

Ensuite, elle exécuta toute une série de petits tableaux pour relater, en l'illustrant, la terrible histoire du berger Léonce et de ses moutons. C'était durant l'hiver 1962-1963 ; à l'époque, Laura n'avait guère plus de cinq ans. Maintenant, elle avait grandi et le récit de son grand-père la touchait d'autant plus qu'il s'était déroulé sur les lieux mêmes où habitait Louis.

Depuis, elle avait visité la bergerie au sommet du puy Corde, à mille cinq cents mètres d'altitude.

Là-haut, le berger Léonce hibernait alors chaque année avec deux cents moutons dont il était responsable. À l'automne, il faisait provision de fourrage pour pouvoir nourrir les bêtes jusqu'aux beaux jours. Hélas ! cette année-là, la neige était venue en abondance dès le début d'octobre ; l'accès à la bergerie s'était ainsi trouvé précocement bloqué.

Dès janvier, on tenta de gagner le sommet du puy avec un bulldozer. Mais la neige, déjà, mollissait et l'engin ne put atteindre la bergerie. Il fallut donc faire appel à un hélicoptère et constituer un dépôt de fourrage aux abords du lac de Guéry. De là, des vaches-mules[1] traînèrent des chars sur la neige durcie qui atteignait, par endroits, plus de trois mètres de hauteur. Le froid était terrible, les tempêtes de neige se succédaient sans répit. Les attelages bravaient la tourmente, une carapace de glace sur le dos, des glaçons de plus de vingt centimètres pendant au mufle des bêtes dans un nuage de vapeur. Les hommes qui menaient les chars arrivaient transis, malgré leurs efforts surhumains pour gravir la pente enneigée. Baignés de sueur, ils ne sentaient plus leurs membres engourdis par la cruelle morsure du froid.

Un peu plus tard, avec le redoux, les chars ne roulaient plus dans l'épaisse neige ramollie et les vaches-mules elles-mêmes durent abandonner.

L'écir, à cent kilomètres à l'heure, balayait la montagne impraticable. La fine poudreuse pénétrait

1. *Une vache-mule : femelle d'une portée de jumeaux, non reproductive, aussi forte qu'un mâle, utilisée autrefois en montagne pour les travaux les plus pénibles.*

partout, recouvrant jusqu'au lit du malheureux berger. Chaque matin, il lui fallait déblayer des congères d'au moins quatre mètres de hauteur pour entrer dans l'étable. Là, il trouvait ses moutons tremblant sous une couche de neige glacée, pénétrant par le moindre interstice et sous la porte de la bergerie.

Tout au long de cet hiver terrible, Léonce, bouleversé, jeta aux renards affamés quatre-vingts agneaux et sept moutons morts de faim et de froid. La piètre réserve de bottes de paille était gelée et les pauvres bêtes, sévèrement rationnées, s'écorchaient le museau sur les arêtes de glace coupante.

Un peu plus tard vint s'abattre sur le pitoyable troupeau une autre calamité : une épidémie de gale. Léonce soignait de son mieux les malades, mais le médicament liquide gelait sur ses mains. En désespoir de cause, le berger décida de gagner la ferme la plus proche pour emprunter du matériel qui lui permettrait de sauver ses bêtes.

Parti par temps calme, il fut surpris au retour par une tempête de neige qui s'était levée brusquement. Une partie de la nuit, le malheureux erra au hasard, tombant, suffoquant sous les rafales, aveuglé par la neige tourbillonnante. Rapidement, il tomba dans une semi-inconscience. Mais il savait que s'arrêter signifiait la mort. Pour se donner du courage, il pensa à ses moutons qui l'attendaient, là-haut. De lui seul dépendait leur survie. Alors, farouchement, il lutta pour avancer dans le noir et la tourmente, un pas, un autre encore. Vers où se dirigeait-il ? Il n'en avait aucune idée, mais il ne devait surtout pas se laisser aller à s'étendre dans la neige, alors que l'envie le tenaillait de cesser cette lutte épuisante, enfin.

Brusquement, pendant un court répit de la tempête qui hurlait furieusement à ses oreilles, une lune pâle émergea brièvement parmi les nuées blanchâtres. C'était suffisant pour que Léonce ait eu le temps de se repérer. Inexplicablement, il se retrouvait au milieu du lac de Guéry ! La glace était recouverte d'une épaisse couche de neige, mais le berger était certain de son étrange situation. Malgré son extrême fatigue, il remonta aussitôt au sommet de la montagne, tant il lui tardait de retrouver sa bergerie et son troupeau provisoirement abandonné.

Dans les environs, on s'inquiétait de Léonce et de ses moutons que l'on savait en manque cruel de ravitaillement. Un beau jour, le brave homme vit arriver une caravane de skieurs venue du Mont-Dore. Chacun était porteur d'une botte de foin solidement attachée sur son dos et d'un sac plein de produits de première nécessité.

Privées de nourriture depuis plusieurs jours, les bêtes devenaient enragées au point de se jeter, menaçantes, sur leur maître.

Momentanément, l'arrivée des skieurs sauvait cette dramatique situation. Début avril, les tempêtes de neige enfin calmées, l'hélicoptère put accomplir des navettes et larguer le fourrage aux abords de la bergerie.

Cet hiver de cauchemar fut le dernier où les moutons hivernèrent au sommet de la montagne. Le risque était devenu bien trop grand pour le berger et pour le troupeau.

Lorsque Laura décida de la mettre en images, l'histoire datait de sept ou huit ans. Ému, Louis contemplait un à un les petits tableaux que sa petite-fille commentait au fur et à mesure :

— Là, c'est le berger avec ses chiens et Zozo, le petit agneau qui le suivait partout... Là, c'est le char tiré par les vaches-mules si courageuses... Ici, tu vois l'hélicoptère qui transporte un gros ballot de foin... Puis la bergerie enfouie sous la neige et les pauvres moutons affamés dans leur étable. Regarde : un skieur arrive à la porte, sa botte de foin sur le dos. C'était bien comme ça, dis, pépé ?

— Oui, c'était ça, exactement ! Je suis sûr que Léonce serait très content de voir tes peintures.

Léonce, Louis l'avait bien connu. Il admirait le courage dont cet homme rude avait fait preuve, sa volonté tenace face à l'adversité.

— Elle est dure et sans pitié notre montagne, hein, petite ? Et pourtant, tous autant que nous sommes, nous l'aimons envers et contre tout !

Au lycée, Laura suivait les cours d'un professeur de dessin. Toujours, elle se réjouissait de ces heures, trop rares à son gré, où elle pouvait s'adonner à ce qui, d'année en année, s'affirmait comme une passion sans égale.

Les notes excellentes dans cette matière reportées sur ses bulletins trimestriels faisaient froncer les sourcils à Victor. Mais il n'en parlait pas. Par chance, Laura était bonne élève dans l'ensemble, et il n'y avait pas sujet à lui faire des reproches.

Secrètement, Victor aurait de beaucoup préféré la voir réussir moins bien. Le prétexte, alors, aurait été tout trouvé d'écourter ses études. Contrarié, il chassait cette pensée importune. Laura n'avait pas encore le brevet ; après, il serait temps de prendre une décision concernant son avenir.

XVIII

Adolescence

— On va au cinéma, demain après-midi ?

Le garçon qui venait d'interpeller Laura se tenait debout devant elle, un peu embarrassé. D'habitude, Didier faisait preuve de beaucoup plus d'assurance. La jeune fille planta son regard vif dans les yeux sombres qui la dévisageaient :

— Ta sœur est d'accord ?

Marie-Jo ne lui avait pas parlé de cette sortie, mais, après tout, quelle importance ? Les deux amies avaient dix-sept ans et venaient d'entrer en classe de terminale. Le temps était loin où Didier, méprisant, chassait sa sœur et Laura en les traitant de morveuses. Au contraire, ces deux dernières années, il recherchait leur compagnie, flanqué de deux ou trois copains qui faisaient les jolis cœurs. Hélas, comme les parents de Marie-Jo, ceux de Laura restaient très stricts sur les sorties de leur fille. Et cette éducation « vieux jeu », pour ne pas dire complètement dépassée, les obligeait à ruser sans cesse pour pouvoir s'offrir quelques séances de cinéma.

— Tu te rends compte, rageait Laura, nous voilà en 1974 et nous sommes cloîtrées comme des nonnes du Moyen Âge ! À quoi donc a servi mai 68, tu peux me dire ? Dans notre cas, strictement à rien ! Attends que je sois majeure, ils verront...

« Ils » désignaient bien sûr ses parents. Certes, Marie aurait été plus compréhensive, mais Victor... un tyran, voilà ce qu'il était. Marie-Jo approuvait avec quelques réserves :

— Tout de même, au week-end, ils nous lâchent un peu...

— Tes parents, oui, parce que tu as un frère aîné, mais moi... Rappelle-toi, en juin dernier, lorsque Didi a fêté son succès au bac. Il est venu demander à mon père de me laisser sortir un samedi soir et qu'est-ce qu'il a répondu ? « Pas question ! » Comme ma mère n'a jamais voix au chapitre, j'ai bien failli rester bouclée !

Là-dessus, Laura avait éclaté de rire. Ses parents endormis, ce fameux soir où Didier et ses copains arrosaient leur bac, elle s'était sauvée grâce au jardin triangulaire. À droite de la porte du logement des Devèze, le mur d'environ trois mètres cinquante de haut n'était pas fait pour impressionner Laura.

La veille de sa fugue, elle avait dissimulé un escabeau sous le frêne pleureur. De l'autre côté du mur, au risque de se faire une entorse, elle avait sauté et atterri dans un terrain vague qui descendait en pente douce vers une palissade. Au-delà, des immeubles assez récents jouxtaient un grand entrepôt.

Passer sous la palissade, tourner à gauche, remonter une petite rue perpendiculaire à la rue Gaultier-de-Biauzat, gagner la place Gaillard, lieu du rendez-vous, lui avait pris peu de temps. Ensuite, vive la liberté !

Vers trois heures du matin, un groupe de cinq garçons et filles avait raccompagné Laura. Puis Didier et l'un de ses copains lui avaient fait la courte échelle pour l'aider à franchir le mur. De l'autre côté, l'escabeau était toujours en place. Enfin, à pas de loup, le cœur battant follement à l'idée d'être découverte par Victor, la jeune fille avait regagné sa chambre pour s'endormir aussitôt, ravie de son escapade.

Elle jubilait d'avoir réussi, de se dire qu'elle pourrait éventuellement renouveler cet exploit, mais pas trop souvent quand même. Avec un chien de garde comme Victor, la plus grande prudence s'imposait.

Abandonnant ce souvenir, Laura dévisagea à nouveau Didier. Le jeune homme avait dix-neuf ans et venait d'entrer à la faculté de droit. Il prétendait être bientôt avocat. Laura avait affirmé à sa sœur, assez sceptique :

— Voilà un métier fait pour lui ! Beau parleur comme il est, il réussira, c'est sûr !

— Tu te moques, hein ? avait demandé Marie-Jo.

— Pas du tout ! Je suis sincère, je te jure !

Pour le moment, Didier semblait avoir perdu toute faconde ; son silence prolongé intrigua la jeune fille. Il avait, elle en était certaine, une idée derrière la tête.

— Tu m'as demandé si « on » irait au cinéma, mais c'est qui « on » ? Ta sœur, ton copain Pascal et nous deux ?

— Ben… oui. Enfin, Pascal, c'est pas sûr encore.

— Bon. Et on va voir quoi ?

— Science-fiction, au *Paris*, la séance de seize heures.

Laura fit la moue.

— Science-fiction, j'aime pas vraiment mais bon… Ça marche, j'y serai, à demain.

Le lendemain, Laura vit de loin le frère de Marie-Jo faire les cent pas sur le trottoir. Ils s'embrassèrent amicalement sur les deux joues.

— Et les autres ?

— Ils vont bien arriver… J'ai pris les billets, on n'aura pas à faire la queue.

Devant le cinéma, la file s'allongeait et ni Marie-Jo ni Pascal ne faisaient mine d'apparaître.

— Bon, on y va ! fit nerveusement Didier.

Il tendit un billet à Laura qui le lui remboursa aussitôt. Une fois installée, elle déclara :

— Gardons chacun une place.

Elle posa sa veste repliée sur le siège proche et Didier fit de même. La salle plongée dans le noir, le documentaire commença et toujours personne en vue. Laura eut alors quelques doutes :

« Pascal n'est pas venu, bon, mais Marie-Jo ? »

— Où est ta sœur ? chuchota-t-elle.

— Mais je n'en sais rien du tout. Elle avait dit qu'elle nous rejoindrait, et puis tu vois…

Laura tournait la tête vers le fond de la salle à chaque entrée de retardataires. En vain. Dix minutes après le début du film, Didier lui saisit la main, et elle le repoussa fermement. Évidemment, il lui avait menti. Ni Marie-Jo ni Pascal n'avaient été invités à les rejoindre.

Partagée entre l'amusement et la colère, Laura se tint sur ses gardes. Didier, comme lors de ses dix ans, c'était le frère de sa meilleure amie, devenu avec le temps un bon copain et c'était tout. S'il comptait s'amuser avec elle, il se trompait, et pas qu'un peu. Ses flirts, elle les choisirait toute seule, au moment où elle en aurait envie. Aucun garçon ne lui imposerait quoi que ce soit, aucun !

À la sortie, Didier se crut obligé de dire :

— Elle va m'entendre, Marie-Jo ! J'ai horreur qu'on me pose un lapin !

Visiblement, il voulait donner le change, mais le ton sonnait faux. Laura ne répondit rien.

— Tu bois quelque chose ? demanda le jeune homme en désignant la terrasse du *Suffren*.

Laura regarda sa montre : elle avait le temps. Ils s'assirent face à face et Didier commença à commenter le film.

« On ne peut plus américain », se disait Laura, pas du tout enthousiaste. Elle se leva au bout de cinq minutes.

— Je te raccompagne, s'empressa de dire le garçon.

Ils longèrent les trottoirs jusqu'à l'avenue des États-Unis, traversèrent la place Gaillard. À l'entrée de la rue Sainte-Claire, Laura s'arrêta brusquement.

— Ne va pas plus loin, ordonna-t-elle, je préfère.

Didier la regarda, indécis. Depuis peu, il avait vu enfin, réellement vu, que Laura était belle. Ses yeux sombres au regard direct et hardi, ses cheveux dorés bouclant sur les épaules, son maintien aussi, tout le subjuguait. Mais, avec une fille comme elle, les travaux d'approche se révélaient difficiles. Laura, il le savait depuis toujours, n'était pas du tout comme Marie-Jo, docile, presque craintive. Soudain, il se décida et l'attira fermement contre lui, cherchant à l'embrasser sans souci des passants. Elle se dégagea aussitôt et une gifle claqua, lui chauffant la joue.

— Tu ne penses pas que tu aurais pu me demander d'abord mon avis ? jeta la jeune fille, les yeux étincelants, presque noirs de colère.

Puis, radoucie :

— Franchement, Didi, de toi à moi... On est de trop bons copains, depuis si longtemps. Je tiens beaucoup à notre vieille camaraderie, pas toi ?

Rouge d'humiliation, il ne répondit pas.

— Allez, fit Laura en mettant un petit baiser rapide sur la joue meurtrie, sans rancune et à bientôt !

Elle se détourna et il la regarda descendre la rue étroite jusqu'au café, dont elle poussa fermement la porte.

« Voilà, c'est fichu ! pensa Didier. Je suis le roi des imbéciles, jamais je n'aurais dû m'y prendre de cette manière. »

Il se serait battu, mais, c'était certain, il n'y avait pas à revenir en arrière.

Victor avait renoncé à faire des réflexions désobligeantes sur les allées et venues de Laura, à condition toutefois qu'elle soit rentrée à dix-neuf heures au plus tard. Étudier dans la petite cuisine n'était plus possible. Les éclats de voix venus du café empêchaient la jeune fille de se concentrer sur son travail. Sans parler du téléviseur acquis depuis quelques années.

Victor n'ignorait pas que les clients étaient friands de football et autres rencontres sportives, du journal télévisé aussi, bien sûr. Beaucoup de consommateurs commentaient à haute voix les images qui défilaient sur l'écran. Souvent s'engageaient des polémiques acharnées et le ton montait rapidement.

Laura avait donc été autorisée, dès la classe de seconde, à rester seule dans l'appartement. Mais ni Victor, ni sa mère ne se doutaient qu'aux beaux jours elle s'installerait dans le jardin.

Dans ce lieu privilégié, au cœur de la ville et pourtant si calme, si solitaire, elle se sentait comme sur une île déserte.

L'affreuse petite cuisine sombre de la rue Sainte-Claire, Laura l'avait en horreur. Ici, elle parvenait même à oublier Victor, de plus en plus détestable. Dans ce jardin sauvage et si bien protégé du monde extérieur, elle pouvait songer sereinement à son avenir. Bientôt, après le bac, elle commencerait des études de dessin, à l'école des Beaux-Arts probablement, et nul ne pourrait l'en empêcher. Elle savait pouvoir compter sur le soutien de son grand-père. Serait-ce suffisant ?

Sa mère, même si elle le voulait, ne lui serait d'aucun secours. S'enfuir après sa majorité, ce serait briser le cœur de Marie.

Et elle l'aimait beaucoup trop pour la rendre malheureuse... Le dilemme, pour l'instant, paraissait insoluble, mais elle y penserait plus tard. La priorité, c'était de bûcher ferme pour avoir le bac. Si Louis avait été là, sans doute aurait-il invoqué la Providence. Cette pensée amena un sourire sur les lèvres de Laura. Naturellement, elle n'y croyait pas, mais elle se fierait à sa bonne étoile. Il ne devait pas y avoir grande différence. Avec un soupir résigné, elle se plongea dans son manuel de philosophie et, la tête dans les mains, commença l'étude de la prochaine leçon.

Avril donnait au jardin sauvage toute sa splendeur. Après deux heures d'étude acharnées, Laura abandonna la philo et se munit de sa boîte d'aquarelles. Elle commençait l'ébauche d'un buisson d'églantiers lorsque, soudain, elle se sentit épiée.

Un rapide regard alentour la rassura.

« Mais, se dit-elle, un peu troublée, et si quelqu'un se tenait caché sous le frêne ? »

Les rameaux souples portaient déjà leurs petites feuilles nouvelles, assez touffues cependant pour dissimuler une présence.

Abandonnant son carnet de dessins, la jeune fille s'avança hardiment vers l'arbre où jouait le soleil. Résolument, elle écarta les fins branchages : rien !

Souriant de sa méprise, elle passa légèrement sa main sur le tronc gris à l'écorce crevassée. À ses pieds, dans l'herbe courte, elle admira de minuscules violettes un peu humides, devina les feuilles encore repliées en cornet du muguet. Il fleurirait bientôt et elle en cueillerait quelques brins pour sa mère. Toujours, Marie avait les larmes aux yeux en respirant l'odeur entêtante des petites clochettes d'un blanc de lait. Laura s'étonnait d'une émotion aussi intense et, devant sa mine interrogative, sa mère disait avec un petit sourire d'excuse :

— Ce n'est rien, ma chérie, seulement un très vieux souvenir…

La jeune fille avait donc imaginé qu'avant de connaître Victor – lui, certainement ne lui avait jamais offert la moindre fleur ! – Marie avait eu un soupirant qui lui achetait du muguet. Mais elle respectait la discrétion de sa mère, se contentant de l'embrasser très fort en disant :

— Ma petite maman, je t'aime !

Laura reprit sa place à la petite table de jardin, où elle s'installait toujours, saisit son pinceau, leva la tête enfin pour découvrir, stupéfaite, qu'au premier étage de la grande maison, à sa gauche, deux fenêtres étaient ouvertes. Soigneusement repliés, les volets n'avaient pas été repoussés à la hâte ; Laura distinguait parfaitement les taquets de fer relevés pour retenir les panneaux de bois dont la peinture était, depuis fort longtemps, toute écaillée.

Une colère absurde la submergea. Ainsi, quelqu'un habitait là, maintenant ! Et ce quelqu'un allait tout gâcher. Comment goûter le plaisir de flâner dans le jardin, « son » jardin, en sachant que l'on pouvait, à tout moment, la guetter depuis ces fenêtres ? Et ce nouveau locataire n'était peut-être pas seul, une famille entière pouvait loger là, une famille bruyante qui ouvrirait sa radio pour détruire le merveilleux silence du jardin. Pire encore : des enfants criards envahiraient les lieux, saccageant son domaine secret. Cette perspective lui donna des frissons de rage impuissante ; furieuse, elle commença à ranger son matériel de dessin. Elle emportait son tabouret dans le corridor quand le bruit d'une fenêtre claquée à la hâte lui fit lever la tête.

Des rideaux de filet écru masquaient les vitres. Presque aussitôt, un homme apparut à la seconde fenêtre, bras étendus pour replier les deux battants. Apercevant Laura le visage levé vers lui, il la salua d'un rapide signe de tête, avec un demi-sourire qui étira à peine ses lèvres. La fenêtre se referma, et la jeune fille, dont le cœur tapait comme si elle était coupable d'indiscrétion, entra brusquement dans le couloir sombre.

Exaspérée, elle donna deux tours de clé et courut se jeter sur son lit, en proie à un dépit indigné qui, sottement, l'amena au bord des larmes. L'intrus était-il seulement de passage ? Elle n'osait l'espérer. Il allait sûrement s'installer là, pour toujours peut-être… S'il vivait seul, ce serait un moindre mal, sinon… Totalement désarmée face à cet adversaire inattendu, Laura se reprit, résolut de se renseigner. Ce serait difficile : dans la rue, pas de commerce proche et les voisins restaient de parfaits inconnus. Mais, avec son entêtement coutumier, elle était bien décidée à trouver une explication à cette intrusion subite. Et elle la trouverait.

De contrariété, Laura tapa rageusement du poing contre le mur. Sa matinée était gâchée, de même les jours à venir, tous les jours, toute la belle saison. Enfin, elle se leva, gagna la cuisine pour s'emparer de la liste des courses laissée par sa mère sur la table et quitta l'appartement de fort méchante humeur.

En remontant rapidement vers le marché, elle revit soudain le visage de l'inconnu. Il paraissait jeune, ses cheveux châtains retombaient souplement sur son front. Son regard clair, gris-bleu, avait dévisagé la jeune fille avec surprise, certes, mais aussi avec un brin d'insolence qu'elle n'appréciait pas du tout. Aussitôt, elle le détesta et résolut de lui rendre la vie impossible.

Comment ? Pour le moment, elle n'en avait aucune idée, mais elle trouverait. Et elle ferait tant et si bien que cet effronté trouble-fête ne tarderait sûrement pas à déménager.

XIX

Confrontation

LAURA EUT BEAU MENER une enquête patiente et discrète, aucun indice ne vint lui révéler l'identité de son nouveau voisin. Le lendemain de sa découverte, elle n'avait pas osé ouvrir la porte du jardin triangulaire. Et, comme les fenêtres de son appartement donnaient toutes sur la rue, elle n'eut aucun moyen de vérifier la présence détestée.

Deux jours plus tard seulement, un samedi, sa mère partie rejoindre le café, elle entrebâilla tout doucement la porte. Là, sa main se crispa très fort sur la poignée. Retenant son souffle, elle observa, incrédule, le spectacle qui s'offrait à elle.

La porte-fenêtre de la maison où venait de s'installer l'inconnu était grande ouverte sur l'étroit perron de pierre noire. Et là, debout, mains dans les poches, se tenait l'homme déjà entrevu. Il regardait le vieux puits habillé de lierre de sorte que Laura ne voyait que son profil. En silence, elle prit le temps de l'observer ; il portait une chemise à petits carreaux bleus et blancs aux manches roulées haut sur les avant-bras, un jean délavé mais parfaitement propre, des mocassins beiges à semelles épaisses.

Soudain, le jeune homme bougea, sembla hésiter à descendre les trois marches menant au jardin, jeta un coup d'œil à sa montre et rentra dans la maison en refermant derrière lui les lourds volets de la porte-fenêtre. Immobile, les doigts crispés sur la poignée de cuivre, Laura leva les yeux vers le premier étage : un cri de soulagement faillit lui échapper. Partout, les volets étaient clos. L'intrus repartait déjà, le jardin allait retrouver sa tranquillité coutumière.

Pourtant, la jeune fille se posa quelques questions : avait-il visité les lieux en vue d'un achat ? Ou bien, était-il un propriétaire prêt à louer son bien ?

En fin de matinée, Laura eut la malencontreuse idée de s'approcher de l'entrée de la maison voisine, côté rue. Elle traversa une courette et, la rage au cœur, déchiffra la carte de visite épinglée près de la sonnette : *Philippe Lambert – 1er étage*. À la grille de la petite cour, une boîte aux lettres toute neuve indiquait le même nom.

« Tôt ou tard, il va revenir ! » se dit la jeune fille, furieuse de s'être sottement réjouie de ce faux départ.

Il revint en effet au bout de quatre jours. Quatre jours durant lesquels Laura avait guetté ses fenêtres. L'idée lui était venue d'arracher les cartes de visite, mais elle n'avait pas osé, finalement. Un soir, peu avant dix-neuf heures, elle rentrait à l'appartement lorsqu'un passant qui la précédait sur le trottoir et auquel elle n'avait prêté aucune attention s'arrêta juste devant elle. Sortant de sa poche un trousseau de clés, il ouvrit la boîte aux lettres, en retira deux plis qu'il coinça sous son bras gauche Il se retourna à l'instant où Laura poussait sa porte d'entrée et elle n'eut pas le temps de franchir le seuil.

— Bonsoir ! dit-il avec le petit sourire qu'il avait eu le premier jour. Enfin, je rencontre ma voisine !

Il s'avançait la main tendue, mais elle l'ignora délibérément et claqua sa porte.

« Ainsi le revoilà ! » se dit-elle avec l'impression que son quotidien allait être définitivement gâché par ce voisinage indésirable. La pensée d'être surprise par ce jeune homme dans le jardin triangulaire lui déplaisait si fort qu'elle ne parvint pas à se concentrer sur des problèmes de physique que, d'ailleurs, elle détestait. Mais avait-elle le droit de s'y rendre, dans ce jardin ? Elle savait que ses parents n'en étaient pas locataires ; le nouveau venu, en revanche, risquait fort d'en être le propriétaire. Dans ce cas, il lui serait à jamais interdit !

Cette déduction la laissa atterrée, et elle écrasa sur ses joues deux larmes de dépit. Vite, il fallait imaginer un stratagème pour éloigner ce fâcheux. Mais elle ne trouvait rien, aucune ruse, aucune parade, et elle enrageait d'être aussi sotte.

« Je ferai sauter la maison ! » dit-elle soudain à voix haute en trépignant de colère. Naturellement, elle n'en ferait rien. « Si seulement ce type passait sous une voiture ! » pensa-t-elle encore. C'était ridicule et puéril, car cette éventualité n'avait qu'une chance vraiment infime de survenir.

Incapable de chasser l'inconnu de ses pensées, elle tenta d'imaginer ce que pouvait être sa vie. Il paraissait environ vingt-cinq, vingt-six ans. Étudiant ? Non, sûrement pas. Sa mise décontractée n'en faisait ni un prof ni un banquier. Commerçant ? Employé ? Et dans quel secteur ?

Puis elle s'irrita contre elle-même et ses suppositions. Quelle importance, sa vie, son métier ? Cela ne l'intéressait pas ; le problème, c'est qu'il allait vivre là et qu'il avait libre accès au jardin. Puisqu'elle n'y pouvait rien changer, il ne restait qu'à subir les évènements, la rage au cœur certes, en espérant trouver bientôt une solution pour obliger le jeune homme à aller vivre ailleurs.

Les jours suivants, elle continua à l'épier ; c'était indépendant de sa volonté et elle s'en faisait reproche, mais elle ne pouvait pas s'en empêcher. Chaque matin, très tôt, elle l'apercevait à sa fenêtre grande ouverte ; il contemplait pendant quelques instants le jardin avant de refermer et de quitter la maison.

Laura, alors, se glissait dans l'allée principale où le soleil ne pénétrait pas encore. Les premiers jours, elle était sans cesse sur le qui-vive. Peu à peu, elle se détendit, reprit ses activités coutumières. Néanmoins, elle ne pouvait se défendre de lever parfois les yeux vers les fenêtres closes, dans la crainte d'apercevoir le visage haï à l'affût derrière les rideaux.

Elle n'ignorait pourtant pas que son voisin ne rentrait jamais avant dix-neuf heures. Lorsqu'elle-même regagnait le café pour aider sa mère à préparer le dîner, au premier étage rien ne bougeait encore et la boîte aux lettres n'avait pas été relevée, preuve indubitable que le jeune homme ne déjeunait pas chez lui.

Laura fit une autre remarque : même le dimanche, le jeune homme partait tôt pour rentrer tard. Peut-être quittait-il la ville ce jour-là pour passer la journée dans sa famille, chez des amis…

La jeune fille s'irritait sans cesse d'être aussi préoccupée de son voisin et de ses allées et venues. Cependant, malgré ses résolutions quotidiennes de ne plus s'en soucier, le lendemain elle reprenait sa quête sans jamais rien découvrir de nouveau.

Le bac en poche, enfin, Laura, Marie-Jo et quelques autres lycéennes s'offraient une coupe de glace dans une brasserie du centre-ville. La chaleur de ce début juillet avait dissuadé les jeunes filles de se rendre au cinéma. Installées à l'ombre, sur une terrasse bondée de consommateurs assoiffés, elles bavardèrent de choses et d'autres avant d'aborder un sujet sérieux qui leur tenait à cœur : leur avenir.

Deux d'entre elles avaient décidé de passer des concours administratifs. L'une était tentée par le journalisme, une autre par des études scientifiques. Marie-Jo allait entrer en fac, où elle préparerait une licence d'histoire et géographie.

— Et moi, fit Laura en souriant, vous devez toutes savoir où je grille d'envie de m'inscrire ?

Ce fut un cri unanime :

— Aux Beaux-Arts !

Laura approuva, rayonnante. Son grand regret, pourtant, était de ne pouvoir gagner Paris. Dans la capitale, elle aurait eu le choix entre plusieurs écoles de dessin, décoration ou arts plastiques. Mais comment passer outre à l'interdit paternel ? Sans sa mère, elle aurait eu le cran de le faire, mais laisser Marie seule face à son quotidien, elle ne pouvait s'y résoudre.

Comme elle s'y attendait, la jeune fille s'était heurtée au refus de Victor le jour où elle avait parlé de s'inscrire à l'école de dessin de la rue Ballainvillers.

— Tu veux peut-être devenir architecte ? avait-il jeté méchamment, ses yeux roux brillant d'une sorte de mépris perfide.

Laura comprit qu'il pensait à son frère. Pourtant, comme elle était sensée tout ignorer de Thomas, elle répondit seulement, en gardant tout son calme :

— Non, je serai professeur de dessin !

Surpris, Victor la dévisagea un instant avant de rétorquer :

— Et ça durera combien d'années, tes fameuses études ?

— Si tout va bien, cinq ou six ans sans doute, je ne sais pas exactement mais je vais me renseigner.

— Cinq ou six ans ? Mais tu es folle ! Tu vas pas rester tout ce temps sans gagner ta vie, peut-être ! C'est hors de question, tu m'entends, trouve autre chose !

Laura ne répondit pas. Elle regardait sa mère, debout près de l'évier. La famille achevait de dîner et Marie commençait déjà à récurer une casserole. Elle avait arrêté son geste pour scruter anxieusement le visage courroucé de son mari. Livide, elle tentait de réprimer un léger tremblement. Jamais elle ne s'habituerait aux colères de son mari. Chaque fois que Laura et lui s'affrontaient, la même angoisse l'oppressait, insoutenable.

— Ta fille est folle, répéta furieusement Victor en se tournant vers elle, folle à lier ! Voilà des années que je vous répète la même chose : au travail à seize ans ! Mais, bien sûr, on n'a pas voulu m'écouter ! De plus, ton père a tout fait pour la pousser dans les études. De quoi il se mêle, celui-là ? Qu'il s'occupe donc de ses vaches, ce bouseux !

— Laisse mon grand-père en dehors de ça, cria Laura, exaspérée, et mesure tes paroles ! Ce bouseux, comme tu dis, vaut mille fois mieux que toi et ton café minable ! Si tu ne veux plus me nourrir, je m'arrangerai autrement, n'en parlons plus. Jamais, jamais plus je ne te demanderai quelque chose. J'ai dix-huit ans et je suis capable de me débrouiller seule !

Ainsi lancée, Laura aurait pu continuer des heures à proférer ses griefs contre Victor. Mais elle avait pitié de sa mère ; aussi préféra-t-elle arrêter là une discussion qu'elle savait sans issue. Elle trouverait bien le moyen de prendre ses repas au restaurant universitaire ; ainsi, sa mère bénéficierait d'une paix relative. En ville, il ne manquait pas de petits boulots et elle ne serait pas la seule étudiante à travailler. Au week-end, elle pourrait chercher une place de serveuse en extra, ou devenir baby-sitter, pourquoi pas. Louis, elle le savait, l'aiderait de son mieux, mais elle mettrait un point d'honneur à se suffire à elle-même.

Victor parti, la jeune fille prit sa mère dans ses bras :

— Ce n'est rien, maman, il va se calmer tout seul, comme d'habitude. Ne t'inquiète pas pour moi, tu me connais, je trouve toujours une solution !

Elle avait confiance, en effet ; quoi qu'il arrive, jamais elle ne renoncerait aux études projetées.

Comme de coutume, Laura passa une partie de l'été chez son grand-père, au Guéry. De retour à Clermont, au début de septembre, elle fut frappée de l'extrême pâleur de sa mère.

— Qu'est-ce qui se passe, maman ? demanda-t-elle dès que les deux femmes se retrouvèrent seules. Tu n'es pas bien ? Où as-tu mal ?

— Ce n'est rien, mais il a fait si chaud le mois dernier, un peu de fatigue, c'est tout…

Marie souriait bravement, mais ses yeux étaient cernés de mauve. Laura la prit affectueusement par le cou :

— Je m'en veux de ne pas être rentrée plus tôt, je t'aurais aidée. Pourquoi ne m'as-tu rien dit ? Où as-tu mal, allons, dis-le-moi !

— Mais nulle part, je t'assure ! Maintenant que tu es là, je vais me reposer un peu et tout rentrera dans l'ordre.

— Mes cours ne commencent que dans un mois, dit Laura, qui avait compté sur cette période pour commencer à gagner un peu d'argent. Toi, tu resteras allongée le plus possible, je te remplacerai au café.

La perspective de se retrouver tout le jour en face de Victor ne l'enchantait guère, mais la mine affreuse de sa mère l'inquiétait.

— Tiens, reprit-elle, je vais commencer par aller faire un peu de ménage à l'appartement. D'accord ? De plus, je suis certaine que la panière de repassage est pleine, je me trompe ?

— Non, je pensais finir ce soir…

— Ce soir, tu iras au lit de bonne heure ! Allez, à tout à l'heure !

Sur un baiser affectueux, Laura laissa Marie et s'empressa de gagner l'appartement. Sa curiosité fut la plus forte et, avant toute chose, elle entrebâilla doucement la porte du jardin triangulaire. Les allées étaient désertes. Des trilles d'oiseaux nichés dans le frêne pleureur amenèrent un sourire sur les lèvres de la jeune fille. À n'en pas douter, ce chant ténu s'élevait en son honneur, pour accueillir son retour. Par la voix harmonieuse des petits passereaux, le jardin disait sa joie de revoir la jeune fille amie dans son domaine secret. Mais l'était-il encore vraiment ?

Au premier étage, les volets étaient ouverts mais les fenêtres restaient closes. La jeune fille s'était assurée que la boîte aux lettres de son voisin n'avait pas été relevée. Avant d'entreprendre les travaux ménagers, elle s'accorda un tour de jardin, releva une longue tige de lierre pour l'enrouler autour du vieux puits. Les fleurs et les arbustes avaient soif, et elle les abreuva d'eau fraîche. Enfin, à regret, elle s'installa devant la planche à repasser.

Quand, deux heures plus tard, elle se retrouva dans la rue, elle faillit buter sur son voisin qui rentrait. Contrariée, elle ne sut quel parti prendre, il était trop tard pour reculer. Pestant en elle-même, Laura prit tout son temps pour refermer sa porte à double tour. En vain. Le jeune homme attendait, debout sur le trottoir, visiblement désireux d'engager la conversation.

— Bonsoir ! Vous aviez disparu ces dernières semaines ? En vacances sans doute ? J'ai fait de mon mieux pour l'arrosage du jardin, bien que j'aie peu de temps à moi. Mais vous auriez été si déçue de retrouver toutes les fleurs fanées...

Laura s'attendait si peu à ce discours qu'elle resta muette, indécise sur la conduite à tenir. Ainsi, il l'avait espionnée, lui aussi. Pourtant, très bizarrement, elle ne lui en voulait pas. Sans doute parce qu'il avait pris soin des fleurs. Elle réalisa soudain que le jardin lui appartenait, que c'était elle l'intruse lorsqu'elle s'y installait. La situation avait quelque chose de risible, finalement. Après tout, elle avait eu tort d'appréhender cette présence ; il n'était pas gênant, pas du tout.

— Oui, répondit-elle enfin, j'étais en vacances. Et vous, vous n'en prenez jamais ?

— Oh, moi, fit le jeune homme en riant franchement, je ne peux pas me le permettre ! Seuls les étudiants et les employés ont des vacances, pas les patrons !

— Ah !... Ainsi vous êtes patron ? Et on peut savoir de quelle vaste entreprise ?

Son ton railleur où perçait l'impertinence ne parut pas désarçonner le jeune homme.

— Philippe Lambert, se présenta-t-il. Il y a seulement trois mois que j'ai ouvert un chenil à Boisséjour. Hélas ! je n'ai pas de logement sur place, alors j'ai décidé d'habiter ici.

— Vous louez l'appartement ?

— Non. La maison était à ma grand-mère et je viens d'en hériter.

— Le jardin aussi ? Je veux dire : vous avez hérité du jardin ?

— Oui, mais je n'ai pas de temps à lui consacrer, c'est dommage, je l'aime beaucoup... Mes chiens m'occupent tous les jours, et même les dimanches. Plus tard, je pense que je construirai près du chenil, il y a de l'espace et ce sera plus facile pour moi.

Laura songea que le plus tôt serait le mieux. Après, bon vent ! Elle quitta brusquement le jeune homme sur un léger signe de tête. En marchant vers la rue Sainte-Claire, elle se disait que d'ici un ou deux ans, le jardin triangulaire retrouverait sans doute sa quiétude. Étrangement, elle n'en éprouvait pas la joie escomptée.

« Tu ne sais pas ce que tu veux, ma pauvre fille ! se dit-elle, furieuse contre elle-même. Ce Philippe Lambert que tu haïssais tellement, tu ne vas tout de même pas le trouver sympathique tout à coup ! »

Elle haussa les épaules et ses préoccupations revinrent à la santé de sa mère ; jamais elle ne l'avait vue aussi lasse. Il faudrait l'obliger bientôt à consulter un médecin, en espérant qu'il s'agissait seulement d'un surcroît de fatigue.

XX

Le carnet secret

Un printemps précoce – on était seulement en février – répandait sur les Limagnes une douceur bienvenue. Les bourgeons venaient d'éclore un peu partout, les jardins se paraient de couleurs pastel, les cerisiers au tronc noirâtre commençaient à fleurir.

Dans le jardin triangulaire, les taches jaune vif du forsythia, rouge écarlate des petits pommiers du Japon, éclataient parmi la verdure indisciplinée, égayant les façades sombres et le haut mur gris. Le frêne pleureur ne tarderait pas à s'habiller de vert tendre et, à son sommet, un couple de pinsons des arbres bâtissait hâtivement son nid. Dans les gouttières, des moineaux volubiles piaillaient tout le jour autour de leur première couvée. Dans leur agitation continuelle, ils semaient alentour quantité de brindilles qui venaient parsemer le sable des allées, parmi d'infimes débris de coquilles d'œufs, blanches et friables.

Dans le ciel d'un bleu timide encore s'effilochaient quelques petits nuages laiteux venus de la chaîne des Dômes, dans les frémissements d'une brise un peu piquante, rappelant que la mauvaise saison s'achevait à peine.

Après un détour au café de ses parents, Laura, soucieuse, rentrait rue Gaultier-de-Biauzat. Pendant quelques semaines, après une cure de vitamines, sa mère avait paru moins fatiguée, elle avait retrouvé l'appétit. Et voilà que ce mieux s'atténuait de jour en jour ; sa fille avait tellement insisté que Marie, enfin, venait de prendre un rendez-vous chez un médecin du quartier.

Quitte à manquer un ou deux cours, Laura avait décidé de l'accompagner. Si le diagnostic du praticien se révélait alarmant, elle était certaine que sa mère lui cacherait la vérité.

Laura avait organisé sa vie en fonction de ses cours à l'école des Beaux-Arts. Son grand-père s'était montré très généreux pour son dernier anniversaire ; pourtant la jeune fille épargnait du mieux possible son petit capital. Elle s'était engagée comme baby-sitter chez un couple de professeurs de la ville. Ainsi, elle pouvait assumer seule ses dépenses de nourriture et d'entretien vestimentaire.

Deux soirs par semaine, dès dix-neuf heures, elle s'installait près des enfants dont elle avait la garde. Elle présidait au coucher de l'aînée, une fillette de deux ans et demi. Un peu plus tard, elle changeait son petit frère, un bébé de sept mois, avant de lui donner un biberon et de le remettre au lit.

Les employeurs de Laura rentraient aux environs de minuit aussi, par souci de sécurité, ils la logeaient chez eux. Repartir seule depuis le quartier des Neuf-Soleils au milieu de la nuit aurait été bien trop imprudent. De plus, Laura passait dans cette famille un week-end sur deux, une chambre lui était donc indispensable.

En période de vacances scolaires, on l'employait régulièrement chaque après-midi. Repassage à l'heure de la sieste des petits, promenades, la jeune fille acceptait toutes ces tâches. On la payait bien, là était l'essentiel. La jeune mère, d'origine anglaise, était charmante, elle et Laura s'entendaient à merveille.

Au fil des semaines, la jeune étudiante s'était attachée aux deux enfants, la petite fille surtout, Jenny, qui débordait d'affection pour sa gardienne. Laura riait des discours de l'enfant qui mêlait sans cesse quelques mots d'anglais à ses phrases maladroites. Tony était un bébé toujours souriant. Les soins de sa toilette terminés, il jouait calmement dans son landau et, depuis peu, dans le parc installé pour lui au salon.

Depuis environ deux semaines, avec les premiers beaux jours, Laura avait à nouveau ouvert la porte du jardin, close comme toujours depuis le début de l'hiver. Tout était paisible. À mille petits signes, elle devinait avec bonheur que se préparait le réveil des plantes et des arbustes. Mais elle ne trouverait pas le temps, à son grand regret, de flâner là comme elle aimait le faire, ni de s'y installer pour exécuter quelques croquis ou aquarelles. Entre ses cours et son travail, il n'y fallait pas songer.

Depuis l'automne précédent, la jeune fille avait aperçu son voisin par deux fois seulement, alors qu'il rentrait en voiture.

Quand le jeune homme ouvrait le portail pour la garer dans la courette, la nuit était tombée depuis longtemps. Chaque fois, Laura avait tout fait pour l'éviter et, durant toute la mauvaise saison, elle était parvenue à oublier cette présence proche qui l'avait tellement irritée.

La santé de sa mère la préoccupait bien plus qu'elle ne voulait se l'avouer, toujours au premier plan de ses pensées. Par chance, les heures de cours l'aidaient à oublier un peu ; elle s'était fait de nouvelles relations. Mais, dès qu'elle se retrouvait seule, ce tourment insidieux qu'elle ne pouvait confier à personne, et surtout pas à son grand-père, revenait à nouveau l'habiter, jusqu'à l'obsession.

Le médecin consulté avait conclu à un problème rénal et prescrit des radiographies. Accompagnée de sa fille, Marie revenait de l'hôtel-Dieu, où elle avait passé les examens. Fébrile, Laura attendait maintenant les résultats.

Marie, étrangement, la rassurait, minimisant les choses à l'extrême :

— Je n'ai rien de grave, j'en suis certaine ! Quelques petites douleurs, le soir surtout, rien de plus. Il ne s'agit que d'un peu de fatigue, ne t'inquiète pas, ma grande.

Marie s'efforçait de sourire en prenant sa fille par le cou. Son regard était plein de douceur tendre. Laura, quant à elle, faisait la moue ; elle n'était pas dupe des efforts incessants de sa mère pour donner le change, mais elle préféra se taire et embrasser sa joue pâle avant de lui prendre le bras pour rentrer.

À la mi-avril, enfin, les deux femmes se retrouvèrent au cabinet médical avec les radiographies demandées. Fronçant les sourcils, le médecin examina longuement les clichés, prit le temps de lire avec attention le compte-rendu du radiologue.

— Bon, dit-il enfin, en souriant pour rassurer un peu sa cliente. Le rein gauche présente une tumeur, je veux dire un kyste, et il va falloir opérer.

Devant le manque de réaction de sa patiente et la mine alarmée de la jeune fille, il se hâta d'ajouter :

— Cette intervention, de nos jours, n'a rien d'exceptionnel. Naturellement, cela supposera une hospitalisation suivie d'une convalescence relativement longue, mais, je vous le répète, tout ira au mieux, faites-moi confiance.

Glacée, Laura n'avait retenu que le mot terrible de tumeur. Après quelques secondes de silence, elle entendit sa mère demander :

— Vous pouvez me dire, docteur, combien de jours…

— De jours, non ! fit le médecin en secouant son épaisse chevelure grisonnante. De semaines plutôt, disons sept ou huit au total, mais je ne peux moi-même en décider, je ne suis que généraliste. Je vais vous adresser à l'un de mes confrères, chirurgien à la polyclinique. Lui fixera la date de l'intervention et vous donnera davantage de détails.

Il souriait, se voulait rassurant. La lettre rédigée pour le spécialiste en urologie, il se leva en ajoutant :

— Ne tardez pas à prendre rendez-vous. Il s'agit tout de même d'un problème sérieux, vous en êtes consciente, n'est-ce pas, madame Devèze ?

— Oui, oui, docteur, bien sûr…

Dans la rue, Laura glissa son bras sous celui de sa mère et l'embrassa en disant :

— Pour ton rendez-vous, je vais téléphoner tout de suite, inutile d'attendre pour te soigner.

— Surtout, n'appelle pas du café, dit précipitamment Marie, ton père…

— Enfin, maman ! Si tu dois être opérée, il faudra bien l'avertir ! fit la jeune fille, dont le ton s'était durci.

— Naturellement, soupira Marie, mais il va être furieux, tu penses bien ! Je n'ai pas fini de l'entendre tempêter…

— Furieux ou pas, c'est ta santé d'abord !

— J'espère, reprit Marie, que le médecin se trompe. Huit semaines, tu imagines ? Qui va me remplacer ?

— Écoute, maman, il faudra le temps qu'il faudra, mais je te jure que tu ne reprendras pas ton travail avant d'être complètement rétablie ! J'y veillerai !

Devant le ton déterminé de Laura, Marie se garda d'insister. Mais, si elle n'en disait rien, elle aussi tournait et retournait dans sa tête le mot : tumeur. Un mot sombre, effrayant… Pour elle-même, Marie n'aurait eu qu'une crainte toute relative, mais pour sa fille… Sa petite Laura n'avait que dix-neuf ans, pas encore de situation pour se soustraire à l'autorité paternelle.

Sous ses airs bravaches, elle avait encore besoin de sa mère. Certes, Laura était volontaire et courageuse ; pourtant, à l'idée de la laisser seule définitivement, Marie avait le cœur broyé. Il y avait Louis, bien sûr, et, malgré son âge, il n'abandonnerait jamais son unique petite-fille ; hélas, il avait dépassé la soixantaine, il était loin, et, son affection mise à part, que pourrait-il donner à Laura pour assurer son avenir ? Son père, Marie ne le savait que trop, s'était toujours trouvé totalement démuni face aux colères et aux exigences de Victor.

Toujours accompagnée de Laura, Marie se retrouva peu après dans le cabinet du chirurgien. Victor ne cessait de fulminer contre ces multiples rendez-vous médicaux, toujours à des heures où, disait-il, la présence de sa femme était absolument indispensable au café.

— C'est devenu une vraie manie, depuis quelque temps, d'aller donner des sous à tous les docteurs de Clermont ! Moi aussi, j'ai bien mal ici ou là, et plus souvent qu'à mon tour. Est-ce que quelqu'un m'entend me plaindre ? Non, personne, jamais !

Comme à l'accoutumée, Marie le laissait maugréer sans jamais lui répondre. Mais, le jour où Laura fut le témoin de ces reproches acerbes, son indignation ne connut plus de bornes :

— Tu veux laisser mourir ma mère à la tâche, hein, c'est ce que tu veux ? Tu ne vois pas sa mine affreuse depuis l'hiver dernier ou tu fais semblant de ne rien voir ? Que tu sois d'accord ou non, elle va se soigner. Et ne t'imagine pas qu'une fois opérée elle reprendra aussitôt sa place ici ! Elle se reposera tout le temps qu'il faudra et si tu as besoin d'aide, tu paieras quelqu'un !

— Non mais, jeta Victor, rouge de colère, de quoi tu viens te mêler, toi ? Il y a beau temps que ta place n'est plus ici ! On te voit seulement pour t'entendre rouspéter sur ma façon de faire. Ta mère et moi, c'est pas tes affaires, occupe-toi donc de tes fameuses études et fiche-moi la paix !

Jean-Luc, le serveur, était le témoin de cette algarade ; aussi Marie fit-elle comprendre par gestes à sa fille de ne pas insister.

Sous le coup de la colère, Laura était d'une pâleur extrême, ses yeux étincelaient et un léger tremblement l'agitait tout entière. Elle se dressait contre Victor avec une détermination si palpable que sa mère craignait de les voir en venir aux mains.

L'opération était fixée au 28 avril. Si Laura en avait averti son grand-père – comment faire autrement ? – elle s'était bien gardée de lui rapporter les paroles du chirurgien : un prélèvement pour analyses serait effectué afin de vérifier s'il s'agissait d'une tumeur bénigne. Dans le cas contraire…

Laura s'était armée de courage pour interroger le médecin hors de la présence de Marie.

— N'anticipons pas, voulez-vous ? avait-il dit en posant une main apaisante sur le bras de la jeune fille. Ayez confiance, les analyses ne sont qu'une précaution.

Malgré ces paroles réconfortantes, d'horribles cauchemars venaient troubler les nuits de Laura. Chaque soir, elle obligeait sa mère à se reposer tandis qu'elle-même s'occupait de la vaisselle et du rangement dès son retour. Puis, sans se soucier de Victor à qui elle n'adressait plus la parole, elle entraînait sa mère à l'appartement, la contraignait à se mettre au lit aussitôt.

Les soirs où elle n'était pas de garde chez ses employeurs, elle se chargeait de la lessive et du repassage. Marie protestait :

— C'est toi qui vas tomber malade, à force ! Tes cours, ton travail de nounou, ce que tu fais ici… c'est trop, beaucoup trop !

— S'il le fallait, je pourrais faire le double, répliquait Laura en affichant un entrain factice. J'ai une santé de fer, tu le sais bien. Regarde un peu ces muscles !

Pour amener un sourire sur les lèvres de sa mère, elle gonflait ses biceps et riait. Puis elle embrassait Marie, la bordait comme un enfant et recommandait d'une voix faussement grondeuse :

— Dors vite ! Et demain matin, tu ne bouges pas avant que je donne le signal, d'accord ?

Épuisée, Marie acquiesçait avec reconnaissance. Elle se disait que c'était bon d'avoir une fille si aimante, si proche d'elle.

Puis elle essayait d'oublier la douleur et fermait les yeux.

Au matin du 28 avril, assise sur le rebord du lit de sa mère, Laura lui tenait la main. Déjà, les infirmières avaient préparé la malade en vue de l'intervention. On n'allait plus tarder à venir la chercher pour la conduire au bloc opératoire.

Marie, qui percevait l'angoisse de sa fille malgré son air faussement serein, se reprochait de lui faire subir une aussi douloureuse épreuve. En fin de matinée, son grand-père viendrait la rejoindre ; ensemble, ils attendraient son réveil.

Louis, Laura..., deux êtres qui l'aimaient, l'entouraient de leur mieux, impuissants malgré toute leur tendresse à repousser la maladie, à fléchir le cœur de Victor – mais en avait-il un ? – ce monstre d'égoïsme, de méchanceté gratuite.

Un bruit de chariot dans le couloir alerta les deux femmes : les infirmiers approchaient. Marie, brusquement, revit Thomas dans le jardin ; il lui souriait dans le soleil. Alors, une impulsion soudaine la saisit : et si elle ne se réveillait pas, si la tumeur l'emportait bientôt ? Laura devait savoir...

— Je t'en prie, ma petite fille, dit-elle à voix basse en serrant convulsivement la main qui tenait la sienne, doigts emmêlés. Le jardin, le puits... Enlève la pierre, tu verras... Il faut... La pierre, rappelle-toi...

La porte s'ouvrit, des bras robustes saisirent Marie, l'allongèrent sur le chariot. Laura se pencha pour l'embrasser :

— À tout à l'heure, ma petite maman. Courage ! Je penserai à toi très fort, tout le temps.

Le chariot disparut, la porte se referma et la jeune fille, enfin, donna libre cours aux sanglots qui l'étouffaient depuis si longtemps. Un peu plus tard, une aide-soignante entra pour refaire le lit. Les yeux rouges et gonflés, Laura était pitoyable.

— Ne restez pas là, mademoiselle, allez plutôt marcher un peu dans le parc ! Votre maman ne remontera sans doute pas avant le milieu de l'après-midi. L'air vous fera du bien, il fait si beau.

Laura remercia, prit son sac, quitta la clinique. Indifférente à l'agitation de la place de Jaude et des rues avoisinantes, elle marcha rapidement vers le jardin triangulaire. Le puits, la pierre... Qu'avait donc voulu dire sa mère ? Certes, elle était lucide et pourtant ses paroles paraissaient insensées. En toute hâte, la jeune fille pénétra dans le jardin, oubliant pour la première fois de lever les yeux vers les fenêtres de Philippe Lambert, son voisin.

Une odeur douceâtre et entêtante l'atteignit aussitôt et, à nouveau, ses yeux s'emplirent de larmes. Sous le frêne pleureur le muguet avait fleuri. Marie, ce printemps-là, enfouirait-elle son visage dans les clochettes blanches, nichées dans la fraîcheur des feuilles ?

Résolument, Laura écarta les tiges du lierre accrochées à la muraille inégale du vieux puits. Ses doigts glissaient lentement sur le crépi qui s'écaillait, forçaient en vain sur les joints des pierres grises, marbrées de mousse et de fin lichen roux.

Soudain, une pierre assez large bougea un peu, cédant sous la poussée des doigts impatients. Derrière, dans une cavité peu profonde d'environ vingt centimètres de long, apparut une pochette de toile cirée vert pâle.

La jeune fille en déchira difficilement deux épaisseurs soigneusement cousues et en retira un carnet à dessin, intact. Elle le feuilleta fébrilement, clouée par la surprise et l'émotion. Stupéfaite, elle découvrait des croquis, des aquarelles reproduisant les arbres et les fleurs du jardin. Sur une dizaine de pages, Marie, âgée sans doute d'une vingtaine d'années, dans différentes poses, le visage lumineux, telle que sa fille ne l'avait jamais connue.

Qui avait peint ces esquisses ? Au fil des pages, aucune signature permettant de le deviner, mais, à l'intérieur du dos de couverture, elle lut une date qui acheva de l'intriguer : *Été 1956*.

Laura se dit soudain qu'elle aurait pu être l'auteur de ces dessins dont le style était si proche de ses propres œuvres.

Pensive, elle enfouit le carnet dans son sac, remit la pierre en place et reprit lentement le chemin de la clinique.

XXI

Angoisses

Très affaiblie par une longue opération, Marie subissait les premières chaleurs dans sa petite chambre de clinique étouffante. Durant les premières nuits, Laura et son grand-père s'étaient relayés au chevet de la malade. Victor n'avait pas jugé bon de paraître, et sa femme ne s'en plaignait nullement, bien au contraire.

Refusant de le côtoyer soir et matin à l'appartement, Laura avait demandé l'hospitalité à son amie Marie-Jo. Séparées depuis leur sortie du lycée, les jeunes filles ne se rencontraient plus que rarement ; le rôle de baby-sitter de Laura lui laissait peu de temps de loisirs. Pourtant, leur vieille amitié ne s'était jamais démentie.

Spontanément, Marie-Jo proposa que toutes les deux partagent sa chambre, et Laura put s'épancher, confier son terrible tourment qu'elle et Louis voulaient se dissimuler l'un à l'autre. L'attente des résultats d'analyses devenait intolérable.

Louis avait dû regagner sa ferme où le voisin, toujours complaisant, prenait soin de son bétail. Mais le temps était venu de préparer la montée à l'estive. Il avait cependant promis à sa petite-fille de revenir très vite auprès de Marie. Durant ses séjours à

Clermont, il logeait dans un petit hôtel de la rue Dulaure, où il était connu depuis de longues années, maintenant.

Par hasard, il avait rencontré Gervais, qui avait aussitôt rendu visite à Marie, avec un gros bouquet de tulipes. L'ancien serveur de Victor, marié et père de famille, avait pris la suite de ses derniers patrons, dans le café de la place Saint-Pierre. En faisant leur marché, Marie et Laura surtout entraient chez lui de temps à autre. Tous les trois étaient de vieux amis ; la jeune femme de Gervais se montrait toujours aimable, bien que débordée par son travail et deux petits diables de quatre et six ans.

À plusieurs reprises, Jean-Luc, le serveur de Victor depuis une huitaine d'années, avait profité de ses moments de coupure pour se rendre auprès de sa patronne. Touchée de ses visites, Marie demandait :

— Tout va bien, au café ? Les habitués vous gardent toujours leur clientèle, au moins ?

Peu loquace, le jeune homme se contentait d'acquiescer, ajoutant :

— Tous demandent de vos nouvelles, madame Devèze, et ils espèrent vous voir bientôt rétablie.

Marie souriait, le remerciait. Sans le dire, elle se demandait bien ce que pouvait répondre Victor aux clients qui se souciaient d'elle. Par qui aurait-il pu avoir de ses nouvelles ? Laura, elle le savait, ne mettait plus les pieds au café et, lorsqu'elle avait besoin de se rendre à l'appartement, c'était toujours à des heures où son père ne risquait pas d'y paraître. Quant à Jean-Luc, il était bien évident qu'il taisait à son patron ses visites à la polyclinique.

Sans doute Victor restait-il évasif :

« Ça va, ça va... », devait-il dire en s'empressant de changer de sujet.

Et si un client insistait un peu trop, voulait connaître la date du retour de la patronne, il répondait certainement :

« Le docteur n'a rien dit encore, on attend... », ou quelque chose de ce genre.

Marie haussait les épaules et s'empressait de penser à autre chose. D'après le chirurgien, l'opération s'était passée pour le mieux. En attendant le résultat des analyses, sa patiente devait rester au calme, ne pas faire d'imprudences. Dix jours après l'intervention, Marie s'alimentait très peu, n'était pas encore autorisée à quitter son lit. Les infirmières la grondaient gentiment en voyant repartir les plateaux :

— Vous ne prendrez pas de forces, madame Devèze, si vous ne mangez pas davantage ! Demain, il faudra vous montrer plus raisonnable et finir vos rations, promis ?

Marie répondait doucement qu'elle n'avait jamais eu grand appétit et que le manque d'exercice n'était pas fait pour y remédier. Elle était tout le contraire d'une malade exigeante, s'excusait sans cesse de déranger. Lorsque son père ou sa fille demandaient :

« De quoi as-tu besoin ? Qu'est-ce qui te ferait plaisir ? », elle répondait invariablement :

« Mais rien, rien du tout, je vous assure ! Ici, j'ai tout ce qu'il me faut. »

Laura la coiffait, attachait ses longs cheveux blonds sur sa nuque avec un ruban. Elle lui avait offert une chemise de nuit du bleu de ses yeux, à col Claudine et petites manches ballon, qui la rajeunissait.

Mine de rien, la jeune fille observait le teint diaphane de sa mère, ses joues trop creuses, ses mains amaigries. La date fatidique approchait ; deux jours plus tard, le médecin devait communiquer les résultats à sa patiente. Laura avait demandé, en cas de mauvaise tumeur, que l'on n'en dise rien à sa mère. Mais elle avait dû se rendre aux raisons du chirurgien : on ne pourrait duper Marie, qui devrait alors subir un traitement, certainement long et douloureux.

En quittant la clinique, Laura se rendit d'abord à l'appartement, où elle devait passer prendre du linge. Elle y dînerait seule, rapidement, puis rejoindrait la rue Fontgiève pour dormir chez Marie-Jo.

Son sac rempli de vêtements, elle ne put avaler la moindre bouchée de son omelette au jambon. L'estomac révulsé, elle jeta le contenu de son assiette, lava rapidement la vaisselle. Il était tôt encore, Marie-Jo et sa famille devaient être à table. La gorge nouée, Laura se dirigea instinctivement vers son refuge de toujours : le jardin.

C'était un soir de juin très doux. Il faisait grand jour encore, mais, dans l'ombre des murs, un début de fraîcheur ranimait un peu les arbustes. La jeune fille se reprocha de les négliger. Réussissant à faire taire son anxiété, elle remplit plusieurs fois l'arrosoir pour désaltérer les arbres et les plantes aux feuilles ramollies par la chaleur du jour.

Très haut, voilé de rose et de mauve, le ciel pâlissait. Mais, à l'abri des branches feuillues, des oiseaux chantaient encore.

Tout au fond du jardin, un couple de mésanges bleues, hardies et indifférentes à la présence de

Laura, vint boire dans une flaque. Brusquement, sans raison, l'odeur de la terre mouillée, encore tiède, fit monter des larmes aux yeux de la jeune fille.

Abandonnant l'arrosoir, elle s'assit sur le seuil du corridor, posa sa tête cachée dans ses bras repliés sur ses genoux et, malgré ses résolutions de ne pas s'effondrer, donna libre cours à une peine insurmontable, trop longtemps jugulée.

— Vous avez des problèmes, je peux vous aider ?

Interdite, Laura leva un visage gonflé et rouge vers celui qui l'interpellait. Comme la voix, très douce, le regard était plein de bienveillance. Il fallut quelques secondes à la jeune fille pour reconnaître Philippe Lambert.

En temps normal, elle l'aurait vertement prié de s'occuper de ses affaires et rapidement tourné les talons. Mais son désarroi était tel que ce réflexe de colère ne lui vint pas. Au contraire, elle s'entendit répondre d'une voix sans timbre :

— Ma mère, elle vient d'être opérée... c'est très grave... je crains...

Elle n'acheva pas. Il lui semblait que formuler ses appréhensions les rendrait tangibles, alors même qu'elle s'efforçait vainement de les repousser. Elle s'essuya les yeux, tordit un instant son mouchoir entre ses doigts.

— Vous permettez ?

Sans attendre de réponse, le jeune homme s'assit près d'elle, sur la pierre tiède.

— Racontez-moi, dit-il avec un sourire encourageant.

Alors, à son propre étonnement, Laura se confia à cet homme, cet étranger que la veille encore elle maudissait et détestait tellement. Il l'écouta sans l'interrompre. Et, quand elle se tut, il dit posément :

— J'espère très sincèrement que les résultats des analyses seront satisfaisants. Mais, dans le cas contraire, il faudra vous battre aux côtés de votre mère. Vous êtes volontaire, je crois, et votre aide lui sera précieuse. Surtout, ne vous découragez pas. Le corps a des ressources insoupçonnées. Ce qu'il faut, c'est lutter, ne jamais baisser les bras. Seul, c'est très difficile, mais, grâce à votre présence, à votre dynamisme, je suis certain que votre mère guérira.

Il avait posé sa main sur les mains de la jeune fille, réunies, frémissantes, au creux de ses genoux.

— Vous allez un peu mieux ? demanda-t-il encore, ses yeux clairs amicalement plantés dans ceux de Laura.

Elle parvint à lui sourire.

— Un peu, oui, grâce à vous…

— Promettez-moi de me donner des nouvelles de votre mère au plus vite, dit le jeune homme en se levant.

— Oui, dit-elle, en se mettant debout elle aussi, je vous le promets.

— Demain soir, ici ? Je rentre tard…

— Oui, demain soir. Merci.

Laura se sentait toute confuse, comme s'il avait pu deviner combien elle l'avait haï, voué à tous les démons, promis à toutes les catastrophes. Philippe lui tendit la main, et cette main était infiniment chaleureuse et réconfortante.

— Bonne nuit, dit-il, vous devez dormir pour être forte ! Vous avez dîné au moins ?

Elle mentit, affirma qu'elle venait de manger à l'instant. Puis elle le regarda franchir en une seule enjambée les trois marches du perron. Au moment de refermer les volets de la porte-fenêtre, il la fixa un instant et lui fit un petit signe amical avant de disparaître.

Dans la nuit tombante, Laura prit la direction de la rue Fontgiève. Des éclats de voix, des rires, lui parvenaient depuis des fenêtres largement ouvertes sur la fraîcheur du soir. La ville, enfin, respirait. Mais les bruits de la rue lui paraissaient assourdis par une sorte de voile cotonneux. Elle avait l'impression de se mouvoir dans un monde légèrement irréel.

L'image de son voisin l'accompagnait. Il était grand, un peu bronzé, des mèches courtes et souples de cheveux châtains retombaient sur son front. Il était venu à elle avec une extrême douceur, une simplicité amicale de vieille connaissance et il avait su trouver les mots pour l'apaiser.

« Philippe… » dit-elle à mi-voix, incapable encore de démêler ses sentiments à l'égard de ce garçon qui, elle devait bien se l'avouer, ne ressemblait en aucune façon à celui qu'elle avait imaginé.

Le lendemain, dans la matinée, Marie reçut la visite de son oncle André, venu de son village du Cros. Christiane, sa femme, n'avait pu l'accompagner ; elle souffrait de rhumatismes invalidants, se déplaçait avec deux cannes et ne quittait plus sa maison. Jean-Paul, leur fils, exploitait la ferme familiale avec l'aide de sa femme. Les parents s'étaient retirés à deux pas, et André secondait le couple, lui évitant de payer un domestique.

Comme autrefois, Louis se rendait souvent au Cros, tenait compagnie à Christiane qui trouvait les journées bien longues. Si Marie, cloîtrée à Clermont par son despote d'époux, ne visitait plus guère son oncle et sa tante, Laura s'y rendait relativement souvent durant ses vacances au Guéry. Sa grand-tante la gâtait de son mieux, comme elle l'avait fait autrefois pour Marie.

Christiane avait chargé son mari d'une brassée de roses en boutons pour leur nièce.

— Tu as des visites, j'espère ? demanda André, qui répugnait à prononcer le nom de Victor.

— Bien sûr ! Laura ne va pas tarder, mais elle avait des cours ce matin. Mon père doit redescendre en ville d'ici deux ou trois jours. Et puis j'ai quelques connaissances, des clients et d'anciens employés qui viennent me voir... Victor n'a guère le temps... Au café, il vient d'embaucher un second serveur, mais il faut le mettre au courant.

André hocha la tête. Il ne tenait nullement à rencontrer Victor qu'il détestait cordialement. Mais il attendit Laura, l'emmena déjeuner dans un petit restaurant près de la cathédrale. Son affection un peu maladroite mais tellement sincère fit du bien à la fille de Marie.

— Tu nous tiendras au courant pour ta mère ? demanda André.

— Oui, bien sûr. J'appellerai la tante Christiane.

L'espace d'un instant, il sembla à la jeune fille que son cœur avait cessé de battre. Demain... Qu'allait lui annoncer le docteur ? Elle embrassa et remercia son grand-oncle et partit en hâte vers la clinique. Le ciel se couvrait de lourdes nuées violettes ; l'air, avant l'orage, était suffocant et la robe d'été de Laura collait à sa peau moite. Elle s'efforçait de penser à son travail, à l'examen de fin d'année imminent, mais son esprit revenait sans cesse, malgré elle, auprès de sa chère malade qui l'attendait dans sa petite chambre, là-bas.

L'orage de la veille avait lavé les rues et les façades noires, rafraîchi l'air sur la ville, qui semblait revivre dans une lumière dorée, étincelante. Ce jour nouveau s'accordait à merveille avec la joie de Laura. Une exaltation indicible la soulevait, et elle devait se retenir pour ne pas danser sur le trottoir, le long de l'avenue.

Souriant, le médecin était venu annoncer à Marie qu'elle était en voie de guérison, les analyses négatives confirmant son diagnostic de tumeur bénigne.

Riant et pleurant à la fois, Laura avait étreint sa mère dans un élan irraisonné, l'embrassant sur le front, dans les cheveux, répétant :

— Maman, ma petite maman...

Puis elle s'était reprise, avait transmis aussitôt la bonne nouvelle à son grand-père et à sa famille du Cros. Pour son père, elle n'avait pas eu une seule pensée. S'inquiétait-il de la santé de Marie ? Savait-il seulement qu'un risque tragique venait d'être écarté ? Non, bien sûr que non ! Victor paraissait se soucier ni de sa femme ni de sa fille. Seule la bonne marche de son commerce l'intéressait ; Laura se disait que c'était très bien ainsi. Son souhait le plus cher, maintenant que sa mère était hors de danger, était de ne plus jamais le revoir. Mais elle savait fort bien que, une fois Marie revenue au café après sa complète guérison, elle y retournerait aussi, forcément.

Dans le milieu de l'après-midi, Marie demanda soudain :

— Le puits... Tu y es allée ?

Elle avait encore pâli, paraissait inquiète, nerveuse.

— Oui, maman, j'ai trouvé le carnet, je l'ai, là dans mon sac. Tu veux le voir ?

Lentement, un léger sourire très émouvant aux lèvres, Marie tournait les pages une à une. Des larmes, brusquement, coulèrent sur ses joues.

— Maman, je t'en prie, calme-toi ! Dis-moi... Ce carnet d'aquarelles, à qui est-il ?

— À Thomas, répondit doucement Marie en fermant un instant les yeux.

Alors Laura eut une révélation soudaine. Doucement, elle questionna :

— Thomas ? Vous vous aimiez ?

— Oui, ma chérie, oui. Mais c'est si loin, si loin, presque vingt ans...

Là-dessus, deux infirmières chassèrent gentiment la jeune fille. Elles venaient refaire le pansement de Marie. Puis il y eut, dans la chambre, plusieurs allées et venues du personnel soignant, une visite de Gervais. Si bien que jusqu'à dix-huit heures trente, l'heure du dîner, Marie ne put se confier davantage.

Laura dut attendre quelques jours encore avant de pouvoir reparler de Thomas. Pas par curiosité, non. Mais elle devinait que sa mère avait éprouvé pour lui un tel amour, si profond, si vrai, qu'il durait encore, malgré les années. Et la jeune fille voulait savoir. Pourquoi s'étaient-ils séparés ? Victor, sans nul doute, avait fait fuir Thomas. Où se cachait-il à présent ?

XXII

Convalescence

Au retour de la polyclinique, d'autorité, Laura avait installé sa mère dans sa propre chambre.

— Mais toi ?... s'inquiéta Marie.

— Moi ? Donne-moi une petite demi-heure et tu vas voir !

La jeune fille s'éclipsa avec un grand sourire. Après d'ultimes recommandations à sa mère, avec interdiction de se lever, elle partit rapidement vers le grand magasin des Galeries de Jaude. Là, au rayon du matériel de camping, elle fit l'acquisition d'un lit de toile pliant.

— Maman, regarde !

Triomphante, Laura dépliait le lit étroit au pied de celui où reposait sa mère.

— On ne va pas être bien, là, toutes les deux ?

Se penchant vers Marie, elle l'embrassa avec tendresse.

— Ma petite fille... Qu'est-ce que je ferais si je ne t'avais pas ?

— Mais tu m'as, justement ! Maintenant, repose-toi, je vais aller faire quelques courses pour le dîner.

— Ton père sait que je suis rentrée ?

L'anxiété perçait dans la voix encore faible de Marie. Toujours cette gêne angoissée vis-à-vis de Victor...

— Il le verra bien en rentrant ce soir, jeta Laura avec impatience. Ces dernières semaines, il ne s'est pas soucié de toi, il vit sa vie et nous la nôtre ! À tout à l'heure, essaie de dormir un peu.

Prête à refermer la porte, du bout des doigts elle envoya un baiser à sa mère avant de partir faire ses achats.

Lorsque Victor vint se coucher, vers vingt-trois heures seulement, Laura avait éteint la lumière depuis longtemps. Mais, pour lui signifier le retour de sa mère, elle avait volontairement laissé sa petite valise vide à la cuisine ; son père, elle le savait, y entrait chaque soir avant de se mettre au lit.

Le lendemain, elle attendit le départ de Victor avant de donner signe de vie. La jeune fille savait sa mère réveillée, elle aussi, mais elle s'était bien gardée de bouger.

Enfin, Laura put se lever, préparer le petit déjeuner. Elle apporta le plateau, embrassa sa mère, l'obligea à manger deux biscottes beurrées.

— Je me demande bien comment ton père s'arrange pour l'entretien de son linge, dit soudain Marie, songeuse. Laver, repasser, il en est bien incapable !

— Ne t'en inquiète donc pas, maman, il y a bien assez de laveries et de boutiques de nettoyage en ville, et il est assez grand pour se débrouiller !

Le ton de Laura était abrupt, agacé, et Marie détourna la conversation.

— Tu vas être en retard pour tes cours, ma pauvre petite !

— Non, ce matin je n'ai rien, mentit Laura, cet après-midi seulement.

Si près de son examen, manquer un cours était très ennuyeux. Pourtant, pendant quelques jours, il lui faudrait soigner sa mère trop faible encore, pourvoir aux courses, aux repas, à l'entretien du linge.

La vaisselle rapidement lavée et rangée, Laura revint s'asseoir au bord du lit ; dans les siennes, elle prit la main pâle et amaigrie abandonnée sur le drap.

— Maman, je voudrais savoir... Si tu aimais Thomas, pourquoi avoir épousé son frère ? Je t'avoue que je comprends mal...

— C'est pourtant très simple, ma chérie. Quand j'ai connu Thomas, j'étais mariée depuis deux mois et demi.

Marie se tut, trop émue pour continuer son récit. Bientôt pourtant, Laura se risqua à demander :

— Raconte-moi, s'il te plaît !

Alors, Marie plongea dans ses souvenirs. Elle dit le jour de l'an, montra la petite chaîne d'or fin qui n'avait jamais quitté son poignet. Elle dit le retour de l'armée de Thomas avec le printemps, leur complicité, leur amour fou dans le jardin solitaire qui cachait si bien leur secret. Elle parlait avec retenue, non de crainte de choquer sa fille mais parce que c'était sa nature à elle, réservée, pudique, presque trop.

— Et, dit-elle enfin pour conclure, je m'en veux terriblement...

— D'avoir trompé mon père, interrompit Laura, ou de ne pas l'avoir abandonné pour suivre Thomas ?

— D'être la cause de la rupture entre les deux frères. Je savais que Thomas ne reviendrait jamais. Il ne pouvait pas continuer à trahir Victor.

Marie, alors, raconta comment le frère aîné s'était chargé de Thomas, petit orphelin d'à peine huit ans dont il était la seule famille. Il l'avait élevé, lui avait permis, en assumant toutes les dépenses, de poursuivre des études, d'accéder à un métier valorisant qui le passionnait.

— Il l'aimait tellement, Thomas, il en était si fier... Il n'a jamais supporté, jamais compris son éloignement sans retour, et il ne lui a jamais pardonné.

— Ce n'est pas très grave, dit Laura en haussant les épaules. D'ailleurs, tu dois un peu exagérer, maman, mon père n'aime personne, que lui et son argent !

— Tu te trompes, ma chérie ! Malgré son affreux caractère, Victor n'est tout de même pas un monstre. Son petit frère, il l'aimait vraiment, avec la tendresse d'un père et d'une mère à la fois.

Le silence retomba entre les deux femmes. Marie n'osait aller plus avant dans ses confidences.

Laura était tellement braquée contre Victor. Comprendrait-elle que Marie l'avait épousé pour épargner son grand-père aux abois ? Certainement non... À quoi bon, se dit-elle, résignée, tout cela est si loin maintenant.

Laura devait rester dans l'ignorance du rôle que Louis, malgré sa répugnance, avait joué dans son mariage avec Victor. Elle-même, d'ailleurs, n'en avait jamais su les raisons véritables. Peut-être aurait-il fallu, à l'époque, exiger de connaître le secret – car c'en était un, assurément – qui livrait son malheureux père, et par conséquence elle aussi, aux sommations de Victor.

Subitement, des larmes débordèrent des yeux de Marie.

— Je suis si fatiguée, songeait-elle sans réussir à se reprendre, si fatiguée...

— Maman, s'inquiéta sa fille en se penchant pour l'envelopper de ses bras, maman, calme-toi, n'en parlons plus !

— Mais si, insista Marie en s'emportant presque, parlons-en ! Je viens de te dire que Thomas avait trahi son frère, mais moi, est-ce que je n'en ai pas fait autant ? Et maintenant, n'ai-je pas droit à ton mépris ?

Un éclat fiévreux, exalté, brillait dans le regard bleu-mauve qui fixait intensément sa fille, son juge.

Légère, amicale, la main de Laura glissa doucement sur les cheveux de sa mère.

— Sois rassurée, ma petite maman, je ne te blâme pas, au contraire. J'ai dix-neuf ans, l'âge que tu avais à l'époque. L'idée de devoir vivre avec un mari tel que le tien me révulse ! Aussi, je ne comprends toujours pas pourquoi tu n'as pas fui très loin avec Thomas. Il se sentait coupable, d'accord, mais son amour pour toi aurait dû être le plus fort, non ? D'ailleurs, si tu l'aimais tellement, c'est qu'il n'avait rien de Victor, n'est-ce pas ?

— Je n'aimais pas Victor, c'est vrai, mais je n'avais pas le droit de le quitter. Et ce sont des choses que je ne puis te dire, ma chérie. Il s'agit... enfin, c'est un secret qui ne m'appartient pas, voilà ! Je le regrette, oh oui ! Pourtant je ne peux pas t'en dire davantage.

Laura perçut le trouble de sa mère, visiblement chavirée par le rappel d'événements sans doute terribles pour elle, et elle comprit qu'il valait mieux abandonner le sujet.

— Bien, fit-elle, affichant un air désinvolte, maintenant il nous faut envisager ta convalescence. Voilà ce que j'ai prévu.

La jeune fille, comme toujours, venait de prendre une décision sur laquelle elle ne reviendrait pas.

Elle désirait éloigner sa mère, sinon Victor ne tarderait pas à exiger sa présence au café. Pour cela, une seule échappatoire s'offrait à Marie : quitter Clermont pour quelques semaines.

Comme convenu avec sa petite-fille, Louis vint chercher Marie pour l'installer à la ferme sous le puy Corde. À son grand regret, Laura ne put être du voyage ; elle n'avait déjà perdu que trop de temps pour la préparation de son examen.

De plus, elle ne voulait pas abandonner sa place de baby-sitter avant la fin de l'année scolaire.

D'une part, ses employeurs comptaient sur elle avant leur départ pour l'Angleterre, où ils passeraient les grandes vacances ; d'autre part, Laura avait un réel besoin de la modeste paie gagnée à leur service.

Fin juin seulement elle rejoindrait sa mère au bord du lac de Guéry. Heureusement, depuis quelques années, Louis avait fait installer le téléphone à la ferme. Aussi, chaque jour ou presque, elle pourrait appeler sa mère depuis la poste ou, le plus souvent, depuis le café de Gervais, place Saint-Pierre.

Seule à nouveau, Laura avait une fois encore demandé à Marie-Jo de l'héberger pour la nuit. Le face-à-face avec son père lui paraissait impensable, même si l'un et l'autre devaient seulement se croiser à l'appartement. Mais elle travaillait là une partie de l'après-midi, y prenait son repas du soir bien avant le retour de Victor. Et, tout en se défendant de prêter une quelconque importance à ces rencontres, dès dix-neuf heures, elle se surprenait à guetter le retour de Philippe, son voisin.

Si Marie avait facilement accepté de partir passer sa convalescence chez son père, elle avait exigé que son mari soit averti assez tôt de ce départ.

— Je vais jusqu'au café, dit-elle un matin, je ne peux tout de même pas m'en aller sans avoir prévenu ton père !

Laura s'était récriée, mais, devant la détermination de Marie, elle avait cédé en posant ses conditions :

— D'accord, il va être mis au courant, mais par moi ! Ma pauvre maman, tu n'as aucune défense ! Il gémira que tu fais besoin au café et tu te laisseras persuader bien sûr, je te connais !

Laura choisit de n'avertir son père que le jour du départ de Marie. Ainsi, il n'aurait pas le temps de tenter de convaincre sa femme de reprendre son travail à ses côtés. Si la jeune fille n'appréhendait pas vraiment la confrontation inévitable, elle espérait qu'il ne ferait pas de scandale devant la clientèle.

Le jour dit, dès huit heures en se rendant à son école, Laura poussa la porte du café. Jean-Luc qui portait un plateau garni de tasses et de soucoupes la regarda, interdit de sa présence. Puis, se reprenant très vite, il s'empressa de répondre au « Bonjour ! » que la jeune fille avait jeté à la ronde, mais il continua son service sans oser lever les yeux vers le patron.

Accoudé derrière son bar, Victor n'eut pas un geste, pas un mot à la vue de sa fille, mais il avait légèrement pâli.

— Tu as une minute ? demanda Laura en se dirigeant vers la porte de la cuisine.

Victor hésita un instant, jeta un coup d'œil aux cinq consommateurs attablés. Un autre client, debout devant le bar, soufflait sur un café trop chaud où il trempait un croissant. Soucieux d'éviter une dispute en public, le patron suivit à regret la jeune fille et prit soin de refermer la porte.

— Je venais te dire que ma mère va passer sa convalescence au Guéry. Elle part tout à l'heure, avec mon grand-père.

Devant le silence de Victor, Laura, soulagée, fit mine de repasser la porte. Une impulsion subite la fit pourtant se retourner. Elle regarda l'homme droit dans les yeux et dit, contenant de son mieux sa colère :

— Les nouvelles de la santé de ma mère sont à cent lieues de tes préoccupations, je vois ! Ton esclave ne t'intéresse qu'en fonction du travail qu'elle rend, sinon…

— Dégage d'ici ! ordonna Victor d'une voix mesurée où perçait néanmoins la menace. Je veux plus avoir affaire à toi, tu m'entends ? Quant à ta mère, on aura bientôt une explication, elle et moi. Faudra qu'elle sache ce qu'elle veut faire, à la fin !

— Avant tout, elle doit se soigner ! répondit Laura d'une voix blanche. Il lui faut du repos, et toi, tu es un véritable négrier !

Les yeux brillants de rage, Victor leva la main, mais, déjà, Laura avait disparu. Quand il reprit sa place derrière le bar, elle remontait la rue en courant presque. De ce bref affrontement, sa mère ne saurait rien. Le cœur de la jeune fille cognait si fort qu'il lui faisait mal.

Rue Saint-Esprit, elle retrouva quelques camarades et finit le trajet jusqu'à l'école en leur compagnie. En s'efforçant de chasser de ses pensées cette scène pénible, elle se jeta dans le travail à corps perdu. À midi, elle irait déjeuner avec sa mère et Louis. Puis ce dernier emmènerait Marie vers le calme des montagnes ; là-bas, la jeune fille en était certaine, sa mère retrouverait tout à fait la santé.

Après, on verrait bien…

À plusieurs reprises, Philippe Lambert était venu sonner à la porte des Devèze pour prendre des nouvelles de Marie. Toute à sa joie des résultats optimistes après les analyses médicales, Laura n'avait pas attendu sa visite pour lui en faire part. La joie manifeste du jeune homme l'avait alors profondément émue. Ce voisin si maudit, détesté, étrangement était devenu un confident, un ami.

Rarement, après sa longue journée de travail, Philippe s'accordait une pause dans le jardin paisible, assis sur une marche de pierre près de Laura. Après avoir parlé de la santé de sa mère, il s'informait de ses études. Conquise par sa simplicité et sa gentillesse insoupçonnée, la jeune fille lui avait montré ses carnets de croquis, puis quelques sanguines, ainsi que des portraits au fusain.

Objectivement, le jeune homme admirait, critiquait aussi parfois. De ses remarques, Laura, si susceptible, ne prenait pas ombrage, bien au contraire. Elle les savait émises dans le but de lui venir en aide et non de la blesser. Alors, dans ses travaux, elle en tenait compte.

Les soirs où Philippe et elle ne se rencontraient pas, elle partait très déçue rejoindre Marie-Jo. Ces jours-là, elle le savait, le jeune homme avait un problème au chenil : une bête malade, un employé absent... Aussi, dès le lendemain, Laura s'empressait de venir s'informer.

— Cela vous plairait de visiter mon élevage un de ces jours ? demanda Philippe un soir.

— Oh oui, beaucoup !

Les yeux brillants, Laura souriait comme une enfant à qui l'on propose une agréable promenade.

Attendri, Philippe contemplait le visage juvénile aux traits réguliers, la chevelure blonde en cascade, et il se sentait soudain troublé par cette présence proche.

— Mais, fit Laura avec une petite moue déçue, jusqu'à fin juin je ne trouverai pas un seul moment de liberté...

— Un peu plus tard, alors, après votre examen.

— Oui, d'accord !

La jeune fille avait retrouvé tout son entrain et ses yeux noirs étincelaient de contentement. Dans le jardin triangulaire, les ombres des arbustes s'allongeaient sur le gravier des allées. Une petite brise vint rafraîchir l'air saturé de l'odeur discrète et sucrée des églantines.

— Vous n'avez pas dîné, je suppose ?

Laura levait son visage vers le jeune homme déjà debout pour partir.

— Non, je vais me mettre en cuisine ! dit-il en riant. Mais... cuisine express, bien sûr !

— Si vous voulez, je vous invite. J'ai des tomates, du jambon, un morceau de fromage et des fraises. Le temps de faire une vinaigrette et tout sera prêt.

— Dans ce cas, j'accepte sans remords. J'ai horreur de me mettre aux casseroles. Même couper une tomate me rebute, alors vous voyez !

Les jeunes gens rirent ensemble avant de gagner aussitôt la cuisine de Laura. La dînette partagée leur parut somptueuse. La jeune fille avait versé un peu d'eau et du vin sur les fraises bien sucrées et ils s'en régalèrent comme deux enfants comblés de friandises.

XXIII

Philippe

Le dernier week-end de juin, Laura aida sa patronne à faire ses bagages ; elle quittait Clermont pour deux mois avec son mari et ses enfants.

Le petit Tom, qui marchait seul depuis peu, demandait une surveillance constante. Les deux femmes l'avaient donc installé près d'elles, sur un tapis, avec ses jouets. Mais le bébé, attiré par le beau soleil du dehors, voulait rejoindre sa sœur dans le jardin ; de ses petits poings, il tapait en pleurnichant la porte trop bien fermée.

— Bon, je finirai seule, soupira sa mère. Laura, emmenez-le donc jouer près de sa sœur, je vous prie.

Jenny courut au-devant de sa baby-sitter qui guidait les pas encore maladroits de son petit frère.

— Maman dit qu'on va partir très loin, fit la petite avec une moue dépitée, mais moi, je veux pas, je veux rester ici avec toi !

Laura s'accroupit auprès d'elle, prit sa petite main :

— Écoute, Jenny, en Angleterre tu vas bien t'amuser chez ton papy et ta mamie. Il leur tarde de te revoir, tu sais !

Peu convaincue, la petite s'assit dans l'herbe, près de son frère qui en arrachait des brins avec ses petits doigts. Quelques minutes plus tard, Jenny avait retrouvé son sourire. Laura tressait de longues herbes souples pour lui faire des bracelets où elle mêlait de minuscules fleurs roses. Ravie, la petite quitta sa mine boudeuse et, bientôt, sa mère entendit des rires joyeux monter du jardin.

Après des adieux et de gros baisers aux deux petits, avec la promesse de se retrouver à la mi-septembre, Laura partit à pied vers la rue Gaultier-de-Biauzat. Le trajet était assez long, mais la jeune fille n'y prenait pas garde, la joie lui donnait des ailes. Elle avait réussi son examen de fin d'année et, le lendemain, Philippe l'emmènerait passer la journée au chenil. Deux jours plus tard, son grand-père viendrait la chercher ; alors, en même temps que sa mère, elle retrouverait le lac, les pâturages et ses chères montagnes à la beauté immuable.

Les nouvelles de Marie étaient bonnes. Sa fille lui manquait, certes, mais Louis était aux petits soins. Elle faisait de courtes promenades au bord du lac et l'air vivifiant des hauteurs mettait un peu de rose sur ses joues encore pâles.

Par deux fois déjà, son père l'avait conduite au Cros, où la tante Christiane avait pleuré de bonheur en la revoyant presque définitivement guérie. Le café étouffant et ses contraintes étaient bien loin, les constantes récriminations de Victor aussi. Pour Marie, la vie était si paisible, si douce, que la pensée de devoir regagner Clermont dans quelques semaines lui semblait une échéance très lointaine. De toutes ses forces, elle en repoussait la perspective ; il serait bien assez tôt de s'en soucier le moment venu.

« Laura sera bientôt ici, se disait-elle, alors plus rien ne manquera à mon bonheur... »

Puis, subrepticement, s'imposait la pensée de Thomas. Le temps avait adouci sa peine et ses regrets, mais les questions de sa fille étaient venues raviver le manque de cet amour si bref et si lointain.

Marie avait emporté le carnet d'aquarelles, vieux de vingt ans. Les couleurs, pourtant, n'avaient pas du tout pâli. Souvent, le soir, elle le feuilletait lentement, avant de contempler la petite photo qui ne la quittait pas, soigneusement cachée dans une pochette de cuir dissimulée dans son portefeuille.

Alors elle s'interrogeait, s'adressait des reproches. Pourquoi ne pas avoir montré ce portrait à Laura, pourquoi ne pas lui avoir dit...

« Un jour peut-être... » pensait-elle, perplexe et vaguement mal à l'aise. Puis elle décidait d'attendre encore un peu, passait légèrement le bout de l'index sur la joue de celui qui lui souriait, éternellement jeune, debout dans le soleil au seuil du jardin triangulaire.

« Thomas, mon amour, si tu revenais, tu serais bien déçu ! J'aurai bientôt quarante ans, je suis maigre, vieille, laide ! »

L'idée ne lui venait pas que Thomas, tout comme elle, avait vieilli. Quarante-deux ans. Avait-il toujours cette mèche brune et rebelle qu'il chassait sans cesse sur son front ? Marie soupirait, rangeait la photo, le carnet, se couchait avec, sous les paupières, la double image de Thomas et de sa fille.

« Mes deux amours, ma raison de vivre... »

Elle s'endormait, se réveillait au chant du coq, paressait dans les draps tièdes. Plus tard, Louis frappait à sa porte ; il se penchait pour l'embrasser comme au temps où elle était petite fille. Les cheveux de son père avaient certes blanchi, mais dans son regard brillait la même tendresse. Derrière lui, Marie croyait voir Élise, sa mère, ses yeux si bleus, son sourire aimant. À nouveau, elle avait six ans et ne connaissait que le bonheur. Victor n'avait jamais existé.

Laura traversa rapidement le petit square Blaise-Pascal, descendit quatre à quatre les marches des grands escaliers de la rue Montlosier, atteignit enfin l'appartement.

Philippe ne rentrerait pas avant une heure. La jeune fille prépara soigneusement sa tenue du lendemain, rangea un peu le désordre de sa chambre. À la cuisine, elle lava une salade verte, fit cuire des œufs durs et dorer quelques croûtons de pain. Elle disposait des tranches de viande froide sur une assiette lorsque, soudain, son voisin fut devant elle.

— J'ai frappé, dit-il, mais vous n'avez pas entendu, alors je suis entré…

Debout sur le seuil, il la regardait avec un petit sourire d'excuse. Laura avait volontairement laissé la porte sur le jardin grande ouverte.

— La journée a été bonne ?

— Oui, oui, vous aussi ?

Laura acquiesça d'un signe de tête. Elle se sentait heureuse, délivrée de bien des soucis.

— Je monte me doucher, j'en ai pour un quart d'heure.

— D'accord, je vous attends.

En réponse à l'invitation de passer la journée du lendemain au chenil, Laura avait convié le jeune homme à dîner bien simplement. Elle vérifia que la crème aux fruits rouges gardée dans le compartiment à glace du réfrigérateur était bien prise. Puis elle disposa le couvert sur une petite table de jardin. Les jours étaient longs ; les jeunes gens dîneraient dehors, à la fraîche, protégés des bruits de la ville dans cet espace clos et odorant que Philippe, lui aussi, apprenait peu à peu à aimer.

Dès sept heures le lendemain matin, Laura attendait, impatiente, en faisant les cent pas devant la courette où Philippe garait sa R4 blanche.

— Bonjour ! Déjà prête ?

Le jeune homme sortait en coup de vent. Il donna deux tours de clé à sa porte, ouvrit la portière de la voiture côté passager.

— En route ! dit-il avec un grand sourire.

Laura s'installa joyeusement et, après une savante marche arrière, son chauffeur descendit la rue en sens unique pour rejoindre ensuite la place Gaillard. Attentif à la conduite, Philippe ne parlait pas et la jeune fille, qui grillait d'envie de bavarder, n'osait pas engager la conversation.

Le jeune homme admiratif avait rapidement noté la tenue pourtant très simple de sa passagère. Les cheveux attachés en queue-de-cheval sur la nuque, elle portait un jean, des sandales de toile et un petit pull bleu pâle sans manches, en coton fin. Elle avait noué autour de son cou les manches d'un gilet bleu marine. Sur ses genoux, le petit sac de sport qu'elle avait à l'épaule avant de s'installer dans la voiture.

Un bref coup d'œil et un sourire de Philippe la détendirent soudain, et elle dit gaiement :

— Hier soir, j'étais tellement excitée que je ne pouvais pas m'endormir !

— Excitée ? Et pourquoi donc ?

— À l'idée de la journée qui m'attendait, bien sûr ! Il me tarde tant de voir vos chiens, les bébés surtout. Philippe, est-ce que j'ai le droit de formuler un souhait ?

— Naturellement ! Il vous faut donc ma permission, comme d'un maître à son élève ? Je suis tellement vieux ?

Il riait sans quitter des yeux l'avenue qui les menait à Beaumont et, de là, à Boisséjour.

— Vieux ? Hum... un peu peut-être, répondit-elle pour le taquiner. Quel âge au juste ? Presque vingt-six ans, je crois. C'est un bail, en effet ! Non, sans rire, je voulais vous demander : malgré votre grand âge, on ne pourrait pas se tutoyer ? Mais si cela vous gêne, je comprendrai.

— Pas du tout, au contraire, les copains se tutoient toujours, c'est notoire. Vous... pardon, tu sais que nous arrivons bientôt ?

— Non, Boisséjour, je ne connais pas du tout. Mais je sais lire, tu as tourné à la pancarte portant ce nom et je suppose que le chenil n'est plus très loin.

Ce tutoiement si facilement accepté comblait d'aise la jeune fille. Le jeune homme lui sembla plus proche, plus accessible. Jusque-là – était-ce en raison de ses réticences obstinées du début ? – Laura croyait percevoir entre eux, malgré leur camaraderie, une barrière peut-être due à la réserve de Philippe.

À présent, elle avait confiance en lui.

Après la visite complète du chenil, Philippe abandonna Laura pour le restant de la matinée. Le travail l'appelait, comme chaque jour. Il lui avait présenté tous ses pensionnaires. L'élevage ne comptait que des bêtes de race Groenendal.

Bergers belges de grande taille, aux oreilles droites et pointues, au museau allongé, au poil mi-long, bien fourni, noir sur la tête et le dos, fauve sous le poitrail et le ventre, ces chiens étaient d'abord recherchés comme gardiens. Mais leur naturel affectueux, malgré leur encombrement une fois devenus adultes, en faisait aussi d'agréables compagnons. Naturellement, leurs futurs propriétaires devaient posséder cour, parc ou terrain clos. Les chiots que vendait Philippe, vers l'âge de quatre mois après le sevrage, avaient besoin de beaucoup d'espace.

Chaque mère et sa progéniture possédaient un enclos particulier. Quatre portées de cinq ou six chiots, bruyants et agités, avaient d'abord retenu l'attention de Laura.

— Je peux les toucher ? demanda-t-elle, le regard brillant d'envie.

Philippe avait alors ouvert l'un des enclos en appelant :

— Volga, viens, viens, ma belle !

La chienne, couchée dans l'herbe au milieu de cinq petits turbulents, avait bondi vers lui pour lui faire fête. Après de nombreuses caresses, le maître s'était penché pour saisir un chiot. La mère avait un peu flairé le petit avant de laisser Philippe l'emporter. Il le déposa, comme une adorable peluche, dans les bras de Laura.

Ravie, elle embrassa la tête douce et tiède du petit chien, le caressa longuement avant de le rendre au jeune homme. Derrière le grillage, Volga, attentive, ne quittait pas des yeux l'étrangère qui tenait son petit contre sa poitrine. Quand Philippe remit le chiot dans l'enclos, la chienne lui administra quelques coups de langue pleins d'affection, si vigoureux qu'il chancela comiquement sur ses grosses pattes encore malhabiles. Laura sortit de son sac un carnet à dessin et une petite boîte d'aquarelles.

— Ne t'occupe plus de moi, dit-elle, va à ton travail. Je m'installe ici pour faire une série de portraits de tes pensionnaires.

Puis, assise en tailleur à courte distance de l'enclos, elle commença à crayonner. Volga s'était allongée dans l'herbe et trois chiots jouaient près d'elle. Les deux autres allaient et venaient ici ou là, mordillaient une feuille tombée ou une brindille, se roulaient sur le sol avec volupté, pleins d'innocente drôlerie. Les croquer n'était pas très facile, ils bougeaient sans cesse. Laura s'arma de patience. Enfin, l'un des chiots se blottit contre le flanc de sa mère et parut s'endormir.

« Si je réussis le portrait de Volga et de son petit, se dit la jeune fille, je l'agrandirai et je l'offrirai à Philippe. »

À la pause du déjeuner, elle l'accompagna, avec ses deux aides, au petit restaurant où ils prenaient une demi-pension. Charlie, le plus âgé des employés, habitait à deux pas du chenil, et Philippe savait pouvoir compter toujours sur lui. Célibataire, presque insomniaque, il faisait souvent des rondes pour surveiller les chiennes et leurs portées. Dans un enclos à part, Anouk, splendide mâle de cinq ans, donnait de la voix dès que survenait un fait anormal. Sans doute se sentait-il responsable de sa nombreuse descendance. Philippe, lui, ne passait la nuit au chenil qu'en cas de naissance imminente.

Bruno, dit « Nono », terminait là son apprentissage. Passionné par les animaux, les chiens surtout, depuis sa petite enfance, ce jeune homme de vingt ans était un aide sûr, zélé, consciencieux.

Philippe n'avait pas hésité à venir habiter la maison de la rue Gaultier-de-Biauzat, certain que la vigilance de Charlie suffirait à assumer la charge du chenil en son absence. Le soir venu, ses deux employés partis, le jeune homme et Laura partagèrent un repas froid, assis contre la haie qui délimitait le chenil. À l'abri dans leur appentis en dur, les chiens avaient déjà commencé leur nuit.

Avant le repas, Philippe avait feuilleté le carnet de croquis de Laura ; il n'avait pas tari d'éloges à propos des dessins réalistes et pleins de vie.

— Comment as-tu réussi à fixer aussi précisément l'image de ces petits diables ? demanda-t-il.

— Il m'a fallu beaucoup de patience, je l'avoue, répondit Laura en souriant, mais je suis contente du résultat. Modeste, hein, la dessinatrice ?

Ils éclatèrent de rire et commencèrent à ranger les restes de leur dîner. Mais il faisait si bon contre la bordure de hauts thuyas que ni l'un ni l'autre ne fit mine de se lever pour rentrer en ville.

— Philippe, dit doucement Laura, je ne sais rien de toi ! Ton enfance, ta famille, ta vie avant Clermont…

Il se contenta de hausser les épaules avec une petite moue qu'elle ne sut comment interpréter.

Alors, elle s'empressa d'ajouter :

— Si je suis indiscrète, ne dis rien, je ne t'en voudrai pas ! Nous sommes bien comme ça, amis et puis c'est tout.

— Je n'ai rien de secret à cacher, et ma vie très banale n'a guère d'intérêt… Pourtant, je vais te dire. Mon père, vétérinaire, avait pris la suite de son père à lui, dans un gros bourg de la Haute-Loire, entre Le Puy et Langeac. Tout gamin, je le suivais dans les fermes. Très vite, j'ai décidé que moi aussi je soignerais les bêtes. Deux matinées par semaine, il y avait consultation au cabinet, chez nous. Mais, à la campagne, les animaux de compagnie ne sont guère conduits chez le vétérinaire, à cette époque-là encore moins qu'aujourd'hui. Quelques chats, des chiens surtout, après une morsure ou un accident. Là aussi, les jours de congé, je ne perdais rien des gestes de mon père. Mon avenir, tu le vois, était tout tracé…

Philippe se tut un moment et Laura se contenta de hocher la tête sans poser de questions.

— J'avais presque douze ans, reprit son compagnon, quand le monde a soudain basculé. Ma mère, qui détestait notre campagne, nous a quittés pour regagner Paris, où elle avait passé son enfance et toute sa jeunesse avant de rencontrer mon père, alors étudiant. Oh, mes parents n'ont pas eu à se disputer ma garde ! Elle a aussitôt annoncé sa décision de me laisser avec mon père. « Vous et vos bestiaux, a-t-elle crié avec rage, vous n'aimez rien d'autre ! Grand bien vous fasse, moi j'en suis saturée ! » Par la suite, aucune nouvelle. Jamais je n'ai voulu avouer à mon père qu'elle me manquait. Cinq ans plus tard, ma grand-mère, parisienne elle aussi jusqu'au bout des ongles et que je ne voyais jamais, nous a écrit pour annoncer qu'elle venait de disparaître dans un accident d'avion. D'elle, mon père ne parlait pas. Il avait brûlé toutes les photos ; à sa mort à lui, je n'ai rien retrouvé qui puisse me rappeler ma mère.

« Le bac en poche, à dix-huit ans, je suis parti faire mes classes préparatoires à Paris. Ensuite, j'ai réussi l'entrée à l'école vétérinaire. Je revois encore les yeux brillants de joie de mon père quand je suis rentré aux vacances. Pourtant, je me souviens que je lui ai trouvé mauvaise mine, il avait maigri. Il a mis tout cela sur le compte du surmenage, de l'âge aussi. Et voilà. Un peu plus tard, j'ai su que son cœur était malade, il souffrait d'angine de poitrine, mais j'avoue que je ne mesurais pas vraiment la gravité de son mal. Il me cachait soigneusement ses crises. Quand je l'appelais de Paris, il affirmait que tout allait bien, mettait son essoufflement sur le compte d'une marche trop rapide. Jusqu'au jour où son médecin a exigé le repos absolu. Plus encore que la maladie, je crois, l'inactivité a hâté sa fin. Son métier, sa vocation plutôt, c'était toute sa vie…

« Bien qu'il l'ait refusé à grands cris, j'ai arrêté mes études au bout de la troisième année. Je le rassurai en affirmant que je les reprendrais quand il serait guéri, mais il n'était pas dupe, il se savait condamné. Nous avons passé un peu plus de sept mois l'un près de l'autre, liés plus encore que pendant mon adolescence. Et puis, un matin, il y a trois ans, il ne s'est pas réveillé…

Philippe se tut et Laura lui prit la main sans rien dire. Le soir tombait, d'un violet très doux au-dessus des arbres noirs soudain. À travers ses larmes, Laura vit scintiller une étoile, point minuscule d'une brillance telle qu'elle semblait clignoter doucement, comme pour leur faire signe.

Elle tourna la tête vers son compagnon immobile, posa ses lèvres sur sa joue en serrant sa main plus fort. Ils rentrèrent lentement en ville, sans parler, et pour la première fois Laura suivit le jeune homme dans son appartement. Entre eux, tout fut très simple, très doux, comme un apaisement depuis longtemps inéluctable, une harmonie sans faille, bienheureuse. Pour se dire « Je t'aime », ils n'eurent pas besoin de mots. La vie les donnait l'un à l'autre et tout était bien.

XXIV

Les aveux de Lucien

Assises sur une grosse souche, à l'orée du bois, Marie et Laura reprenaient souffle. Juillet s'achevait, de récents orages avaient rafraîchi l'air déjà vif en montagne. Les deux femmes endossèrent leur veste de laine ; après la longue marche pour la cueillette des framboises, elles étaient en sueur.

— On a une fameuse récolte ! constata la jeune fille. Combien de pots de gelée, à ton avis ?

— Je ne sais pas, il faudrait avoir pesé les fruits, mais une vingtaine au moins, peut-être un peu plus…

Près de sa fille, Marie se sentait bien. Elle reprenait de l'appétit et des forces de jour en jour.

Soudain, elle se remémora la dernière visite de Philippe que Laura avait présenté comme son fiancé. Ce garçon était certes très sympathique, mais Marie ne pouvait se défendre d'une crainte confuse. Un excès d'amour maternel, sans doute. Laura était si jeune encore… Ne s'engageait-elle pas trop tôt ?

Puis Marie songea qu'à dix-neuf ans elle-même était déjà mariée, mais si elle avait pu choisir sa vie…

D'emblée, Philippe avait fait la conquête du grand-père de Laura. Ses connaissances en matière de bétail étaient pour beaucoup dans la confiance que Louis avait aussitôt accordée au jeune homme.

Après la visite de l'étable où, durant l'été, il gardait seulement deux vaches avec leur veau, le vieux fermier avait tenu à conduire Philippe jusqu'aux pâtures d'estive. Son savoir après trois années à l'école vétérinaire, ce qu'il avait appris avec son père sur le terrain en faisaient un aide efficace pour apprécier la santé du troupeau.

— Et pourquoi donc ne pas avoir terminé tes études ? avait demandé Louis. Moi, je suis sûr que tu avais la vocation, mon gars !

— Mon père décédé, je n'ai pas eu le courage, avoua Philippe. Je voulais monter un chenil au Puy, mais j'ai eu l'opportunité d'une reprise à Boisséjour. Alors, j'ai émigré près de Clermont sans vraiment l'avoir voulu.

— Et tu n'as pas de regrets, je suppose ? demanda malicieusement Louis en jetant un coup d'œil explicite du côté de sa petite fille.

Un peu plus loin dans le pacage, Laura caressait un petit veau de trois jours, couché dans l'herbe près de sa mère, magnifique spécimen de la race Salers.

— Non, pas du tout, bien au contraire !

Philippe, lui aussi, regardait en direction de la jeune fille et, dans ses yeux, dans son sourire, le fermier vit clairement combien il tenait à elle.

— C'est une bonne petite, affirma-t-il en baissant un peu la voix. Elle ne ressemble pas à son père, ça non ! Et, depuis qu'elle est haute comme trois pommes, elle défend sa mère bec et ongles. Marie, vois-tu, n'a jamais eu autant de caractère que Laura. Soumise, beaucoup trop, elle s'est résignée dès le début à laisser son mari agir en despote. Il est vrai que…

Philippe, naturellement, ne comprit pas l'allusion.

« À qui la faute ? songeait Louis, une fois de plus. La vie de Marie, c'est moi qui la lui ai faite, moi seul ! Même si elle n'en parle jamais, elle doit m'en vouloir, c'est sûr, et je le mérite ! »

— Victor, reprit-il à voix haute, tu le connais ?

— Non, dit Philippe, vaguement gêné. Laura dit qu'elle me le présentera un peu plus tard.

Il n'ajouta pas que la jeune fille ne lui avait rien caché de son animosité envers son père, ni des causes de cette aversion. Sa rancœur était si véhémente, si profonde, que Philippe, depuis ces confidences, restait inquiet. La moindre petite querelle, la moindre étincelle entre le père et la fille pouvaient provoquer un drame, il en était certain.

— Je l'évite autant que je peux, avait dit Laura. Le problème, c'est que, bientôt, ma mère va repartir vivre avec lui. Si seulement je pouvais la convaincre de le quitter, mais, bien franchement, je sais qu'elle en a peur. De plus, elle me cache des choses. Nous sommes si proches, elle et moi, et pourtant je n'obtiens aucune confidence. Cela m'inquiète et m'exaspère.

— Tu n'as jamais demandé à ton grand-père ?

— Bien sûr que si ! Il répond que ce sont de vieilles histoires et qu'il vaut mieux ne pas en parler.

Comme toujours, songeait Philippe, la colère embellissait encore la jeune fille. Ses yeux d'un noir d'orage étincelaient. Les narines palpitantes, les joues rouges d'indignation, elle respirait précipitamment.

Alors il l'avait attirée contre lui avec des paroles apaisantes.

— Là, calme-toi, n'y pense plus ! Et moi, je suis là, non ?

Elle avait acquiescé d'un battement de paupières, avec un sourire un peu crispé. Ils ne se doutaient nullement que le sort, bientôt, allait jouer en faveur de Marie.

Début août, Laura repartit pour quelques jours à Clermont. Sa mère l'y avait d'ailleurs encouragée.

Elle savait bien que, si sa fille était heureuse au Guéry près d'elle et de son grand-père, Philippe lui manquait. Émue, elle pensait alors à Thomas, au bonheur indicible qui l'inondait lorsqu'elle courait le rejoindre dans le jardin triangulaire. Philippe et Laura, eux aussi, en avaient-ils fait le lieu secret, privilégié, de leurs rendez-vous ? C'était probable, d'autant que le jeune homme en était propriétaire.

Sans l'ombre d'un quelconque égoïsme, Marie voulait voir sa fille heureuse. Certes, on ne savait de Philippe et de ses origines que ce qu'il avait bien voulu en dire. Mais un garçon au regard si franc ne pouvait mentir. Qu'il parvienne à faire le bonheur de Laura était à présent le vœu le plus cher de Marie.

Peu après le retour de la jeune fille à la ferme, Louis lut dans le quotidien local que l'on recherchait une jeune vacancière, disparue dans la région au cours d'une randonnée. Âgée de vingt-deux ans, elle avait quitté son groupe d'amis la veille à dix heures du matin et n'était pas réapparue.

Partis de leur hôtel au Mont-Dore, les six jeunes gens, garçons et filles, se proposaient de gagner le Barbier, un peu avant le lac de Guéry. De là, ils grimperaient jusqu'au sommet du Trioulérou pour y camper durant deux ou trois jours, non loin du buron.

Après l'avoir cherchée en vain, les compagnons de la jeune fille avaient donné l'alerte en téléphonant aux secours depuis la ferme de la Clef du Lac. Il était trop tard, alors, pour entreprendre des recherches. Mais, dès le lendemain, pompiers et gendarmes quadrillaient le secteur, poussant leurs investigations jusqu'au col de Guéry, parcourant les pentes du Trioulérou, du puy de la Tache et du puy Corde.

Dans l'après-midi, Louis vit de loin une colonne de secouristes sur les hauteurs derrière la ferme.

Cinq jours plus tard, alors que le signalement de la disparue avait été diffusé partout dans les fermes et hameaux alentour, la presse annonça qu'une équipe de plongeurs viendrait bientôt sonder le lac.

— Tombée dans le Guéry en plein jour, vous y croyez, vous ? demanda le grand-père, incrédule.

— Mais qui te dit qu'elle n'a pas erré dans le coin toute la nuit ? fit Laura. Un accident pourrait alors s'expliquer.

— Ou alors, dit doucement Marie, elle a peut-être voulu attenter à ses jours, qui sait ?

N'ayant aucune réponse à ces diverses hypothèses, ils changèrent de conversation. Laura voyait avec appréhension se rapprocher le jour où sa mère devrait reprendre sa place au café, près d'un Victor plus irascible que jamais sans doute.

De son côté, Marie évitait d'y penser. Ce retour, elle n'avait aucun moyen d'y échapper. Alors, à quoi bon se morfondre dix-sept jours à l'avance ?

En fin d'après-midi, une vieille camionnette s'arrêta au bas du sentier menant à la ferme. Un homme d'une cinquantaine d'années en descendit. Il leva les yeux vers la maison de Louis, soupira, indécis, entreprit enfin de gravir la vingtaine de mètres qui l'en séparait.

Comme toujours à la belle saison, la porte de la cuisine était ouverte. L'homme cogna au battant en se raclant la gorge pour signaler sa présence. Marie tricotait un gilet pour son père tandis que Laura, debout près de la table, étiquetait des pots de confiture. Toutes deux levèrent la tête en même temps. L'homme qui se tenait sur le seuil toucha d'un doigt sa casquette à carreaux. Il portait une veste de chasse d'un vert délavé et une salopette de toile bleu marine rapiécée aux genoux.

Il lança un « Bonjour ! » mal assuré en regardant tour à tour les deux femmes.

— Bonjour, monsieur, répondit Marie, qui s'était levée en lui souriant. Je suppose que vous venez pour voir mon père ?

— C'est ça, oui. Je suis un copain de jeunesse et, comme je passais dans le coin, je me suis dit que je pourrais peut-être le voir… Enfin, c'est plutôt que j'ai quelque chose à lui dire, voilà !

— Il est à l'étable, dit Laura, je l'appelle tout de suite.

— Non, le dérangez pas, j'y vais, moi, à l'étable.

Là-dessus, il tourna les talons. Peu après, de vifs éclats de voix signalèrent une dispute. Les deux femmes se regardèrent, inquiètes. La voix de Louis, d'abord irritée, furieuse bientôt, dominait celle du visiteur. Qu'avait-il bien pu dire pour provoquer la colère d'un homme si calme, si conciliant ?

Sans se concerter, Marie et Laura s'approchèrent de la porte condamnée qui, au bout d'un étroit couloir, donnait sur l'étable. Muettes, elles collèrent l'oreille au mince battant de bois.

— Et c'est maintenant, plus de trente ans après, que tu viens me dire ça, ordure que tu es ? Si j'avais pu me douter alors… Va-t'en Lucien, va-t'en !

— T'énerve pas, Louis, tu sais bien que c'est toujours Victor qui décidait, pas moi ! Et puis, on peut pas revenir en arrière, pas vrai ?

— Tu me dégoûtes, espèce de lâche, et l'autre encore plus. Ainsi, le pauvre Gilbert des Grands Bœufs n'était pas mort dans l'incendie de sa ferme ! Mais pourquoi, pourquoi, hein ?

Louis hurlait, hors de lui, et l'autre, qui certainement n'en menait pas large, répondit d'une voix geignarde :

— C'est le Victor, je te dis ! Le vieux voulait rien nous donner : ni cochon ni volaille, de l'argent encore moins. Alors, comme Victor avait le fusil…

— Et, bien entendu, c'est vous deux qui aviez mis le feu à sa ferme ?

— Oui, soupira Lucien. D'abord, Victor voulait laisser le Gilbert dans sa maison, et puis il a dit qu'il valait mieux l'emmener. Parce que, s'il cramait pas complètement, les gendarmes verraient bien de quoi il était mort, après il y aurait une enquête, tout ça. Et nous, dans ce cas, on risquait gros.

— Et tu as des remords maintenant ! C'est bien le moment, tu crois ? D'ailleurs, ce n'est pas à moi qu'il faut venir le raconter, va voir les gendarmes et fiche-moi la paix !

— C'est cette histoire de plongeurs qui vont venir pour la vacancière, tu sais bien. Je l'ai lue dans le journal et je me suis dit qu'ils risquaient de retrouver les restes du Gilbert. Alors, j'ai eu peur. Je sais bien qu'après tout ce temps, personne pourra rien prouver… Enfin, personne c'est vite dit, toi, ce jour-là, tu nous as vus, pas vrai ?

— Et tu crains que j'aille en parler aux gendarmes, que je partage tes remords ? J'en ai bien assez, et pour d'autres raisons, crois-moi…

Sur ces derniers mots, la voix de Louis s'était brisée soudain. À son intonation, Marie et Laura comprirent qu'il souffrait. Pourtant, de cette conversation, elles n'avaient retenu qu'une chose : à n'en pas douter, cet homme accusait Victor d'un crime. Atterrées, elles revinrent s'asseoir sans bruit dans la cuisine et Marie reprit son tricot.

Lucien Aubert, après plus de vingt ans, elle ne l'avait pas reconnu. Pourtant, en se remémorant les paroles qu'elle venait de surprendre, elle se dit que cette histoire avait sûrement un lien avec son mariage forcé. Tout n'était pas clair, loin de là, mais dans sa tête, une idée commençait à prendre forme : sans nul doute, Victor avait autrefois exercé un chantage à l'égard de son père. Mais, si Louis avait été témoin de quelque chose d'aussi terrible, pourquoi avait-il cédé si facilement à son futur gendre ?

Marie se refusait à croire qu'il ait pu dissimuler un crime et protéger ses auteurs en gardant le secret.

N'empêche que, pour une raison qui lui échappait, Louis avait eu peur des menaces de Victor.

Pourtant, Marie n'osa pas en parler à son père. Lorsqu'il rentra dans la cuisine pour se laver les mains à l'évier, encore blême de colère, elle se garda bien d'aborder un sujet aussi troublant, pour l'un comme pour l'autre.

De son côté, Laura hésita à demander des explications à son grand-père. Si elle comprenait encore moins que Marie cette sombre et lointaine affaire, elle voulait épargner cet homme si bon et qu'elle aimait tellement. Peut-être en parlerait-elle à Philippe ? Elle se réserva de prendre cette décision plus tard, lorsqu'elle le reverrait. Une pensée soudaine la traversa et elle faillit pousser un cri : c'est à Victor qu'il faudrait demander des explications ! L'idée de le percer à jour, de lui faire peur, à lui qui terrorisait si bien femme et employés, fit jubiler intérieurement la jeune fille.

Louis s'était assis à la table de cuisine et venait de déplier son journal. Laura s'approcha, le prit affectueusement par le cou et fit claquer deux baisers sur ses joues rêches. Son grand-père venait de dépasser la soixantaine mais, pour elle, il était toujours le compagnon alerte de sa petite enfance, le guide qui lui faisait découvrir bêtes et fleurs de ce merveilleux coin de montagne. Non, il ne pouvait pas être coupable ! Le croire aurait été insensé. Ce Lucien, certainement, avait menti.

Contrairement à leur habitude, elles qui se confiaient tout, la mère et la fille ne reparlèrent pas de la discussion orageuse entre Louis et Lucien. Pourtant, Marie était désireuse de dissiper ce qu'elle voulait considérer comme une méprise. Le lendemain, elle prit Laura à part et, un peu gênée tout de même, tenta d'expliquer :

— Je voulais te dire… Il ne faut pas prendre à la lettre les propos de ce Lucien, ma chérie. À l'époque dont il parlait, les règlements de comptes entre miliciens et maquisards tournaient mal, souvent. Aussi son histoire n'est-elle pas claire du tout, et je pense que nous ne devons pas y ajouter grande importance…

— Bien sûr, maman, d'ailleurs ce Gilbert ne devait pas être sans reproche, lui non plus. Tu as raison, inutile de chercher à comprendre.

Laura souriait et Marie se sentit soulagée d'un grand poids. Où qu'il soit, et même dans un passé dont elle était absente, Victor lui faisait toujours peur. Mais sa fille, elle, était bien décidée à interroger son père sans témoins. On verrait bien, alors, s'il aurait toujours ce mépris arrogant, cette suffisance qui voulait écraser tout le monde.

« Tout le monde mais pas moi, pensa Laura, bien déterminée à désarçonner enfin Victor. Pas moi, jamais ! »

XXV

Révélations

DEPUIS UNE SEMAINE, Marie avait regagné Clermont et repris sa place au café. De peu loquace, son mari était devenu quasi muet. Sur son visage, dans les regards mauvais qu'il lançait à sa femme, on pouvait lire l'intensité de sa rancune, et c'est à peine si elle osait lui adresser la parole.

Laura – c'était tout à fait inhabituel – ne quittait les lieux que pour effectuer quelques courses matinales, dès l'arrivée de Jean-Luc. À tout prix, elle devait éviter de laisser sa mère seule en présence de Victor. Si la jeune fille ne craignait rien pour elle-même, pour Marie elle faisait preuve de la plus extrême vigilance.

Pourtant, le jeune serveur s'absenta bientôt pour trois semaines de congé que lui devait son patron.

Alors, pour des courses rapides, Laura choisit le moment où la clientèle envahissait le café à l'heure du petit déjeuner.

Pour épargner sa mère, elle remontait depuis la cave, dans l'étroit escalier raide et sombre, de lourds paniers de bouteilles ou de canettes de bière. Elle s'activait généralement dans la petite cuisine, n'aidait au service que lorsqu'il y avait presse. Côtoyer Victor lui coûtait tellement qu'à sa vue, la chair de poule hérissait involontairement la peau de ses bras, sa gorge se serrait et son cœur battait la chamade.

Manger à sa table lui aurait été impossible et, au moment des repas, elle se réfugiait place Saint-Pierre, dans le bar de Gervais qui n'avait posé aucune question. Le conflit entre Laura et Victor ne datait pas d'hier, et il connaissait fort bien, sans besoin d'explication aucune, les raisons de l'attitude de la jeune fille.

« C'est mon père tout de même, se répétait Laura avec rage, il est odieux, mais c'est mon père ! »

Mais cette pensée ne changeait rien, absolument rien à la répulsion qu'il lui inspirait, répulsion encore plus vive depuis l'altercation entre Louis et Lucien Aubert. Les plongeurs qui avaient sondé le lac de Guéry n'avaient absolument rien découvert et l'on était toujours sans nouvelles de la vacancière disparue.

Jamais, même dans la petite enfance de Laura, Victor n'avait eu le moindre geste tendre, la moindre parole affectueuse. Laura marchait à peine et, déjà, ils étaient ennemis. Quant à son attitude envers Marie, du plus loin qu'elle puisse remonter dans ses souvenirs, la jeune fille ne retrouvait que des regards agacés, méprisants, des gestes impatients, des paroles autoritaires, empreintes d'une flagrante animosité.

À la vue des deux femmes de retour du Guéry, Victor avait jeté à son serveur avec un petit rire mauvais :

— Tiens, revoilà les touristes ! Elles ont dû en passer, du bon temps ! Quand même, y en a qui ont le beau rôle dans la vie, pas vrai ?

Très gêné, le jeune homme qui balayait la salle avait rougi sans lever les yeux. Un peu plus tard seulement, il avait salué Marie et sa fille, alors que le patron commentait les évènements du jour avec deux clients volubiles accoudés au bar. Victor avait feint d'ignorer les paroles aimables échangées par le trio. Jean-Luc était heureux du retour de sa patronne grâce à qui les journées de travail devenaient beaucoup plus supportables.

Le soir, ses parents couchés, Laura rejoignait Philippe. Marie dormait toujours dans la chambre de sa fille, mais elle fermait les yeux sur ses rentrées tardives et ne les commentait pas.

« Qu'elle profite des bons moments, songeait Marie, en se remémorant sa jeunesse. Qui sait ce que l'avenir réserve à ma petite Laura ? »

À la pensée que Philippe pourrait un jour la décevoir, que le passé de Victor deviendrait peut-être un obstacle au bonheur de sa fille, le cœur de Marie se serrait.

« Pas elle, non, pas elle ! Il suffit d'une vie gâchée… »

Une vie ? Peut-être bien deux… Qu'était devenu Thomas ? Avait-il souffert mille tourments, lui aussi, après leur séparation ?

Marie soupirait, se retournait longtemps dans son lit sans parvenir à trouver le sommeil. La fatigue, enfin, avait raison d'elle et elle dormait sans rêves jusqu'au petit jour.

Bientôt, ses patrons rentrés d'Angleterre, Laura retrouva son emploi de baby-sitter. Bien que les deux professeurs n'aient pas encore repris leurs cours, on employait la jeune fille quelques heures chaque jour, et elle s'en réjouissait. Ses gains venaient d'augmenter quelque peu et elle s'efforçait de faire quelques économies.

Malgré son peu de temps libre, elle réussissait à voir chaque semaine son amie Marie-Jo. Celle-ci prenait plaisir à lui confier ses rencontres de l'été où, deux mois durant, elle avait été monitrice de colonie de vacances. Laura, en revanche, répugnait à lui parler de celui qu'elle aimait. Un flirt, elle en aurait ri avec son amie de toujours. Mais son amour pour Philippe, c'était sérieux ; pour le moment, elle n'éprouvait nulle envie de partager ce délicieux secret. Lorsqu'il serait question de fiançailles officielles, elle en parlerait à Marie-Jo, pas avant.

Laura aurait beaucoup aimé passer le dimanche – sa seule journée libre dans la semaine pour le moment – au chenil, près de Philippe. Mais une crainte vague la retenait auprès de sa mère. À la fin du mois, Jean-Luc rentré, elle serait plus tranquille. Très vite, alors, viendrait la rentrée à l'école des Beaux-Arts, et la jeune fille n'aurait plus un moment à elle.

En attendant, dans le jardin de la maison des Neuf-Soleils, elle dessinait tout en surveillant les jeux de Tom et de Jenny. Les deux enfants avaient beaucoup grandi durant l'été. Plus indépendant, le petit garçon accaparait moins l'attention de sa gardienne. Jenny, toujours raisonnable, jouait sagement avec poupées et dînette.

Laura avait fait plusieurs portraits des deux petits : à la mine grasse, à la sanguine, au fusain. Elle en avait offert un à leur mère après l'avoir fait encadrer. Ravie, sa patronne l'avait chaleureusement remerciée. À présent, le portrait trônait à la place d'honneur, dans le salon typiquement anglais.

La jeune fille exécutait aussi des aquarelles du jardin vu sous différents angles. La grand-mère de Jenny lui avait offert un chaton gris et blanc. Laura se plaisait à saisir, avec son crayon ou ses pinceaux, les poses gracieuses du petit animal. Couché au soleil près d'un arbuste, debout sur les pattes arrière pour tenter de s'emparer d'un papillon posé sur une fleur, lové dans les bras de Jenny, intrigué par le camion miniature de Tom, le petit chat figurait en bonne place dans le carnet de croquis de la jeune fille. Ainsi, elle se faisait la main avec bonheur, essayant différentes techniques, mêlant l'utile à l'agréable, sous le regard admiratif de la fillette.

La rentrée universitaire arriva bientôt et, malgré ses scrupules, la jeune fille n'eut guère de temps à consacrer au café de la rue Sainte-Claire. Néanmoins, deux faits la rassuraient : grâce au retour de Jean-Luc, Marie ne se trouvait pas seule face à Victor ; par ailleurs, Laura voyait sa mère se remettre enfin, elle n'était plus convalescente mais guérie.

Malgré sa répugnance, elle dînait volontairement chaque soir avec ses parents, après le départ du serveur. Durant les week-ends, cependant, elle avait la charge de Jenny et de Tom. La voyant soucieuse, Marie l'avait rassurée.

— Il ne me parle que pour le service. Jean-Luc parti, je lui sers son dîner et regagne le bar aussitôt ; il ne s'en est même pas étonné. Ensuite, je lui cède la place pour aller dîner à mon tour. Ainsi, j'évite un tête-à-tête peu agréable et tout se passe bien, ne t'inquiète pas.

Puis, pour se montrer plus convaincante encore, elle ajouta :

— Jean-Luc est une vraie perle. Il m'évite les corvées les plus pénibles, se charge toujours du travail le plus dur. Crois-moi, ma chérie, je ne suis pas du tout à plaindre, consacre-toi à tes études sans remords. Si seulement Victor me versait un salaire, même insignifiant, je pourrais t'éviter de travailler en fin de semaine. Comme tout le monde, tu as droit à du repos, hélas…

Navrée de son impuissance, Marie soupira. Louis, elle le savait, aidait Laura de son mieux, mais ses moyens étaient bien modestes.

— Tout va bien, maman, je t'assure ! As-tu un seul jour de repos, toi ? Non, n'est-ce pas ? Rassure-toi, nous tiendrons l'une et l'autre, juré !

Dans un geste d'affection dont elle était coutumière, Laura prit sa mère par le cou pour l'embrasser.

— Si je n'avais pas eu ma fille, songea brusquement Marie, jamais je n'aurais pu supporter une telle vie.

Elle pensait parfois au jour où Laura la quitterait, ses études finies. Si elle épousait Philippe, elle resterait tout près, habiterait la grande maison mitoyenne de l'appartement.

« Ne rêve donc pas, se morigénait Marie, arrête de bâtir des châteaux en Espagne… Laura et Philippe s'aiment, c'est l'évidence même, mais il faut si peu de chose pour faire basculer des projets, une vie. »

Elle-même ne le savait que trop. Et pourtant elle n'avait jamais regretté les mois lumineux, le bonheur partagé avec Thomas. Mais elle savait bien que, pour elle, le destin n'offrirait plus rien d'heureux. Sa part de félicité avait été si éphémère... Seul à présent lui importait l'avenir de sa fille, et c'est à travers Laura qu'elle serait comblée. Déjà, elle s'imaginait entourée de petits-enfants et, toute attendrie, elle se laissait envahir par une extrême douceur.

Un soir, alors que Laura débarrassait la table dans la petite cuisine du café, elle heurta par mégarde l'épaule de Victor qui, au même moment, repoussait sa chaise pour se lever.

— Tu me bouscules, maintenant ? demanda-t-il, hargneux, la main levée vers sa fille interdite.

Laura ne songea même pas à s'excuser de ce geste involontaire. Le ton de Victor était si agressif qu'elle s'entendit répondre, incapable de se contenir :

— Et toi, tu as fait plus que bousculer certaines personnes, autrefois ! Je me suis laissé dire que tu es allé jusqu'à tuer un malheureux vieux fermier, à la fin de la guerre ! Mais peut-être y en avait-il eu d'autres avant ? Tu n'avais pas pris le maquis, toi, oh ! non. Tu te contentais de plier devant les Allemands pour en tirer profit, comme ont fait les lâches à cette époque, n'est-ce pas ?

Blême, Marie saisit fermement le bras de sa fille.

— Tais-toi, je t'en prie, ne dis plus rien !

— Ah ! fit Victor, défiguré par la rage, je vois que mon cher beau-père n'a pas pu tenir sa langue !

Il est vrai que ses promesses ne datent pas d'hier, avec le temps il s'est cru permis de tout vous raconter.

— Mon grand-père n'est pour rien là-dedans, c'est l'un de tes anciens complices qui semble avoir des remords. Il est grand temps, non ? demanda Laura avec un léger rire moqueur.

Marie continuait à lui serrer le bras, à tenter vainement de la tirer en arrière, certaine que Victor allait la frapper. Mais la jeune fille, dont les yeux brillaient de colère et d'insolence, se dressait de toute sa taille devant son père. Finalement, celui-ci choisit de se dérober.

— Que ce soit Louis ou un autre, celui qui t'a dit ça invente pour me nuire. On m'en veut de ma réussite, alors, on raconte n'importe quoi ! À la fin de la guerre, j'étais bien trop jeune pour agir comme tu le dis. Les Allemands et le reste, je m'en fichais bien ! D'ailleurs, j'en connais qui ont planté là femme et enfant juste pour faire les beaux. Prendre le maquis, c'était passer pour un héros, ça faisait bien, et Louis, comme tous les autres, se prenait pour quelqu'un ! Mais bon, je veux pas en discuter davantage avec une gamine d'à peine vingt ans qui n'a rien connu de tout ça. Une dernière chose pourtant : si tu recommences à me manquer de respect, je te mets une volée dont tu te souviendras, mademoiselle l'étudiante ! Espèce de morveuse, qu'est-ce que tu te crois pour parler de la sorte à ton père ? Tâche de ne pas y revenir, sinon...

Il levait à nouveau une main menaçante, et Marie se jeta devant sa fille pour la protéger.

— Oh ! toi, ricana Victor, tu n'as jamais été qu'une chiffe molle, alors laisse tomber !

Là-dessus, il franchit la porte qu'il claqua de toutes ses forces. Marie entourait Laura de ses bras raidis sous l'effort pour la maintenir contre elle.

— Reste là, je t'en supplie, arrête ! Attendons qu'il se calme. Laura, comment as-tu pu... ?

Sa rage retombée, la jeune fille s'appuya au mur tandis que sa mère lui caressait le visage.

— Là, c'est fini, viens t'asseoir, viens !

Épuisée, vidée de ses forces, Laura obéit. Un peu plus tard, la vaisselle lavée, la cuisine remise en ordre, les deux femmes gagnèrent en silence le café. Victor servait des bières à deux jeunes hommes perchés sur les hauts tabourets du bar. Laura sortit le plus naturellement du monde, salua les clients et, une fois dans la rue noyée d'ombre, se blottit à l'angle du mur pour guetter l'intérieur du café.

Marie passait une lavette sur les tables désertées. Victor, apparemment très calme, discutait avec ses deux clients. Alors, la jeune fille partit en courant se réfugier auprès de Philippe. Il achevait de dîner et la reçut contre lui, extrêmement pâle et tremblante, terriblement choquée encore de la scène qu'elle avait elle-même provoquée.

Un peu plus tard, alors qu'elle se blottissait contre lui sur le canapé après lui avoir tout raconté, en remontant à la dispute de son grand-père avec le fameux Lucien, Philippe dit doucement :

— Tu veux un conseil ? Arrête de te pourrir l'existence de ces conflits avec ton père. En sa présence, apprends à te modérer. Bientôt, tu n'éprouveras plus pour lui que de l'indifférence et tout ira bien mieux, tu verras !

— Promis, je suivrai ton avis d'homme raisonnable ! fit Laura avec un sourire encore un peu crispé. Si tu savais comme je m'en veux... Pour ma mère, tu comprends ? Ce soir, je lui ai fait beaucoup de mal, mais, à partir de maintenant, les agissements de mon père ne m'intéressent plus, ni son passé ni son présent. Je m'en moque !

Elle noua ses bras autour du cou de Philippe en cherchant sa bouche. Le jeune homme tendit la main pour éteindre le plafonnier. Seule, une petite lampe orangée posée sur une table basse éclairait le salon de la vieille maison bien tranquille. Alors commença leur nuit, leur dérive hors du temps, seuls au monde et bientôt comblés.

Le lendemain, Laura n'eut pas le courage de paraître au café. Au matin, avant de partir pour ses cours, elle demanda à sa mère de l'excuser. À son habitude, Victor était parti depuis longtemps déjà.

— Ma pauvre maman, mon affreux caractère t'a fait subir une épreuve de plus. Peux-tu me pardonner ?

Marie, qui tendait les draps de son lit, s'approcha pour la prendre dans ses bras :

— Tu le sais bien que je te pardonne ! Tu as des excuses, je le sais trop bien. Quant à ton caractère, je ne voudrais pas qu'il soit différent. Certes, tu es vive et emportée, mais tu as un cœur d'or et tu es ma fille chérie ! Sans toi, je crois bien que je me serais laissée mourir...

— Tais-toi, maman, je t'en prie ! Tu sais combien je t'aime, moi, je veux te garder. À nous deux, nous avons toujours résisté aux méchancetés de mon père, vaincu ta maladie ! Et puis grand-père nous soutient, alors !

Enlacées, la mère et la fille puisaient dans leur amour réciproque la force de continuer à vivre auprès de Victor.

— Tu ne trouves pas, demanda soudain Laura en s'éloignant un peu de sa mère, tu ne trouves pas qu'il rentre de plus en plus tard ?

— Oh ! fit Marie avec un sourire entendu, tu n'as donc pas compris qu'il avait quelqu'un, enfin une relation avec une femme ? Remarque, vu notre situation, il n'y a rien de plus normal. Bien franchement, depuis de longues années, cela m'est complètement égal !

— Maman, pourquoi m'avoir donné un tel homme pour père ?

— Il n'est pas ton père, dit lentement Marie, le visage illuminé soudain, ton père, c'est Thomas !

XXVI

La quête d'un père

La révélation que venait de lui faire sa mère laissa d'abord Laura interdite. Incrédule, les yeux écarquillés, elle se laissa tomber au bord du lit.

— Maman, tu es sûre ?

Sa voix hésitante ne laissait aucun doute : elle ne pouvait croire à cette affirmation. C'était trop inattendu, à la fois stupéfiant et merveilleux. Elle n'était donc pas la fille de Victor, sa nièce seulement.

Il lui sembla qu'un poids énorme qui, depuis toujours, oppressait sa poitrine, s'envolait enfin définitivement. Furtivement, elle songea à Philippe. Dieu, que la vie était belle tout à coup !

— Si j'en suis sûre ? demanda Marie, souriante. Évidemment ! À ton avis, de qui tiens-tu tes yeux si sombres, ton caractère vif et enjoué ? Et tes dons en dessin, y penses-tu ?

— Je croyais que Thomas était mon oncle, fit pensivement Laura, encore sous le coup de la surprise. Il arrive souvent que l'on ressemble à ses oncles et tantes, que l'on hérite même de leurs défauts, de leurs qualités ou de leurs talents, tu ne crois pas ?

— Bien sûr que je le crois, c'est même assez fréquent. Mais, dans ton cas, il n'y a aucun doute,

Thomas est ton père, affirma Marie avec toute la conviction dont elle était capable.

— Et mon… Victor le sait ?

Laura se disait qu'un tel aveu pouvait expliquer l'attitude de Victor envers sa femme, et aussi envers celle qui passait pour sa fille mais ne l'était pas.

— Non, oh ! non. Cette pensée ne lui est jamais venue. Sinon, il aurait été capable de Dieu sait quoi…

Devant cette éventualité, Marie avait pâli et Laura pouvait lire l'angoisse dans son regard bouleversé.

— Je te crois, maman, dit-elle en obligeant sa mère à s'asseoir près d'elle. Je te crois et j'en suis infiniment heureuse !

Cette joie, elle l'éprouvait pleinement, mais elle se demandait encore si elle ne rêvait pas.

— Tu as des nouvelles de Thomas depuis… je veux dire, où est-il, comment vit-il maintenant ?

L'air désolé, Marie secoua la tête :

— Je ne sais pas, je ne sais rien de lui depuis son départ, il y a si longtemps… Tu n'étais même pas née quand il a fui.

— Mais alors il m'a rejetée ? Ou bien tu ne l'avais pas mis au courant ?

— Non, je ne voulais pas qu'il pense que je cherchais un prétexte pour le retenir, tu comprends ?

— Mais enfin, maman, s'emporta Laura, pourquoi ne pas être partie avec lui puisque vous vous aimiez, qu'il était le père de ton enfant ? Avait-il tellement peur de Victor, lui aussi ?

— Peur ? Non. Simplement, je te l'ai dit, il refusait de continuer à trahir son frère.

— Pourtant, si tu lui avais annoncé la future naissance, cela aurait pu être tout différent !

— Peut-être, mais je n'avais pas le droit de quitter Victor, je n'aurai jamais ce droit !

Marie se tordait nerveusement les mains, et son visage reflétait une souffrance impuissante qui fit mal à sa fille.

— Et tu ne peux vraiment pas m'expliquer pourquoi ? demanda doucement cette dernière en s'appuyant affectueusement contre l'épaule maternelle. Tu m'as dit récemment que ce secret ne t'appartenait pas. À qui dois-je m'adresser alors ? Je t'en supplie, il faut que je sache !

Marie gardait la tête baissée :

— En réalité, je l'ignore, mais j'ai promis... pour sauver quelqu'un. Ne me demande plus rien, s'il te plaît !

— D'accord, dit Laura à contrecœur, voilà une question que je ne poserai plus, je te promets. En revanche, ni toi ni personne ne pourra m'empêcher de retrouver Thomas, mon père !

— C'est ton droit, ma chérie, mais, surtout, fais en sorte que Victor n'en sache rien !

Le ton implorant de sa mère bouleversa la jeune fille. Et cette question continuait à la torturer : qui avait exigé de Marie un aussi grand sacrifice ? Épouser sans amour un homme tel que Victor en était un, en effet, incroyable, odieux même. Au nom de quoi, pour qui sa mère s'était-elle ainsi oubliée, aliénant sa jeunesse, sa vie entière, à dix-huit ans ?

Laura, en proie à des pensées contradictoires, renonça à questionner celle qui, visiblement, ne lui révélerait rien de plus. Après tout, peut-être valait-il mieux ignorer ce qui avait poussé la jeune femme à accepter Victor pour époux. Soudain, un espoir se leva dans l'esprit troublé de la jeune fille : si elle retrouvait son père, et elle y parviendrait même s'il lui fallait courir à l'autre bout du monde, peut-être saurait-il, lui ?

Il lui tardait qu'arrive le soir pour se confier à Philippe. Sans nul doute, il pourrait la conseiller, l'aider à retrouver Thomas. Sa trace se perdait à Paris, après... S'il était devenu architecte, s'il n'avait pas quitté la France, alors Laura aurait toutes ses chances.

— Ma petite fille, dit soudain Marie, je ne voudrais pas que tu sois déçue, j'ai eu tort, sans doute, de te dire...

— Déçue ? coupa Laura avec impatience, comment pourrais-je être déçue ? N'importe quel père vaut mieux que Victor !

— Ce n'est pas ce que je veux dire. Thomas, sans aucun doute, s'est fait une autre vie. Il est certainement marié, il a des enfants. Peut-être ne sera-t-il pas heureux d'apprendre...

— Tu penses qu'il pourrait me repousser, c'est ça ? Eh bien, tant pis, je prends le risque, nous verrons bien !

Laura affichait une désinvolture qu'elle était loin d'éprouver. Retrouver un père pour se voir rejeter, voilà une éventualité qui la révoltait par avance. Pourtant, elle avait décidé de le rechercher et elle le ferait, coûte que coûte. Tant pis si elle allait au-devant d'une amère déception. Elle devait savoir, sinon elle ne retrouverait jamais plus la paix de l'esprit. L'espoir qu'avaient fait naître les paroles de sa mère était trop inouï, trop fabuleux. Il devait devenir réalité.

Si Philippe partageait la joie manifeste de Laura, il essaya néanmoins de tempérer un peu son enthousiasme. La jeune fille, en effet, parlait d'abandonner provisoirement ses études et de partir sur-le-champ à Paris.

— Je peux d'abord me renseigner, proposa-t-il. S'il a terminé ses études d'architecture, Thomas Devèze est certainement inscrit à l'ordre des architectes. Dans ce cas, on doit pouvoir le retrouver facilement. Mais il y a d'autres possibilités. Peut-être s'est-il orienté vers le professorat de dessin ou un métier similaire. Cela ne serait pas trop grave dans la mesure où il exercerait à Paris ou dans la proche banlieue. Mais, s'il est installé dans une autre ville ou, pire, à l'étranger, les recherches risquent d'être longues et infructueuses.

Devant la mine découragée de Laura, il la serra contre lui, l'embrassa dans le cou.

— Ne t'inquiète pas, ma chérie, je veux simplement te faire comprendre qu'il faudra t'armer de patience. Cette quête peut se révéler difficile, durer plusieurs années... Tu en es consciente, n'est-ce pas ?

Laura approuva d'un signe de tête.

— Je serai patiente, pour une fois, promit-elle. Mais je sais qu'à nous deux nous y parviendrons, c'est obligé !

Les premières démarches entreprises furent très décevantes. À Paris et dans sa banlieue, aucun architecte du nom de Thomas Devèze. À sa sortie de l'école où, normalement, il avait terminé ses études, on perdait sa trace.

— Ne pourrait-on pas lancer des recherches au niveau national ? suggéra Laura. La police...

— Non, tu le sais bien. Personne n'a le droit de faire rechercher une personne majeure.

— Alors, fit la jeune fille, découragée, on abandonne tout ?

— Bien sûr que non ! Je vais me renseigner encore, appeler d'abord les plus grandes villes…

— Allons, toi toujours si forte, tu ne vas pas renoncer aussi vite ! Je t'avais dit que cela pouvait être long, très long !

Laura tentait de lui cacher ses larmes, mais il n'était pas dupe. Elle lui faisait pitié, et il l'aimait si fort.

— Viens ! dit-il en lui prenant la main.

Il l'entraîna dans le jardin triangulaire. Le pâle soleil de fin d'automne dorait légèrement les arbustes ; beaucoup étaient défeuillés, d'autres gardaient encore quelques lambeaux de roux, de brun, de vert parsemé de jaune vif. Les fruits des églantiers, d'un rouge écarlate, mettaient une note gaie dans cet espace intime, le leur au fil des saisons. Philippe conduisit la jeune fille près du frêne pleureur aux rameaux presque dénudés. Écartant les fines branches flexibles, il l'obligea à s'adosser au tronc tavelé de plusieurs teintes de gris.

Posant ses mains à plat sur l'écorce, de chaque côté des épaules de Laura, le jeune homme dit en approchant sa bouche tout près de la sienne :

— Tu es ma prisonnière, jamais je ne te laisserai m'échapper ! Ici, nous sommes chez nous, rien de mal ne peut nous arriver. Tu as confiance en moi ?

— Oui ! répondit-elle en nouant ses bras autour de la taille de Philippe.

— On le retrouvera, dit-il avant de l'embrasser avec une extrême douceur. Je te l'ai juré, il faut me croire !

À la mi-décembre, un soir de grand froid vif, Marie venait de rentrer à l'appartement. Laura était absente, mais, de la rue, sa mère avait vu de la lumière chez Philippe. Sa fille, certainement, s'attardait auprès de lui.

Pas plus que Laura, Marie ne parlait jamais de l'avancée des recherches au sujet de Thomas. Elle savait trop bien que, si celles-ci aboutissaient, la jeune file serait trop heureuse de le lui annoncer aussitôt.

Sans raison, Marie ne pouvait se décider à se mettre au lit. Certes, il lui tardait de s'allonger pour se reposer et dormir, pourtant elle entreprit de laver une paire de bas dans le lavabo. Puis elle se mit à plier les chaussettes de Victor, des torchons qu'elle emporterait le lendemain au café.

Inexplicablement, elle se sentait nerveuse. Enfin, ces quelques tâches accomplies, elle gagna le cabinet de toilette pour se brosser les dents.

Soudain, des coups violents ébranlèrent la porte d'entrée. Laura et Victor avaient leur clé, naturellement. Marie eut peur et, d'abord, ne bougea pas. Puis elle se dit qu'un malfaiteur se serait fait beaucoup plus discret. Son mari, après tout, pouvait avoir perdu les clés de l'appartement, et cette façon brutale de se manifester lui ressemblait tout à fait. Enfin, elle s'approcha dans le couloir. On tapait toujours et on appelait :

— Madame Devèze, ouvrez, ouvrez-moi !

Elle reconnut la voix de Jean-Luc, une voix affolée. Alors elle revint en hâte dans sa chambre pour prendre la clé dans son sac, ouvrit la lourde porte. Le jeune serveur se rua sur elle, les yeux exorbités, tremblant et d'une pâleur de cire.

— Il est arrivé un malheur, madame Devèze, c'est le père Gaurel qui est venu me chercher, il n'y avait pas longtemps que j'étais rentré chez moi. Avant, il avait appelé la police, c'est terrible, un grand malheur, vous comprenez ?

Non, Marie ne comprenait rien à ce discours confus et précipité.

— Un malheur, Jean-Luc, mais quel malheur ?

— Ah ! C'est le patron, ils l'ont saigné comme un porc ! Le père Gaurel a entendu des cris, il loge juste au-dessus du café, vous savez bien. Il est donc descendu et il l'a vu, la porte était restée grande ouverte. Il m'a dit qu'il avait failli tourner de l'œil. Il n'a même pas eu l'idée d'utiliser le téléphone sur le bar, il est remonté chez lui pour prévenir la police. Après, sa femme est descendue avec lui, mais il n'y avait plus rien à faire, du sang partout et votre mari allongé de tout son long par terre ! Mme Gaurel est remontée s'enfermer chez elle tandis que son mari venait me chercher en vitesse. Vous comprenez, il n'a pas osé venir ici, c'est trop épouvantable ! Enfin, un des policiers m'a demandé de venir vous chercher, alors voilà…

Jean-Luc avait débité cette tirade sans reprendre souffle, il haletait et tremblait encore.

— Il est mort ? demanda calmement Marie.

— Oh, pour ça, oui ! Il est mort, c'est horrible à voir madame Devèze !

Marie enfila son manteau, entoura ses épaules d'un châle de laine.

— Attendez-moi juste une minute, je reviens !

Du jardin, elle appela :

— Laura ! Philippe !

En même temps, elle frappait du poing aux volets de la porte-fenêtre. Intrigué, le jeune homme se montra au premier étage, et Laura fut derrière lui aussitôt.

— Jean-Luc est venu me dire que Victor a été agressé, je cours au café avec lui, rejoignez-nous au plus vite !

Lorsque Marie avait quitté le café, ce soir-là, après avoir rangé la cuisine et lavé tables et chaises de la salle, ne restaient au bar que trois habitants du quartier, des hommes assez âgés qui, à leur habitude, finissaient là leur soirée devant un digestif.

Ses clients partis, Victor s'occupa à un lavage rapide des petits verres à liqueur avant de passer une lavette humide sur le dessus du bar. Il jeta ensuite un coup d'œil à la pendule : vingt et une heures quarante. Si personne ne se présentait d'ici un quart d'heure, il fermerait son établissement. Ensuite, il rendrait une petite visite à celle qu'il rejoignait de temps à autre, depuis des années maintenant.

Cinq minutes plus tard, quatre jeunes entrèrent bruyamment, riant et se bousculant. Ils s'installèrent à une table, au milieu de la petite salle, et commandèrent des cognacs. Victor comprit qu'ils avaient entrepris la tournée des bars du quartier et que, déjà, tous étaient passablement éméchés. Soudain, deux des jeunes se prirent à partie. Victor n'avait pas saisi la raison de la querelle, mais il fronça les sourcils.

Si les garçons en venaient aux mains, il faudrait sûrement craindre pour le matériel. Mais, avant qu'ils en arrivent là, le patron leur aurait montré fermement la porte. Ce n'était pas la première fois qu'il avait à faire à ce genre de phénomènes et, s'il le fallait, il se sentait de taille à les pousser dehors.

Un troisième garçon se mêla bientôt à la discussion, tandis que le dernier tentait de calmer les comparses. À leurs éclats de voix, Victor comprit qu'il était question d'une dette que l'un des jeunes gens, un blond tout frisé, refusait de régler à celui qui avait lancé le débat.

Après dix minutes de palabres, les jeunes parurent se calmer un peu. L'un d'eux commanda une autre tournée de cognac.

— Après ça, les gars, dit Victor en s'approchant de la table, la bouteille carrée en main, et en commençant à remplir les verres, vous me réglez et vous partez. Je ferme à dix heures, normalement.

— T'as donc pas envie de gagner un petit billet de plus ? demanda le blond frisé en tirant de sa poche une bourse gonflée de monnaie.

— J'ai dit que je ferme à dix heures, répéta Victor en comptant les pièces alignées sur le coin de la table. Vous buvez et vous dégagez, compris ?

Leur verre vidé, les quatre garçons se levèrent, un peu titubants. Mais, tandis que trois d'entre eux se dirigeaient vers la porte, le blond vint se camper devant Victor, debout devant le bar.

— Tu peux te le garder, ton cognac ! jeta-t-il, méprisant. On va boire ailleurs. Ici, vu comme on reçoit les clients, on n'est pas près d'y remettre les pieds !

— C'est ça, fichez le camp et vite, bande de petits morveux ! répondit le patron en lui donnant une bourrade à l'épaule.

Un éclair brilla dans la main du garçon. Victor n'eut que le temps d'entendre un cri :

— Thierry, arrête ! T'es con ou quoi ?

Déjà, la lame du couteau plongeait sous son aisselle, jusqu'à la garde. L'homme s'écroula et un flot de sang inonda le carrelage. Figés près de la porte, les trois garçons, soudain dégrisés, virent leur copain retirer le couteau. Il le fit claquer, tout ruisselant et rouge, le glissa dans sa poche et, le premier, se rua dehors.

— Qu'est-ce que vous attendez ? hurla-t-il. Allez, filons d'ici !

Le bruit de leur course éperdue résonna quelques instants sur les pavés, puis ils se perdirent dans un dédale de ruelles.

Au café, le père Gaurel découvrait Victor. Dans sa chute, il avait entraîné l'un des tabourets du bar.

Son sang rouge sombre, épais, coulait lentement sous une table. Il était mort sur le coup.

XXVII

Confidences

À LEUR ARRIVÉE AU CAFÉ, Marie, Laura et Philippe, suivis d'un Jean-Luc encore tout remué par le drame, furent refoulés par deux policiers en faction de chaque côté de la porte.

— Enfin, fit Laura avec impatience, c'est chez nous ici ! Qu'est-ce qui s'est passé ?

Un homme aux cheveux grisonnants ouvrit de l'intérieur et les dévisagea un instant. Son regard s'arrêta sur Marie.

— Vous êtes Mme Devèze ? demanda-t-il en s'efforçant d'exprimer une compassion de circonstance.

— Je... Oui, c'est moi.

— Je regrette, reprit l'homme avec une moue désolée, mais l'un de vos voisins vient de retrouver votre mari assassiné. Euh, commissaire Berthaud, ajouta-t-il, songeant tout à coup à se présenter. Malheureusement, il n'y a aucun témoin. Vous l'aviez quitté depuis longtemps ?

— Vers neuf heures et demie, je pense... Jean-Luc est venu me prévenir après que M. Gaurel eut couru l'avertir à son domicile.

Le père Gaurel se leva pour s'approcher de Marie. On lui avait ordonné de rester là pour que le commissaire puisse l'interroger plus précisément.

— Ma pauvre madame Devèze, c'est épouvantable ! Je sais pas quoi vous dire…

Le policier avait laissé entrer Marie et Jean-Luc.

— Et vous deux, interrogea-t-il, qui êtes-vous ? Des voisins ?

— Mademoiselle est la fille de Mme Devèze, dit Philippe en poussant légèrement Laura devant lui. Et moi, je suis son fiancé.

— Bon, entrez aussi, mais n'approchez pas, là !

Du bras, il montrait le corps toujours étendu devant le bar. Personne n'avait épongé le sang, mais on avait tracé à la craie la silhouette de Victor sur le carrelage. Ainsi étendu, entre le bar et la première rangée de tables, il paraissait immense.

« On dirait un grand pantin », songea involontairement Laura. Elle n'éprouvait rien, ni regret ni soulagement. Rien. Elle regarda sa mère à qui l'on avait avancé une chaise. Le visage de Marie était impénétrable. On entendait quelqu'un fouiller dans la petite cuisine.

Soudain, un policier surgit de la trappe de la cave à gauche du bar, une grosse torche électrique à la main.

— J'ai rien trouvé du tout, commissaire, d'ailleurs, c'est tout petit en bas. Aucune trace d'une arme quelconque.

Là-dessus, un autre homme en uniforme sortit de la cuisine.

— Rien d'intéressant, dit-il. Dans un tiroir, il y a des couteaux bien sûr, six couteaux de table, deux petits pointus, un pour le pain à lame dentelée, un autre à découper, tout propre. Faudrait savoir s'il en manque…

Le commissaire escorta Marie dans la cuisine. Au passage, elle s'efforça de ne pas jeter les yeux sur le cadavre de Victor.

— Tout est là, dit-elle après avoir vérifié le contenu du tiroir. Mon mari avait toujours son couteau personnel dans la poche de son pantalon.

— Oui, l'un de mes hommes l'a trouvé, mais la lame repliée est toute propre, ce n'est pas l'arme du crime. Croyez-moi, il n'a pas eu le temps de se défendre. Vous nous avez bien dit qu'il n'y avait pas eu de coup de feu ? demanda le chef en se tournant vers le père Gaurel.

— Non, juste des cris et des gens qui couraient dans la rue. Ma femme était déjà couchée et moi je finissais de lire mon journal. J'ai bien failli ne pas descendre, et puis j'ai préféré aller voir. C'est tout.

Bientôt arriva une ambulance, et deux infirmiers se chargèrent d'emmener le corps pour faire pratiquer une autopsie. Philippe s'avança vers le commissaire.

— Peut-on savoir le délai, je veux dire il va falloir organiser des obsèques et...

— Comptez au moins cinq ou six jours. Mme Devèze sera avertie dès que possible.

Il salua Marie et sa fille en disant :

— Si vous avez quelque chose à prendre, faites-le maintenant, avant le départ de mes hommes. Après, on va mettre les scellés à la porte le temps que durera l'enquête, cela peut être long, comprenez-vous ?

Marie acquiesça et suivit Laura dans la cuisine. Aidées de Philippe et de Jean-Luc, les deux femmes emportèrent du linge et différentes choses à l'appartement.

— Mon pauvre Jean-Luc, dit Marie, je crains bien que vous ne soyez obligé de chercher une autre place. Toute seule, je ne rouvrirai pas le café, il va falloir le vendre, mais pas encore, évidemment.

— Ne vous souciez pas, madame Devèze, je trouverai bien... Pour le moment, vous avez d'autres tracas. Si je peux faire quelque chose, vous avez mon adresse, n'hésitez pas.

Il se tournait aussi vers Laura.

— Merci, Jean-Luc, dit la jeune fille en lui prenant la main. Je vous promets que, si besoin, nous ferons appel à vous. À bientôt.

Une semaine plus tard, on enterrait Victor au cimetière de Rochefort, dans le caveau où reposaient ses parents. Par décence, puisqu'il était son gendre, Louis assista à la cérémonie. Il en voulait terriblement à Victor, mais il ne parvenait pas encore à se réjouir de sa disparition brutale et de la liberté retrouvée de Marie. Tous, ensuite, déjeunèrent au Cros, chez Christiane et André.

— Qu'est-ce que tu vas faire à présent, Marie ? demanda son oncle à la fin du repas.

— Franchement, je ne sais pas trop. Il paraît que l'enquête n'avance pas et je ne peux pas mettre le café en vente. Laura reste avec moi à l'appartement. Elle a pris contact avec le notaire, l'autre jour. Il a dit qu'il allait faire une recherche d'héritiers.

— Comment ça, s'étonna André. Les héritières, c'est bien toi et ta fille, que je sache ?

— Pas seulement, tu sais bien que Victor a un frère...

— Oui, je le sais, mais où est-il, ce frère ? Je croyais qu'il ne donnait plus de nouvelles depuis des années.

— Il n'empêche qu'il a droit à une partie de l'héritage, pas le café mais des terres et des bois du côté de chez ses parents.

— Victor n'avait donc pas tout vendu ?

— Non, seulement la ferme et les prés du domaine. Mais, au-delà de la Plane, d'importantes parcelles de prairie sont louées. De plus, son père possédait une belle partie des Bois Grands. La moitié de tout cela appartient à Thomas, c'est normal.

— Alors, tant qu'on ne l'aura pas retrouvé, tu ne pourras rien toucher ?

— Sur le café, si, puisqu'il appartenait à Victor seul. Mais la vente risque de tarder.

Pendant cette conversation, Laura se réjouissait doublement. Elle ne l'aurait certes pas avoué, pas même à Philippe, mais voir sa mère enfin débarrassée de son tyran de mari l'apaisait au plus haut point.

Par ailleurs, elle espérait de tout cœur voir aboutir les recherches lancées par le notaire pour retrouver Thomas Devèze. Les hommes de loi avaient sûrement des moyens beaucoup plus efficaces que Philippe et elle-même. Ils faisaient appel à des spécialistes, et ils avaient le droit pour eux. Son fiancé le lui avait confirmé.

Elle jeta un coup d'œil à sa mère qui, maintenant, conversait avec la tante Christiane.

— Ne bouge pas, dit-elle, je me charge de servir le café !

Laura fit le tour de la table, emplit la tasse de chacun, tendit le sucrier. Son grand-père lui sourit au passage et elle l'embrassa doucement sur la joue.

« Maintenant, se dit-elle, il reste à retrouver mon père et à découvrir la raison du mariage de ma mère avec Victor. Mais ça, je m'en occuperai seule, et le plus tôt possible. »

Malgré ses résolutions de ne pas dévoiler ses projets à Philippe, Laura se vit bien obligée de lui demander de la conduire chez Lucien Aubert. Sans voiture, comment se rendre à la ferme du vieux complice de Victor ?

Par un dimanche brumeux de janvier, les jeunes gens prirent la route de Rochefort-Montagne. Ils déjeunèrent dans une auberge de village et, en début d'après-midi, se mirent en quête de la demeure du fameux Lucien. Ils trouvèrent difficilement l'endroit. Aucune pancarte n'indiquait les fermes disséminées çà et là dans une campagne désolée. Humides et jaunâtres, les prés étaient déserts. Les troupeaux restaient bien au chaud dans les étables, les hommes au plus près de leur foyer. Les cheminées fumaient, mais, devant les portes closes, pas une âme, où que ce soit.

Malgré de furieux aboiements à l'intérieur d'une maison basse, Philippe arrêta la voiture pour entrer se renseigner. Un vieux couple sans âge, assis au plus près d'un poêle rougeoyant, le dévisagea un instant en silence. Enfin, l'homme retint le chien qui grondait à quelques pas de l'étranger.

— La paix, Sultan ! Couché !

Puis il accepta de sortir de la maisonnette, tendit le bras en direction d'un frêne un peu tordu.

— Par là, dit-il, il y a deux chemins, prenez toujours sur votre gauche, la ferme Aubert est à trois kilomètres, à peu près.

Philippe remercia et les jeunes gens repartirent. Le chemin n'était pas goudronné ; dans les trous terreux stagnait une eau verdâtre. De chaque côté, une haie de buissons noirs assombrissait encore les lieux.

— Comme c'est triste par ici ! dit Laura. Je ne voudrais pas y vivre. Au Guéry, c'est peut-être aussi sauvage, mais beaucoup plus beau !

Elle cachait mal son trouble, Philippe la sentait nerveuse. Il est vrai que la dernière entrevue avec Lucien Aubert, à la ferme de Louis, n'était guère encourageante. La jeune fille songea que, finalement, elle n'aurait jamais trouvé le courage de venir seule ici.

Les abords de la ferme de Lucien étaient sales, encombrés d'objets hétéroclites de toutes sortes : un tombereau sans roues, un antique vélo rouillé couché contre la porte de la grange, des seaux de métal fendus, des bidons de lait renversés près d'un abreuvoir… Comme autrefois, un tas de fumier nauséabond s'élevait près de la porte de l'étable ; une fourche y était restée plantée.

Lorsque la voiture se gara à quelque distance de la maison, la porte s'ouvrit et l'inévitable chien hargneux, noir et hérissé, en jaillit en donnant de la voix. Il n'avança pas cependant, se tourna vers son maître comme pour demander :

« Je les attaque ou pas, ces deux-là ? »

Laura se racla la gorge pour dire, du ton le plus naturel possible :

— Bonjour, monsieur Aubert ! Vous me reconnaissez, je pense ? Laura Devèze. Mon fiancé, Philippe Lambert, m'a accompagnée jusqu'ici.

Lucien baissa la tête sans répondre.

— Nous pouvons entrer un moment, monsieur Aubert ? demanda Philippe. Nous ne vous dérangerons pas longtemps.

L'homme s'effaça et les jeunes gens pénétrèrent dans une cuisine sombre, le chien sur les talons.

Un vieil homme était assis sur un banc, près de la table où s'étalait un journal. Il se leva, toucha d'un doigt sa casquette et jeta en direction de Lucien :

— Si tu as besoin de moi, je suis à la grange.

Là-dessus, il sortit et referma la porte derrière lui.

— Asseyez-vous, proposa Lucien en montrant le banc sans dossier.

— Vous savez que Victor… que mon père est mort il y a près d'un mois, bien sûr ? demanda Laura.

— Je sais, oui, mais je suis pas allé à son enterrement. Avec tout ce qu'il m'a fait baver autrefois, j'aurais pas pu… Enfin, j'y tenais pas du tout.

Il s'interrompit et, après un silence, ajouta :

— Excusez-moi, c'était votre père d'accord, mais moi, le Victor, j'en ai que des mauvais souvenirs.

« Moi de même ! » pensa Laura, qui dit à voix haute :

— J'ai pourtant l'impression que vous n'aviez plus affaire à lui depuis de longues années ?

— Oh pour ça oui ! Depuis son mariage, je l'ai jamais revu !

— Alors, intervint Philippe, c'est que vous avez la rancune tenace. Laura va avoir vingt ans, ses parents étaient mariés un an avant sa naissance et vous n'avez toujours pas oublié vos griefs ?

Lucien se gratta les cheveux au-dessus de la tempe et rattrapa sa casquette prête à tomber. Sans doute le mot « griefs » lui était-il inconnu.

— Vous voulez dire que je lui en veux toujours, c'est ça ?

Philippe secoua la tête affirmativement. Laura voulut alors en finir, car l'entretien menaçait de durer.

— Enfin, monsieur Aubert, vous vous doutez bien que si nous sommes là c'est pour avoir quelques renseignements. Pouvez-vous m'expliquer ce qui a poussé ma mère à épouser Victor ? Je sais qu'elle ne l'a jamais aimé, et je suis certaine que vous, vous êtes au courant !

— Moi ? Pourquoi voudriez-vous... Je sais rien du tout ! mentit Lucien. Tenez, je pourrais le jurer sur la tête de ma pauvre mère que j'ai enterrée en septembre dernier !

— Pourtant, vous étiez bien au courant pour la mort du fermier des Grands Bœufs et l'incendie, n'est-ce pas ?

— Oui, le Victor m'avait forcé ! Mais pour le reste, son mariage et tout ça, moi, je sais rien. C'est à Louis, votre grand-père, qu'il faut demander. C'est lui qui a obligé sa fille...

— Vous êtes vraiment sûr que vous nous avez tout dit, monsieur Aubert ? insista Philippe.

— Écoutez, moi, j'ai servi qu'à faire les commissions de Victor au Louis. Alors demandez-lui, il saura expliquer bien mieux que moi. Maintenant, je dirai plus rien. Allez-vous-en !

Il se leva brusquement et ouvrit la porte toute grande. Les jeunes gens le quittèrent sur un rapide salut.

— On monte au Guéry ? demanda Philippe en reprenant le volant.

— Oui, fit Laura d'un ton décidé. Mais, de là-haut, j'appellerai ma mère. On rentrera bien après la nuit tombée et, comme elle nous croit au chenil, elle va s'inquiéter.

Louis, qui ne les attendait pas, parut heureux de cette visite.

— Marie va bien ? Vous auriez dû l'amener !

— On ne pensait pas venir jusqu'ici et puis, de kilomètre en kilomètre... Je l'appelle, tiens, tu pourras lui dire un mot.

Laura prenait un ton enjoué, mais elle n'aimait pas du tout le rôle d'inquisiteur qu'elle s'apprêtait à tenir auprès de son grand-père. Attablés devant un bol de café chaud et quelques tranches de brioche, ils parlèrent de la succession de Victor.

— Le notaire n'a toujours pas de nouvelles de ton oncle ? demanda Louis.

— Toujours pas ! Et l'enquête n'avance pas non plus. Mais, d'ici trois mois, ma mère pourra reprendre le café et le vendre si elle le désire. La police fermera le dossier, qu'on ait retrouvé le meurtrier ou non.

— Tant mieux ! Marie a grand besoin d'argent, je le sais. On ne lui fait pas cadeau du loyer de l'appartement, elle doit encore des gages à Jean-Luc, et puis, il faut manger tous les jours, pas vrai ?

Laura ne releva pas cette évidence mais, à travers la table, elle saisit la main de Louis assis en face d'elle.

— Grand-père, dit-elle doucement, je voulais te demander... Tu le sais que Victor n'était pas mon père ?

Le regard que lui lança Louis était indéchiffrable.

— Oui, continua-t-elle, ma mère me l'a dit depuis peu, mon père, c'est Thomas !

— Je m'en doutais un peu, figure-toi, dit Louis en secouant la tête. Mais comme ma fille ne m'a jamais fait de confidences, je n'ai rien demandé. Remarque, ma petite, j'en suis très content !

— Victor, tu le détestais, n'est-ce pas ? Alors, pourquoi avoir obligé ma mère à l'épouser ?

Laura faisait de son mieux pour ne pas se montrer agressive, mais elle craignait fort la réaction de son grand-père. À aucun prix, elle ne voulait le peiner, mais il fallait qu'elle sache, à la fin.

Après un silence prolongé qui mit les jeunes gens fort mal à l'aise, Louis poussa un gros soupir.

Enfin, il entreprit de leur raconter l'odieux chantage exercé par Victor, certain que Lucien, plus faible et craintif devant lui qu'un enfant de quatre ans, appuierait aveuglément ses affirmations.

— Qu'est-ce que je pouvais faire, à votre avis ? J'étais acculé à la pire des choses : être accusé du meurtre de ma pauvre Élise, moi qui l'aimais tant ! Oh, ce n'est pas la prison qui me faisait peur, quoi que… si, bien sûr. Mais, le plus intolérable, c'était que Marie en soit persuadée, qu'elle me prenne pour l'assassin de sa mère ! Jamais, jamais je n'aurais pu le supporter !

— Alors, demanda Laura, tu lui as expliqué la machination de Victor et, pour te sauver, elle a accepté le mariage ?

— Non, je ne lui ai rien expliqué du tout ! Aujourd'hui, je me demande pourquoi… À l'époque, j'ai peut-être pensé qu'elle ne pourrait pas vivre auprès de lui si elle connaissait la vérité, je ne sais pas... Simplement, je lui ai dit que si elle refusait je perdais mon honneur, nous serions à jamais séparés. Marie m'aime si fort qu'elle a dit oui, sans rien demander de plus. À présent, tu me détestes, n'est-ce pas ?

Louis levait vers sa petite-fille des yeux pleins de larmes. Laura se précipita, l'entoura de ses bras. Il avait tout à coup vieilli de dix ans.

— Non, oh ! non. Je t'aime encore plus, au contraire ! Tu as souffert toute ta vie, et doublement : d'abord de voir ma mère malheureuse avec cet homme odieux, ensuite de porter seul ce terrible secret. Je le lui dirai moi, sois sans crainte, elle comprendra. Je te téléphonerai demain soir et, si le mauvais temps ne s'annonce pas, tu viendras passer quelques jours près de nous. Tu es mon grand-père chéri, ne l'oublie jamais !

XXVIII
Le grand cerf

Les derniers jours de mars, le café de Victor fut vendu à un jeune couple venu de l'Allier. Jean-Luc avait retrouvé une place depuis longtemps déjà dans le quartier de la gare, et ni Marie ni Laura n'eurent plus aucune raison de se rendre rue Sainte-Claire. Là-bas ne les attendaient que de mauvais souvenirs, aussi évitèrent-elles désormais d'emprunter ce chemin pour se rendre au centre-ville.

On n'identifia jamais le meurtrier de Victor qui n'avait laissé aucun indice. Quant à l'arme blanche qui avait causé sa mort, elle ne ressurgit pas malgré plusieurs mois d'investigations policières aux quatre coins de la ville et dans les environs.

En revanche, les recherches pour retrouver Thomas Devèze s'étaient révélées fructueuses. Il exerçait le métier d'architecte à Nice, dans un cabinet où trois associés travaillaient ensemble depuis une douzaine d'années.

Lorsqu'ils se retrouvèrent dans la salle d'attente du notaire, Marie et Thomas, embarrassés, se dirent seulement quelques banalités. Peu désireuse de troubler leurs retrouvailles, Laura avait prétexté un examen blanc et sollicité une entrevue un autre jour. Cependant, elle avait exhorté sa mère à révéler la vérité sur sa naissance à Thomas, même dans le cas où ce dernier aurait à Nice une famille qu'il ne désirait pas quitter.

En sortant de l'office notarial, Marie hésitait tellement qu'elle faillit ne rien dire, quitter simplement sur une poignée de main le seul homme qu'elle ait jamais aimé et qu'elle aimerait jusqu'à son dernier jour.

Comme elle, Thomas avait mûri. Sur ses tempes, quelques fils blancs parsemaient ses cheveux châtains. Mais son sourire était le même, avec deux rides minuscules au coin de la bouche.

— J'aimerais beaucoup connaître ta fille ! dit-il soudain. Ce serait possible, tu crois ? Je vais rester quatre ou cinq jours à Clermont, j'ai pris une chambre à l'hôtel. Demain, j'ai l'intention de me rendre sur la tombe de Victor et de mes parents. Mes associés sont prévenus que je m'absentais pour régler des affaires de famille.

Marie ne répondit pas aussitôt ; sottement, elle se sentait intimidée. Thomas, pourtant, ne lui paraissait pas étranger, bien au contraire. Mais comment lui dire, pour Laura ?

— Viens dîner ce soir à l'appartement, si tu veux. Laura te présentera son fiancé, il est le propriétaire de la grande maison qui donne sur le jardin.

— Tu veux dire : le jardin triangulaire, celui que nous avions fait nôtre ?

Dans son regard, Marie lisait une douceur attendrie.

« Il est ému par ses souvenirs de jeunesse, se dit-elle. Mais, depuis vingt ans, qu'a-t-il vécu ? Quel grand amour lui a fait oublier notre bel été ? »

— Oui, répondit-elle, le cœur serré, ce jardin-là. D'ailleurs, il n'a pas changé.

— Je viendrai avec plaisir, assura Thomas. Vers quelle heure veux-tu me voir arriver ?

— Dix-neuf heures à peu près, si cela te convient.

— Très bien, à ce soir.

Il fit le geste de se pencher vers elle, recula un peu et lui tendit la main. Puis il traversa l'avenue à grands pas et se perdit dans la foule, sur le trottoir d'en face.

Marie savait que Philippe ne rentrait guère avant vingt heures. Ainsi, elle aurait le temps de parler à Thomas hors de la présence des jeunes.

Laura, revenue exprès pour déjeuner avec sa mère, demanda aussitôt :

— Alors, qu'est-ce qu'il a dit ?

Malgré de visibles efforts pour paraître naturelle, Marie décela de l'anxiété dans la voix de sa fille.

— Rien, ma chérie, nous n'avons pas encore parlé, mais il va venir dîner ce soir. Nous attendrons Philippe, d'accord ?

— Si tu veux, mais je préfère vous laisser d'abord seul à seule. Je rentrerai un peu plus tard que d'habitude pour te laisser le temps…

Thomas arriva à l'heure dite, chargé d'une boîte de petits-fours et d'une bouteille de champagne.

— Tiens, dit-il, mets-la au frais.

— Que veux-tu fêter ? demanda Marie, si troublée qu'elle n'osait pas le regarder en face.

— Nos retrouvailles, bien sûr ! répondit-il en riant.

— Laura et son fiancé nous rejoindront un peu plus tard. Philippe possède un chenil à Boisséjour et ses journées sont longues... En attendant, tu aimerais revoir le jardin ?

En ouvrant la porte du corridor, elle se dit soudain qu'elle aurait dû, après le carnet de dessins, montrer à Laura la photo de son père. Inexplicablement, elle n'avait jamais pu s'y résoudre.

C'était son domaine secret, à elle seule. Si Laura retrouvait son père un jour, alors tout serait bien. Sinon, elle ne connaîtrait pas son visage et peut-être aurait-elle moins de regrets... C'était absurde, Marie en convenait. Le secret, à présent, ne lui appartenait plus. Thomas et sa fille allaient se rencontrer, il fallait lui dire, maintenant.

— C'est vrai que rien n'a changé ici, fit Thomas, debout dans l'allée, face au frêne pleureur couvert d'énormes bourgeons prêts à éclore. Quoi que... si, tout est beaucoup mieux entretenu, il me semble.

— Philippe n'a pas de temps à consacrer à son jardin, mais Laura, dès la belle saison, fait de son mieux quand elle a un moment de liberté.

Quelques petites fleurs, encore timides, émaillaient l'herbe des pelouses. Le forsythia avait fini sa floraison, mais les lilas commençaient à ouvrir les fleurettes de leurs grappes, ainsi que la glycine. De gros boutons d'un rose délicat venaient d'apparaître sur les branches des églantiers, taillés avec soin par Laura et à nouveau disciplinés.

— Thomas, appela Marie d'une voix mal assurée, je voulais te dire...

Quand il se retourna vers elle, le temps parut brusquement s'abolir. Ils avaient vingt ans, Thomas allait la prendre dans ses bras, la serrer en riant, l'embrasser...

« Mais non, que je suis sotte ! se dit-elle. Je n'ai plus rien d'attirant. D'ailleurs, il a dû être très déçu en me revoyant si différente. »

— Oui ?

Il la dévisageait, intrigué par sa gêne trop visible.

— Je voulais te dire, se lança-t-elle tout à coup en s'efforçant de ne pas songer aux conséquences de ce qu'elle allait lui annoncer, Laura n'est pas la fille de Victor mais la tienne !

Voilà, c'était dit. Marie se sentait à la fois soulagée et terriblement inquiète. Incrédule, Thomas répéta lentement :

— Laura, ma fille, ma fille à moi ?...

Marie ne pouvait déceler s'il éprouvait de la joie ou de la contrariété. Il fit trois pas vers elle, lui prit les mains.

— Elle est ma fille et tu ne me l'as jamais dit ?

— Mais Thomas, tu n'es jamais revenu, tu n'as pas donné le moindre signe de vie !

— Avant mon départ, tu le savais ?

Elle inclina la tête, prête à pleurer soudain.

— Je ne voulais pas que tu te croies obligé de rester, d'assumer. Je ne savais que faire, je n'avais personne à qui me confier, j'avais dix-neuf ans...

Là-dessus, elle éclata en sanglots et Thomas la prit contre lui.

— Pardon, ne pleure pas, je t'en prie ! dit-il, la bouche perdue dans ses cheveux toujours aussi doux. Je suis très heureux d'avoir une fille, je te le jure. Marie, regarde-moi !

Elle leva les yeux en essayant de lui sourire.

— Naturellement, depuis le temps, tu t'es marié, je suppose, tu as une famille qui t'attend, là-bas ?

— Je me suis marié, oui, peu après la fin de mes études. Mais ce mariage a duré six ans à peine. Alors j'ai quitté la région parisienne, j'avais trouvé à Nice l'opportunité de m'installer avec un confrère. Depuis, un troisième nous a rejoints, notre agence est prospère, j'aime beaucoup mon travail...

— Et, durant ton mariage, tu as eu des enfants ?

— Non ! Mais à présent j'ai une fille ! Oh, Marie, comme je suis heureux ! Crois-tu qu'elle va m'accepter, est-ce que je fais un père présentable ?

— Il me semble, oui, dit Marie pour le taquiner. Comme père, tu seras bien, je crois !

Ils rirent ensemble en s'étreignant avec tendresse.

— Ce jardin, dit Marie lorsque son compagnon cessa enfin de l'embrasser, c'est aussi le refuge de Laura et de Philippe. Je sais que, comme nous, ils aiment à s'abriter sous le frêne.

Thomas lui sourit à nouveau avant de demander :

— Mon carnet de dessins, tu l'as toujours ?

— Oui, bien sûr ! Récemment, je l'ai montré à Laura. Elle a hérité de tes dons et j'en ai toujours été heureuse. À l'école des Beaux-Arts, elle est très bien notée. Elle veut enseigner le dessin.

La fierté de Marie était flagrante. De son côté, Thomas se sentait ému et satisfait d'apprendre que sa fille marchait sur ses traces.

Lorsque Philippe et Laura arrivèrent enfin, un couple enlacé allait et venait du vieux puits au frêne pleureur. Marie et Thomas ne parlaient pas, mais ils se regardaient en souriant. Attendrie, la jeune fille mit un doigt sur sa bouche :

— Chut ! dit-elle tout bas. Regarde, ils se sont retrouvés !

Philippe lui prit la taille sans rien dire. Ainsi, après vingt ans de séparation, Marie renouait avec son amour de jeunesse. Le bonheur lui donnait un éclat unique, elle semblait rajeunie et comblée.

Alors, les jeunes gens s'avancèrent dans le jardin triangulaire. Au bruit de leurs pas, Thomas et Marie se retournèrent d'un même mouvement.

— Voilà ta fille ! N'est-ce pas qu'elle te ressemble ?

Laura se détacha de Philippe, mais elle ne put s'avancer à la rencontre de son père. Figée, elle le regardait de tous ses yeux. Si son cœur allait vers lui déjà, elle ne trouvait rien à lui dire.

Lui s'approcha, l'entoura de ses bras, la serra très fort.

— Laura, ma fille ! Comme tu es belle ! Pourras-tu m'aimer ou bien suis-je un père indigne ?

— Oui, je t'aimerai ! D'ailleurs, je t'aimais sans te connaître. De la manière dont maman parlait de toi, tu ne pouvais qu'être merveilleux et tu l'es, vraiment !

Septembre commençait à roussir les hêtres, à jaunir les pentes herbeuses où tranchait le vert sombre des grands sapins. Debout sur le talus, près de sa voiture, Louis contemplait les énormes roches jumelles, la Tuilière et la Sanadoire, dressées face à face comme pour se défier.

Il se sentait serein. Son inquiétude toujours latente pour sa fille qu'il avait, bien involontairement, condamnée à une vie à peine supportable, l'avait quitté depuis la mort de son gendre.

À présent, Marie coulait des jours heureux auprès de Thomas. Il exerçait maintenant son métier à

Clermont et, d'ici peu, il épouserait celle qu'il n'avait jamais cessé d'aimer.

De son côté, Laura avait devant elle quelques années d'études encore. Sa belle entente avec Philippe réjouissait Louis, qui appréciait grandement le jeune homme. La vieillesse approchait, mais il n'avait pas peur. Malgré des douleurs parfois tenaces, il continuait à prendre soin d'un cheptel considérablement réduit. Laura et Marie l'incitaient à venir passer l'hiver en ville, mais il n'en avait aucune envie, pour le moment du moins.

— Plus tard, disait-il en plaisantant, quand je serai vraiment vieux !

Il reprit sa voiture, commença à descendre à vitesse réduite les lacets de la route étroite plongeant sous les roches, en direction du Cros. Au retour, il s'arrêterait chez Christiane et André mais, d'abord, il avait une importante mission à remplir.

Il roula environ vingt minutes avant d'emprunter un chemin forestier sur sa gauche. Bientôt, il gara sa voiture, enfila ses bottes, sa vieille veste de velours brun et continua à pied. Puis il abandonna le chemin et commença à se faufiler entre les arbres, en prenant bien soin d'éviter les branches tombées.

Dans le silence du sous-bois, le craquement du bois mort effraierait les bêtes qu'il savait tapies sous les buissons, dans des terriers ou tanières, dont l'épaisse couche de feuilles sèches et les ronces dissimulaient l'entrée.

Dans une petite clairière, des champignons rouges à points blancs, les fameuses amanites tue-mouches, mettaient sur l'herbe encore verte de jolies taches vives. Louis continua à avancer prudemment. Les champignons, aujourd'hui, ne l'intéressaient pas. D'ailleurs, il était un peu trop tôt dans la saison pour une poussée de cèpes ou de girolles.

Quand, enfin, il traversa un petit ruisseau, éclair argenté au murmure discret et monotone serpentant au pied des hêtres au tronc lisse, il sut que le but était proche. Au bord de l'eau, la peluche verte de la mousse attirait l'œil. Bientôt, Louis s'immobilisa, s'adossa à un très gros arbre et l'attente commença.

Le temps passait, mais il n'éprouvait aucune impatience. Il regardait droit devant lui, là où des arbustes de belle taille formaient un hallier touffu, encore bien fourni en feuilles jaunes et rousses. Dans trois semaines, ce serait l'ouverture de la chasse. À la dernière foire de Rochefort, quelques gars d'une trentaine d'années l'avaient abordé au café du père Anselme.

— Monsieur Dorange, vous qui êtes souvent au Cros à prêter la main à André et à son fils, vous devez bien la connaître la cachette du grand cerf, non ?

— Mes pauvres gars, les cerfs ne s'approchent pas des fermes, au cas où vous le sauriez pas !

— Ne vous moquez pas de nous, dit un grand gaillard rougeaud et barbu. On sait bien que vous aidez aux coupes dans les bois, voyons !

— À mon âge ? Vous voulez rire ! Il y a beau temps que je manie plus la cognée. Quant aux engins électriques, je laisse ça à mon neveu. Il est jeune, lui, mais pour moi c'est bien trop moderne et, en plus, dangereux !

Un homme d'une soixantaine d'années environ vint alors s'installer à la table de Louis, apportant avec lui son verre de vin rouge.

— Raconte donc pas d'histoires à ces jeunes, Louis. Tu cours les bois du printemps à la fin de l'automne, le vieux cerf, tu l'as forcément repéré ! Eux – il montrait le groupe du menton – ils n'ont qu'un jour pour chasser ce gibier-là, tu le sais. Alors, fais un effort, tout de même !

Louis s'était levé sans répondre et il était rentré chez lui. Depuis, quand il allait au Cros, il s'assurait toujours qu'il n'était pas suivi. Les chasseurs étaient tenaces, mais il se savait beaucoup plus rusé que le plus malin d'entre eux.

Les arbustes soudain s'écartèrent et l'homme retint son souffle. Le dos collé au tronc de l'arbre, il était arbre lui-même. Alors il apparut, les bois haut levés, la tête droite, splendide. Son pelage d'hiver, tout récent, d'un beau brun de châtaigne, étoffait encore son large poitrail. Les oreilles dressées, il huma l'air, et Louis, impassible, vit remuer légèrement son mufle noir. Sous le menton, le long du cou, le poil était un peu plus clair, presque beige. En pensée, Louis caressait le dos velouté, les flancs rebondis. Dieu, qu'il était beau !

C'était un dix cors aux bois magnifiques. Le vieil homme et lui se connaissaient bien. Quatre années plus tôt, Louis était tombé sur lui par hasard. Le cerf n'avait pas fui ; au contraire, il avait longuement posé sur l'intrus un regard indéchiffrable, avant de disparaître tranquillement dans le hallier. Depuis, ils avaient de singuliers rendez-vous. Parfois, le grand cerf ne se montrait pas, mais c'était rare. Toujours, Louis le regardait de loin, sans gestes brusques ; il attendait un long moment après le départ de la bête pour faire demi-tour le plus discrètement possible.

Pour la première fois, il lui parla, très doucement :

— Tu dois changer de cachette, mon beau, partir plus loin, plus bas, jusqu'à l'hiver. Tu comprends ? Je ne veux pas qu'ils te trouvent. Mais sois tranquille, moi vivant, ils ne t'auront pas ! Allez, va maintenant !

Le cerf, d'abord, avait eu un léger recul, un imperceptible mouvement de sa tête altière couronnée de bois démesurés. Mais ses quatre pattes nerveuses restaient solidement plantées, très droites, dans l'épais tapis de feuilles. Enfin, après un dernier regard à cet homme qui n'était pas un ennemi, il se détourna posément et, soudain, détala sans traverser le hallier.

« Il a compris ! » se dit Louis, rassuré, infiniment heureux. Ensuite, il resta si longtemps immobile qu'il lui semblait faire corps avec l'arbre contre lequel il s'appuyait. En face de lui, une flèche rousse vola soudain de branche en branche, descendit hâtivement le long du hêtre à la recherche de faines parmi les feuilles tombées. L'homme, alors, ne put réprimer un petit rire et l'écureuil regagna précipitamment sa cachette dans les branches hautes.

Il commençait à faire sombre et Louis, enfin, repartit vers sa voiture. En paix avec lui-même, en paix avec le monde.

Table des matières

Dans la même collection

Dans la même collection

www.deboree.com
livres@centrefrance.com

Imprimé en France par CPI
en avril 2023
N° d'impression : 2070486
Dépôt légal : mai 2023
ISBN : 978-2-8129-3888-7
ISSN : 1627-6779